序　言

　　自出版「**TOEIC 必考字彙**」以來，深受讀者的熱烈迴響，讀者都認爲，「學習」出版的書，比外國出版的 TOEIC 的書，好得太多，給了我們很大的鼓舞。我們要再接再勵，出版好書。

　　「**TOEIC 字彙 500 題**」完全取材自 TOEIC 實際的測驗題，自我訓練考測驗題，是個有趣，也可使自己專心的方法。本書的版面，經過長時間研究，使讀者看到測驗題，就有想做下去的衝動。

　　本書共有五十回測驗題，書中的每一回試題，均有詳細解答，每題都有翻譯與註釋，讀者不需要浪費時間查字典，查字典會阻礙你閱讀的興趣。讀者做完題目以後，可再利用早上，頭腦清楚的時候，朗讀試題，如此可增加你的語感。

　　感謝這麼多讀者給我們鼓勵，「學習出版公司」專門出版學英文的書，你需要什麼書，都可打電話告訴我們。讀者看不懂的地方，就是我們的責任，本書有什麼缺點，也希望你告訴我們。這樣子，「學習」才會愈來愈進步。

　　這本書的製作力求完善，但疏漏之處恐所難免，誠盼各界先進不吝指正。

劉　毅

TEST 1

Directions: *The following questions are incomplete sentences. You are to choose the one word that best completes the sentence.*

1. This antique vase is extremely fragile, so I'd like to ascertain that it will be adequately _____.
   - (A) assured
   - (B) insured
   - (C) insuring
   - (D) insurance   ( )

2. He _____ me to buy my air ticket immediately, or it would be too late.
   - (A) convinced
   - (B) advised
   - (C) insisted
   - (D) suggested   ( )

3. As a result of inflation, prices keep _____.
   - (A) hiring
   - (B) rising
   - (C) raising
   - (D) boasting   ( )

4. Dynamic marketing was _____ as the reason for the increase in sales.
   - (A) excited
   - (B) incited
   - (C) cited
   - (D) recited   ( )

5. Several passengers were _____ in the train crash.
   - (A) injured
   - (B) damaged
   - (C) destroyed
   - (D) inflicted   ( )

6. Only two of the salesmen always meet their_____.
   - (A) quotas
   - (B) quotes
   - (C) quotations
   - (D) quotient   (   )

7. Davis _____ the whole story of the time he and Chris were stranded in the north of Scotland.
   - (A) released
   - (B) relaxed
   - (C) relayed
   - (D) related   (   )

8. Perhaps it would be easier to understand your plan if you _____ it in stages.
   - (A) prescribed
   - (B) subscribed
   - (C) inscribed
   - (D) described   (   )

9. Many members said they felt _____ about the group's survival.
   - (A) concerned
   - (B) satisfied
   - (C) confident
   - (D) dismayed   (   )

10. They are going to _____ the financial problems at the meeting.
    - (A) complain
    - (B) discuss
    - (C) convey
    - (D) express   (   )

TEST 1 詳解

1. (**B**) This antique vase is extremely fragile, so I'd like to ascertain that it will be adequately <u>insured</u>.

這個古董花瓶很容易碎，所以我想確定它有足夠的<u>保險</u>。

    (A) assure〔əˋʃʊr〕*v.* 確定
    (B) ***insure***〔ɪnˋʃʊr〕*v.* 保險
    (C) insuring〔ɪnˋʃʊrɪŋ〕*adj.* 保險的
    (D) insurance〔ɪnˋʃʊrəns〕*n.* 保險

    * antique〔ænˋtik〕*adj.* 古代的
      vase〔ves〕*n.* 花瓶
      fragile〔ˋfrædʒəl〕*adj.* 易碎的
      ascertain〔͵æsɚˋten〕*v.* 確定
      adequately〔ˋædəkwɪtlɪ〕*adv.* 足夠地

2. (**B**) He <u>advised</u> me to buy my air ticket immediately, or it would be too late.

他<u>勸</u>我要立刻買好機票，否則就太遲了。

    (A) convince〔kənˋvɪns〕*v.* 說服；使相信
    (B) ***advise***〔ədˋvaɪz〕*v.* 勸告
    (C) insist〔ɪnˋsɪst〕*v.* 堅持
       （應用 insisted on my buying⋯或 insisted that I buy⋯）
    (D) suggest〔səˋdʒɛst〕*v.* 建議
       （應用 suggested that I buy⋯）

    * ***air ticket*** 機票（*= plane ticket*）
      immediately〔ɪˋmidɪɪtlɪ〕*adv.* 立刻

3. (**B**) As a result of inflation, prices keep <u>rising</u>.

因為通貨膨脹，物價持續<u>上漲</u>。

(A) hire〔haɪr〕v. 僱用
(B) ***rise***〔raɪz〕v. 上升（為不及物動詞）
(C) raise〔rez〕v. 舉起（為及物動詞）
(D) boast〔bost〕v. 自誇

　＊ ***as a result of*** 由於（ = *because of* = *due to* ）
　 inflation〔ɪnˈfleʃən〕n. 通貨膨脹

4. (**C**) Dynamic marketing was <u>cited</u> as the reason for the increase in sales.

人們<u>指出</u>，積極的行銷方式，是銷售量增加的原因。

(A) excite〔ɪkˈsaɪt〕v. 使興奮
(B) incite〔ɪnˈsaɪt〕v. 刺激；唆使
(C) ***cite***〔saɪt〕v. 引用；指出
(D) recite〔rɪˈsaɪt〕v. 背誦；朗誦

　＊ dynamic〔daɪˈnæmɪk〕adj. 活躍的
　 marketing〔ˈmɑrkɪtɪŋ〕n. 行銷

5. (**A**) Several passengers were <u>injured</u> in the train crash.

好幾個旅客，在這場火車相撞事件中<u>受傷</u>。

(A) ***injure***〔ˈɪndʒɚ〕v. 受傷
(B) damage〔ˈdæmɪdʒ〕v. 損壞
(C) destroy〔dɪˈstrɔɪ〕v. 摧毀
(D) inflict〔ɪnˈflɪkt〕v. 使遭受（打擊、處罰等）

　＊ passenger〔ˈpæsn̩dʒɚ〕n. 乘客；旅客
　 crash〔kræʃ〕n. 相撞

6. (**A**) Only two of the salesmen always meet their <u>quotas</u>.

只有兩個銷售員一直有達到他們的<u>業績</u>。

    (A) *quota* (ˈkwotə) *n.* 業績；配額
    (B) quote (kwot) *v.* 引用；報（價）
    (C) quotation (kwoˈteʃən) *n.* 引文；報價
    (D) quotient (ˈkwoʃənt) *n.* 商數

    * meet (mit) *v.* 達到

7. (**D**) Davis <u>related</u> the whole story of the time he and Chris were stranded in the north of Scotland.

戴維斯<u>敘述</u>了他和克莉絲在蘇格蘭北部受困的全部情況。

    (A) release (rɪˈlis) *v.* 釋放
    (B) relax (rɪˈlæks) *v.* 放鬆
    (C) relay (rɪˈle) *v.* 轉播
    (D) *relate* (rɪˈlet) *v.* 敘述

    * strand (strænd) *v.* 受困；（船）擱淺
    story (ˈstorɪ) *n.* 實情；情況

8. (**D**) Perhaps it would be easier to understand your plan if you <u>described</u> it in stages.

如果你按部就班地<u>說明</u>你的計畫，也許會較容易讓人了解。

    (A) prescribe (prɪˈskraɪb) *v.* 開藥方；規定
    (B) subscribe (səbˈskraɪb) *v.* 訂閱 < *to* >
    (C) inscribe (ɪnˈskraɪb) *v.* 銘刻
    (D) *describe* (dɪˈskraɪb) *v.* 說明；描述

    * stage (stedʒ) *n.* 階段
    in stages 按部就班地 (= *stage by stage* = *step by step*)

9. (**A**) Many members said they felt <u>concerned</u> about the
group's survival.

許多會員表示，他們對這個團體的存亡感到十分<u>擔心</u>。

　(A) ***concerned*** 〔 kən'sɜnd 〕 *adj.* 擔心的 < *about* >
　(B) satisfied 〔'sætɪs,faɪd 〕 *adj.* 滿意的 < *with* >
　(C) confident 〔'kɑnfədənt 〕 *adj.* 有信心的 < *of* >
　(D) dismayed 〔 dɪs'med 〕 *adj.* 驚慌的 < *at* >

　　＊ member 〔'mɛmbɚ 〕 *n.* 成員
　　survival 〔 sɚ'vaɪvl̩ 〕 *n.* 生存

10. (**B**) They are going to <u>discuss</u> the financial problems at
the meeting.

他們將在會議中<u>討論</u>財務問題。

　(A) complain 〔 kəm'plen 〕 *v.* 抱怨 < *of* ; *about* >
　(B) ***discuss*** 〔 dɪ'skʌs 〕 *v.* 討論 (= *talk about*)
　(C) convey 〔 kən've 〕 *v.* 傳達
　(D) express 〔 ɪk'sprɛs 〕 *v.* 表達

　　＊ financial 〔 faɪ'nænʃəl 〕 *adj.* 財務的

┌─── 【劉毅老師的話】 ───────
│ 本書的單字、音標，均經再三校對，讀者
│ 可以放心地背。
└──────────────────

TEST 2

Directions: *The following questions are incomplete sentences. You are to choose the one word that best completes the sentence.*

1. The computer system will greatly _____ interoffice communication.
   - (A) incriminate
   - (B) fabricate
   - (C) correlate
   - (D) facilitate   (   )

2. The immense popularity of the video _____ even the most optimistic predictions of the marketing staff.
   - (A) expanded
   - (B) exceeded
   - (C) extended
   - (D) excelled   (   )

3. I have to _____ that Al is really something.
   - (A) commit
   - (B) remit
   - (C) admit
   - (D) permit   (   )

4. Because of the weather, they were forced to _____ the trip.
   - (A) ignore
   - (B) cancel
   - (C) avoid
   - (D) remove   (   )

5. Allison was out of the office when I called, so I left a _____ with her secretary.
   - (A) passage
   - (B) messenger
   - (C) message
   - (D) massage   (   )

6. I'd _____ a note for Martha to find when she came in to clean my room.
   (A) imitated
   (B) scribbled
   (C) decorated
   (D) clipped   (   )

7. These days more women are _____ college than ever before.
   (A) educating
   (B) attending
   (C) graduating
   (D) establishing   (   )

8. Before we decide to produce any new products, we need to conduct a _____ study.
   (A) possible
   (B) feasibility
   (C) likelihood
   (D) certainly   (   )

9. The report released yesterday shows that badly fitting shoes can _____ the feet.
   (A) uniform
   (B) reform
   (C) deform
   (D) conform   (   )

10. If you leave your car there you might have it _____ away by the police.
    (A) towed
    (B) pulled
    (C) dragged
    (D) snatched   (   )

TEST 2 詳解

1. (**D**) The computer system will greatly <u>facilitate</u> interoffice communication.

電腦系統使得辦公室之間的溝通更為便利。

  (A) incriminate〔ɪnˈkrɪməˌnet〕*v.* 牽累；使～有罪

  (B) fabricate〔ˈfæbrɪˌket〕*v.* 製造；捏造

  (C) correlate〔ˈkɔrəˌlet〕*v.* 有關連

  (D) *facilitate*〔fəˈsɪləˌtet〕*v.* 使便利

   * interoffice〔ˌɪntəˈɔfɪs〕*adj.* 各辦公室之間的
    communication〔kəˌmjunəˈkeʃən〕*n.* 溝通

2. (**B**) The immense popularity of the video <u>exceeded</u> even the most optimistic predictions of the marketing staff.

這支錄影帶非常受歡迎，超出行銷人員最樂觀的預測。

  (A) expand〔ɪkˈspænd〕*v.* 擴張

  (B) *exceed*〔ɪkˈsid〕*v.* 超過

  (C) extend〔ɪkˈstɛnd〕*v.* 延伸

  (D) excel〔ɪkˈsɛl〕*v.* 優越；擅長

```
ex + ceed
 |     |
out +  go
```

   * immense〔ɪˈmɛns〕*adj.* 極大的
   video〔ˈvɪdɪo〕*n.* 錄影帶
   optimistic〔ˌɑptəˈmɪstɪk〕*adj.* 樂觀的
   prediction〔prɪˈdɪkʃən〕*n.* 預測
   marketing〔ˈmɑrkɪtɪŋ〕*n.* 行銷
   staff〔stæf〕*n.* 全體職員

3. (**C**) I have to <u>admit</u> that Al is really something.

我必須承認艾爾真是個了不起的人物。

(A) commit〔kə'mɪt〕v. 犯（罪）；委託
(B) remit〔rɪ'mɪt〕v. 匯款
(C) **admit**〔əd'mɪt〕v. 承認
(D) permit〔pɚ'mɪt〕v. 允許

＊ something〔'sʌmθɪŋ〕n. 了不起的人或事物

4. (**B**) Because of the weather, they were forced to <u>cancel</u> the trip.

因為天氣的關係，他們被迫取消了這次旅行。

(A) ignore〔ɪg'nor〕v. 忽視
(B) **cancel**〔'kænsḷ〕v. 取消
(C) avoid〔ə'vɔɪd〕v. 避免
(D) remove〔rɪ'muv〕v. 除去

＊ **be forced to** + **V.** 被迫

5. (**C**) Allison was out of the office when I called, so I left a <u>message</u> with her secretary.

當我打電話給愛莉森時，她不在辦公室裡，所以我留言給她的秘書。

(A) passage〔'pæsɪdʒ〕n.（文章的）一段
(B) messenger〔'mɛsṇdʒɚ〕n. 信差
(C) **message**〔'mɛsɪdʒ〕n. 訊息
    leave a message 留言
(D) massage〔mə'sɑʒ〕n. 按摩

＊ **be out of**~ 在~外面

6. (**B**) I'd <u>scribbled</u> a note for Martha to find when she came in to clean my room.

我<u>草草寫</u>了一張紙條，等瑪莎進來打掃我的房間時留給她。

    (A) imitate〔ˈɪməˌtet〕*v.* 模仿

    (B) ***scribble***〔ˈskrɪbḷ〕*v.* 潦草書寫

    (C) decorate〔ˈdɛkəˌret〕*v.* 裝飾

    (D) clip〔klɪp〕*v.* 剪

    * ***for sb. to find*** 留給某人

7. (**B**) These days more women are <u>attending</u> college than ever before.

現在<u>上</u>大學的女性比以前多了。

    (A) educate〔ˈɛdʒəˌket〕*v.* 教育

    (B) ***attend***〔əˈtɛnd〕*v.* 上（學）；參加

    (C) graduate〔ˈgrædʒuˌet〕*v.* 畢業 <*from*>

    (D) establish〔əˈstæblɪʃ〕*v.* 建立

    * ***these days*** 最近；現在

8. (**B**) Before we decide to produce any new products, we need to conduct a <u>feasibility</u> study.

在我們決定製造任何新產品前，我們必須研究其<u>可行性</u>。

    (A) possible〔ˈpɑsəbḷ〕*adj.* 可能的

    (B) ***feasibility***〔ˌfɪzəˈbɪlətɪ〕*n.* 可行性

    (C) likelihood〔ˈlaɪklɪˌhud〕*n.* 可能性

    (D) certainly〔ˈsɝtṇlɪ〕*adv.* 當然

    * conduct〔kənˈdʌkt〕*v.* 進行；做
      study〔ˈstʌdɪ〕*n.* 研究

9. (**C**) The report released yesterday shows that badly
fitting shoes can <u>deform</u> the feet.

昨天公布的報導顯示，不合腳的鞋子會<u>使腳變形</u>。

    (A) uniform〔'junə,fɔrm〕*n.* 制服
        v. 穿制服；使整齊劃一

    (B) reform〔rɪ'fɔrm〕*v.* 改革

    (C) ***deform***〔dɪ'fɔrm〕*v.* 使變形

    (D) conform〔kən'fɔrm〕*v.* 遵守 < *to* >

```
de  + form
 |      |
away + 形狀
```

    * release〔rɪ'lis〕*v.* 公布
      fitting〔'fɪtɪŋ〕*adj.* 合適的

10. (**A**) If you leave your car there you might have it <u>towed</u>
away by the police.

如果你將車子停在那裡，可能會被警察<u>拖走</u>。

    (A) ***tow***〔to〕*v.* 拖吊（tow 指的是用繩索或鍊條拖車、船等）

    (B) pull〔pʊl〕*v.* 拉

    (C) drag〔dræg〕*v.* 拖曳（重物）；硬拉

    (D) snatch〔snætʃ〕*v.* 搶奪

【劉毅老師的話】

原則上，ow 在字尾一律讀 /o/，在字中讀 /au/，
有八個例外，即：allow，brow，cow，how，
endow，plow，now，vow，這些在字尾的 ow
要讀爲 /au/。

TEST 3

Directions*: The following questions are incomplete sentences. You are to choose the one word that best completes the sentence.*

1. Many economists _____ interest rates to climb even higher in the next few months.
   - (A) predict
   - (B) suspect
   - (C) indicate
   - (D) expect   (   )

2. When the accounting records were computerized, the company was able to _____ many of the files in the storeroom.
   - (A) discharge
   - (B) dislodge
   - (C) discard
   - (D) dislocate   (   )

3. Of these two opinions, I prefer the _____ to the former.
   - (A) latest
   - (B) last
   - (C) later
   - (D) latter   (   )

4. Cathy likes to _____ in the secondhand bookstore.
   - (A) blouse
   - (B) broth
   - (C) browse
   - (D) bronze   (   )

5. I don't like a person like Patricia because she always puts on _____.
   - (A) airs
   - (B) flesh
   - (C) brakes
   - (D) customs   (   )

6. Although the river was a little polluted, they saw a lot of _____ fish in there.
   - (A) lively
   - (B) live
   - (C) alive
   - (D) lifeless   (   )

7. All _____, there were some 300 passengers on our flight.
   - (A) calculate
   - (B) told
   - (C) count
   - (D) mentioned   (   )

8. I'm going in the same direction, so let me give you a _____.
   - (A) way
   - (B) lift
   - (C) drive
   - (D) beak   (   )

9. A question _____ as to where they should park their car.
   - (A) rose
   - (B) arose
   - (C) occurred
   - (D) happened   (   )

10. Sales were down last quarter; _____, profits were up due to a significant reduction in operating costs.
   - (A) consequently
   - (B) additionally
   - (C) nevertheless
   - (D) therefore   (   )

TEST 3 詳解

1. (**D**) Many economists <u>expect</u> interest rates to climb even higher in the next few months.

許多經濟學家<u>預期</u>，在未來的幾個月裡，利率會攀升得更高。

    (A) predict〔prɪ'dɪkt〕 *v.* 預測（predict 應接名詞或名詞子句做受詞）

    (B) suspect〔sə'spɛkt〕 *v.* 懷疑
    suspect *sb.* of~ 懷疑某人~

    (C) indicate〔'ɪndə,ket〕 *v.* 指出（須接名詞為受詞）

    (D) *expect*〔ɪk'spɛkt〕 *v.* 預期

    * economist〔ɪ'kɑnəmɪst〕 *n.* 經濟學家
    interest〔'ɪntrɪst〕 *n.* 利息　*interest rates* 利率

2. (**C**) When the accounting records were computerized, the company was able to <u>discard</u> many of the files in the storeroom.

自從會計資料電腦化之後，公司就能夠將儲藏室裡的許多檔案<u>丟棄</u>。

    (A) discharge〔dɪs'tʃɑrdʒ〕 *v.* 解雇

    (B) dislodge〔dɪs'lɑdʒ〕 *v.* 驅逐；取下

    (C) *discard*〔dɪs'kɑrd〕 *v.* 丟棄

    (D) dislocate〔'dɪslo,ket〕 *v.* 使混亂

    * accounting〔ə'kaʊntɪŋ〕 *n.* 會計
    computerize〔kəm'pjutə,raɪz〕 *v.* 電腦化
    file〔faɪl〕 *n.* 檔案
    storeroom〔'stor,rum〕 *n.* 儲藏室

3. (**D**) Of these two opinions, I prefer the <u>latter</u> to the former.
在這兩個意見之中，我比較喜歡<u>後者</u>甚於前者。

　　(A) latest〔'letɪst〕*adj.* 最新的
　　(B) last〔læst〕*adj.* 最後的
　　(C) later〔'letɚ〕*adj.* 較遲的　*adv.* 後來
　　(D) *latter*〔'lætɚ〕*n.* 後者

　　＊*prefer* A *to* B　喜歡 A 甚於 B
　　former〔'fɔrmɚ〕*n.* 前者

4. (**C**) Cathy likes to <u>browse</u> in the secondhand bookstore.
凱西喜歡<u>逛</u>二手書店。

　　(A) blouse〔blaʊs, blaʊz〕*n.*（女用的）上衣
　　(B) broth〔brɔθ〕*n.* 湯汁
　　(C) *browse*〔braʊz〕*v.* 瀏覽（ = *look around*）
　　(D) bronze〔brɑnz〕*v.* 使曬成古銅色　*n.* 青銅

　　＊secondhand〔'sɛkənd'hænd〕*adj.* 二手的；中古的

5. (**A**) I don't like a person like Patricia because she
always puts on <u>airs</u>.
我不喜歡像派翠西亞這種人，因為她總是<u>擺架子</u>。

　　(A) *airs*〔ɛrz〕*n. pl.* 擺架子；裝腔作勢
　　　　put on airs　擺架子；裝模作樣（ = *assume airs*）
　　(B) flesh〔flɛʃ〕*n.* 肉；肌肉
　　　　put on flesh　變胖
　　(C) brake〔brek〕*n.* 煞車
　　　　put on the brakes　踩煞車
　　(D) custom〔'kʌstəm〕*n.* 風俗；(*pl.*) 海關

6. (**B**) Although the river was a little polluted, they saw a lot of <u>live</u> fish in there.

雖然那條河川有點受到污染，但他們看到河裡有許多<u>活</u>魚。

(A) lively〔'laɪvlɪ〕*adj.* 活潑的

(B) *live*〔laɪv〕*adj.* 活的（置於名詞之前）

(C) alive〔ə'laɪv〕*adj.* 活的；現存的（不置於名詞之前）

(D) lifeless〔'laɪflɪs〕*adj.* 無生命的；死的

* pollute〔pə'lut〕*v.* 污染

7. (**B**) All <u>told</u>, there were some 300 passengers on our flight.

本班飛機<u>總共</u>約有三百位乘客。

(A) calculate〔'kælkjə,let〕*v.* 計算

(B) *all told* 總共；總計

(C) count〔kaʊnt〕*v.* 數；計算

(D) mention〔'mɛnʃən〕*v.* 提到

* some〔sʌm〕*adj.* 大約
  passenger〔'pæsn̩dʒɚ〕*n.* 乘客

8. (**B**) I'm going in the same direction, so let me give you a <u>lift</u>.

我走的方向和你相同，所以讓我<u>載</u>你一程吧。

(A) way〔we〕*n.* 道路；方式

(B) *lift*〔lɪft〕*n.* 搭便車
  give sb. a lift 讓某人搭便車（= *give sb. a ride*）

(C) drive〔draɪv〕*n.* 駕駛；車程

(D) beak〔bik〕*n.* 鳥嘴

* direction〔də'rɛkʃən〕*n.* 方向

9. (**B**) A question <u>arose</u> as to where they should park
their car.

他們該把車子停在哪裡的問題出現了。

(A) rise〔 raɪz 〕*v.* 上升
(B) *arise*〔 ə'raɪz 〕*v.* 發生；出現
(C) occur〔 ə'kɝ 〕*v.* 發生
(D) happen〔'hæpən 〕*v.* 發生

* park〔 pɑrk 〕*v.* 停（車）

10. (**C**) Sales were down last quarter; <u>nevertheless,</u> profits
were up due to a significant reduction in operating
costs.

上一季的銷售量下降了，<u>然而</u>，由於營運成本大幅減少，
因此利潤提高了。

(A) consequently〔'kɑnsə,kwɛntlɪ 〕*adv.* 因此
(B) additionally〔 ə'dɪʃənl̩ɪ 〕*adv.* 附加地；此外
(C) *nevertheless*〔,nɛvəðə'lɛs 〕*adv.* 然而（ = *however* ）
(D) therefore〔'ðɛr,for 〕*adv.* 因此

* quarter〔'kwɔrtɚ 〕*n.* 一季；三個月
profit〔'prɑfɪt 〕*n.* 利潤
significant〔 sɪg'nɪfəkənt 〕*adj.* 重大的
reduction〔 rɪ'dʌkʃən 〕*n.* 減少；降低
operate〔'ɑpə,ret 〕*v.* 營運   cost〔 kɔst 〕*n.* 成本

TEST 4

Directions*: The following questions are incomplete sentences. You are to choose the one word that best completes the sentence.*

1. The strategies that the company had developed for the European market were _____ transplanted to the American one.
   (A) successfully
   (B) successful
   (C) succeed
   (D) success   (　　)

2. Whenever he encountered difficulties, he went to see a _____ elder for whom he had enormous respect.
   (A) venerable
   (B) valuable
   (C) venereal
   (D) vulnerable   (　　)

3. I can't find the contract; I must have _____ it.
   (A) placed
   (B) misplaced
   (C) replaced
   (D) displaced   (　　)

4. We will _____ for the tickets with a major credit card.
   (A) pay
   (B) purchase
   (C) use
   (D) send   (　　)

5. She cut her finger with a knife and it started to _____.
   (A) breed
   (B) blood
   (C) bleed
   (D) bruise   (　　)

6. You may think all Americans are talkative, but that is not the _____.
   - (A) rule
   - (B) case
   - (C) role
   - (D) right   ( )

7. Let's walk a little bit faster _____ we should be late for the school.
   - (A) fear
   - (B) unless
   - (C) lest
   - (D) lens   ( )

8. The old man _____ his food well so that it became softer and easier to swallow.
   - (A) bit
   - (B) sipped
   - (C) chewed
   - (D) digested   ( )

9. Nobody can _____ him to go there. He is as stubborn as a mule.
   - (A) insist
   - (B) permit
   - (C) suggest
   - (D) persuade   ( )

10. I will stay here with him _____ he buys a nice house to live in.
   - (A) believe
   - (B) supposed
   - (C) provide
   - (D) providing   ( )

TEST 4 詳解

1. (**A**) The strategies that the company had developed for the European market were <u>successfully</u> transplanted to the American one.
公司為歐洲市場研發的策略，<u>成功地</u>移轉到美國市場。

    (A) **successfully** ﹝səkˋsɛsfəlɪ﹞ adv. 成功地
    (B) successful ﹝səkˋsɛsfəl﹞ adj. 成功的
    (C) succeed ﹝səkˋsid﹞ v. 成功
    (D) success ﹝səkˋsɛs﹞ n. 成功

    * strategy ﹝ˋstrætədʒɪ﹞ n. 策略
      develop ﹝dɪˋvɛləp﹞ v. 研發
      transplant ﹝trænsˋplænt﹞ v. 移植

2. (**A**) Whenever he encountered difficulties, he went to see a <u>venerable</u> elder for whom he had enormous respect.
每當他遇到困難時，他就去請教一位他非常尊敬的<u>德高望重</u>的長輩。

    (A) **venerable** ﹝ˋvɛnərəbḷ﹞ adj. 值得尊敬的；德高望重的
    (B) valuable ﹝ˋvæljʊəbḷ﹞ adj. 有價值的
    (C) venereal ﹝vəˋnɪrɪəl﹞ adj. 性慾的；性病的
    (D) vulnerable ﹝ˋvʌlnərəbḷ﹞ adj. 易受傷害的；脆弱的

    * encounter ﹝ɪnˋkaʊntɚ﹞ v. 遇到
      elder ﹝ˋɛldɚ﹞ n. 長輩
      enormous ﹝ɪˋnɔrməs﹞ adj. 巨大的

3. (**B**) I can't find the contract; I must have <u>misplaced</u> it.

我找不到合約書；我一定是<u>放錯地方</u>了。

(A) place〔ples〕*v.* 放置

(B) ***misplace***〔mɪs'ples〕*v.* 誤置；放錯地方

(C) replace〔rɪ'ples〕*v.* 放回原處；取代

(D) displace〔dɪs'ples〕*v.* 換置；取代

＊contract〔'kɑntrækt〕*n.* 合約

4. (**A**) We will <u>pay</u> for the tickets with a major credit card.

我們將以常用的信用卡來<u>付</u>這些票的錢。

(A) ***pay***〔pe〕*v.* 付款 *<for>*

(B) purchase〔'pɝtʃəs〕*v.* 購買 (= *buy*)

（爲及物動詞，不加 for）

(C) use〔juz〕*v.* 使用

(D) send〔sɛnd〕*v.* 送；寄

＊ ***major credit card*** 在美國主要常用的信用卡

（如：VISA，MASTERCARD 及 American Express 等）

5. (**C**) She cut her finger with a knife and it started to <u>bleed</u>.

她的手指被刀子割傷，並且開始<u>流血</u>。

(A) breed〔brid〕*v.* 生育

(B) blood〔blʌd〕*n.* 血

(C) ***bleed***〔blid〕*v.* 流血

(D) bruise〔bruz〕*v.* 瘀傷

＊knife〔naɪf〕*n.* 刀

6. (**B**) You may think all Americans are talkative, but that is not the <u>case</u>.

你也許認為所有的美國人都愛說話，但那並非<u>事實</u>。

(A) rule〔rul〕*n.* 規則

(B) *case*〔kes〕*n.* 事實

(C) role〔rol〕*n.* 角色

(D) right〔raɪt〕*n.* 公理

* talkative〔'tɔkətɪv〕*adj.* 愛說話的

7. (**C**) Let's walk a little bit faster <u>lest</u> we should be late for the school.

我們走快一點，<u>免得</u>上學遲到。

(A) fear〔fɪr〕*n.* 恐懼（應用 for fear that，表「惟恐」。）

(B) unless〔ən'lɛs〕*conj.* 除非

(C) *lest*〔lɛst〕*conj.* 以免

(D) lens〔lɛns〕*n.* 鏡片；鏡頭

8. (**C**) The old man <u>chewed</u> his food well so that it became softer and easier to swallow.

老人將食物<u>嚼碎</u>，使食物變得更軟，而且更容易吞食。

(A) bite〔baɪt〕*v.* 咬

(B) sip〔sɪp〕*v.* 啜飲；小口喝

(C) *chew*〔tʃu〕*v.* 咀嚼

(D) digest〔də'dʒɛst〕*v.* 消化

* swallow〔'swɑlo〕*v.* 吞

9. (**D**) Nobody can <u>persuade</u> him to go there. He is as stubborn as a mule.

沒有人可以<u>說服</u>他去那裡。他像騾子一樣頑固。

(A) insist〔ɪn'sɪst〕*v.* 堅持

(B) permit〔pɚ'mɪt〕*v.* 允許

(C) suggest〔səg'dʒɛst〕*v.* 建議；暗示

(D) ***persuade***〔pɚ'swed〕*v.* 說服

* stubborn〔'stʌbɚn〕*adj.* 頑固的

   mule〔mjul〕*n.* 騾子

10. (**D**) I will stay here with him <u>providing</u> he buys a nice house to live in.

<u>如果</u>他買了一間很棒的房子，我就和他一起住在這裡。

(A) believe〔bɪ'liv〕*v.* 相信

(B) supposed〔sə'pozd〕*adj.* 假想的

(C) provide〔prə'vaɪd〕*v.* 提供

(D) ***providing***〔prə'vaɪdɪŋ〕*conj.* 如果 (= *if*)

* suppose, supposing, provided, providing 都可做連接詞用，作「如果」解，相當於 if。

   表「條件」的連接詞，詳見「文法寶典」p. 519。

TEST 5

Directions: *The following questions are incomplete sentences. You are to choose the one word that best completes the sentence.*

1. The house _____ to the bakery is mine.
   - (A) adjacent
   - (B) adamant
   - (C) adjoined
   - (D) addressed   (   )

2. Our stock market analyst can _____ you with a price indices chart.
   - (A) provide
   - (B) highlight
   - (C) support
   - (D) examine   (   )

3. Since there was something wrong with the machine, he _____ it carefully.
   - (A) expected
   - (B) inspected
   - (C) respected
   - (D) suspected   (   )

4. His father was _____ from hospital to convalesce at a lakeside resort south of Rome.
   - (A) dispelled
   - (B) dispersed
   - (C) distorted
   - (D) discharged   (   )

5. The second edition of Customer's Report has been out of _____ for over a year now.
   - (A) sight
   - (B) print
   - (C) order
   - (D) funds   (   )

6. Anyone over 16 is _____ to become a member of our club.
   - (A) frequent
   - (B) eligible
   - (C) interested
   - (D) available   (   )

7. On weekends, the office _____ at 9 a.m. and closes at 6 p.m.
   - (A) starts
   - (B) begins
   - (C) opens
   - (D) operates   (   )

8. I will _____ reflect on my decision to push for quantity-driven rather than quality-driven expasion.
   - (A) definitely
   - (B) supposedly
   - (C) ruthlessly
   - (D) decidedly   (   )

9. There seemed to be more _____ employees this month than last month.
   - (A) disgruntled
   - (B) maddening
   - (C) resenting
   - (D) angrier   (   )

10. Why don't we talk about the _____ list at the next meeting?
    - (A) emotion
    - (B) commotion
    - (C) promotion
    - (D) motivation   (   )

TEST 5 詳解

1. (**A**) The house <u>adjacent</u> to the bakery is mine.
   麵包店<u>隔壁的</u>那棟房子就是我家。

   (A) *adjacent*〔ə'dʒesn̩t〕*adj.* 鄰接的＜*to*＞
   (B) adamant〔'ædə,mænt〕*adj.* 堅定的
   (C) adjoin〔ə'dʒɔɪn〕*v.* 臨近
   (D) address〔ə'drɛs〕*v.* 寫上收件人姓名住址

   * bakery〔'bekərɪ〕*n.* 麵包店
   本句原為 The house *which is* adjacent to…，which is
   被省略；若要用 (B) adjoin，則原句須改為 The house
   adjoining the bakery… 。

2. (**A**) Our stock market analyst can <u>provide</u> you with a
   price indices chart.
   我們的股票分析師能<u>提供</u>你物價指數表。

   (A) *provide*〔prə'vaɪd〕*v.* 提供
   provide sb. with sth. 提供某人某物
   (B) highlight〔'haɪ,laɪt〕*v.* 強調
   (C) support〔sə'port〕*v.* 支持
   (D) examine〔ɪg'zæmɪn〕*v.* 檢查；測驗

   * stock〔stɑk〕*n.* 股票
   analyst〔'ænḷɪst〕*n.* 分析師
   index〔'ɪndɛks〕*n.* 指數
   indices〔'ɪndə,siz〕*n. pl.* index 之複數
   price index 物價指數
   chart〔tʃɑrt〕*n.* 圖表

3. (**B**) Since there was something wrong with the machine, he <u>inspected</u> it carefully.

因為那部機器有毛病，所以他小心地<u>檢查</u>。

(A) expect〔 ɪk'spɛkt 〕 *v.* 預期

(B) ***inspect***〔 ɪn'spɛkt 〕 *v.* 檢查

(C) respect〔 rɪ'spɛkt 〕 *v.* 尊敬

(D) suspect〔 sə'spɛkt 〕 *v.* 懷疑

```
in  + spect
|       |
into + look
```

4. (**D**) His father was <u>discharged</u> from hospital to convalesce at a lakeside resort south of Rome.

他的父親獲准<u>出</u>院，到羅馬南部一處湖濱勝地靜養。

(A) dispel〔 dɪ'spɛl 〕 *v.* 驅散

(B) disperse〔 dɪ'spɝs 〕 *v.* 解散；使散開

(C) distort〔 dɪs'tɔrt 〕 *v.* 扭曲

(D) ***discharge***〔 dɪs'tʃɑrdʒ 〕 *v.* 放行；解雇

＊convalesce〔ˌkɑnvə'lɛs 〕 *v.* 恢復健康

lakeside〔'lek,saɪd 〕 *adj.* 湖邊的

resort〔 rɪ'zɔrt 〕 *n.* 勝地

5. (**B**) The second edition of Customer's Report has been out of <u>print</u> for over a year now.

第二版的「顧客報導」現在已經絕<u>版</u>超過一年了。

(A) sight〔 saɪt 〕 *n.* 視線　　out of sight 看不見

(B) ***print***〔 prɪnt 〕 *n.* 印刷　　***out of print*** 絕版

(C) order〔'ɔrdɚ 〕 *n.* 順序；秩序　　out of order 故障

(D) funds〔 fʌndz 〕 *n. pl.* 金錢　　out of funds 沒錢

＊edition〔 ɪ'dɪʃən 〕 *n.* 版本；版

6. (**B**) Anyone over 16 is <u>eligible</u> to become a member of our club.

滿十六歲就<u>有資格</u>成為我們俱樂部的會員。

　　(A) frequent (ˈfrikwənt) *adj.* 經常的
　　(B) *eligible* (ˈɛlɪdʒəbḷ) *adj.* 合格的
　　(C) interested (ˈɪntrɪstɪd) *adj.* 感興趣的
　　(D) available (əˈveləbḷ) *adj.* 可獲得的

7. (**C**) On weekends, the office <u>opens</u> at 9 a.m. and closes at 6 p.m.

在週末時，辦公室上午九點<u>上班</u>，下午六點下班。

　　(A) start (start) *v.* 開始
　　(B) begin (bɪˈgɪn) *v.* 開始
　　(C) *open* (ˈopən) *v.* (商店) 開張；營業
　　(D) operate (ˈɑpəˌret) *v.* 運轉；操作

8. (**A**) I will <u>definitely</u> reflect on my decision to push for quantity-driven rather than quality-driven expansion.

推動以數量而非品質為目標的擴張計劃，這個決定我<u>一定</u>會再考慮一下。

　　(A) *definitely* (ˈdɛfənɪtlɪ) *adv.* 一定
　　(B) supposedly (səˈpozɪdlɪ) *adv.* 推測地
　　(C) ruthlessly (ˈruθlɪslɪ) *adv.* 無情地
　　(D) decidedly (dɪˈsaɪdɪdlɪ) *adv.* 堅定地

　　＊ reflect (rɪˈflɛkt) *v.* 考慮；反省 ＜*on*＞
　　　push for 努力爭取；再三要求
　　　quantity (ˈkwɑntətɪ) *n.* 量
　　　drive (draɪv) *v.* 驅使；促使
　　　quality (ˈkwɑlətɪ) *n.* 品質　　*rather than* 而不是
　　　expansion (ɪkˈspænʃən) *n.* 擴張

9. (**A**) There seemed to be more <u>disgruntled</u> employees this month than last month.

這個月<u>不滿</u>的員工好像比上個月多。

(A) ***disgruntled*** ﹝ dɪs'grʌntḷd ﹞ *adj.* 不滿的；不高興的
(B) maddening ﹝'mædn̩ɪŋ ﹞ *adj.* 使人惱怒的
(C) resenting ﹝ rɪ'zɛntɪŋ ﹞ *adj.* 憤恨的
(D) angrier ﹝'æŋgrɪɚ ﹞ *adj.* 較生氣的

* seem ﹝ sim ﹞ *v.* 似乎
employee ﹝ˌɛmplɔɪ'i ﹞ *n.* 員工

10. (**C**) Why don't we talk about the <u>promotion</u> list at the next meeting?

我們何不在下次會議中討論<u>升遷</u>名單？

(A) emotion ﹝ ɪ'moʃən ﹞ *n.* 情緒
(B) commotion ﹝ kə'moʃən ﹞ *n.* 騷動
(C) ***promotion*** ﹝ prə'moʃən ﹞ *n.* 升遷
(D) motivation ﹝ˌmotə'veʃən ﹞ *n.* 動機

* ***talk about*** 談論（ = *discuss*）
list ﹝ lɪst ﹞ *n.* 名單

TEST 6

Directions: *The following questions are incomplete sentences. You are to choose the one word that best completes the sentence.*

1. All cabin baggage must be stowed either under the seats or in _____ compartments.
   (A) overhaul
   (B) overhead
   (C) overhear
   (D) overheat   (   )

2. _____ antibiotics and other drugs were used for the treatment of the boy.
   (A) Potential
   (B) Potamic
   (C) Positive
   (D) Potent   (   )

3. Tom's speech was hardly _____ for the occasion.
   (A) apparel
   (B) apparent
   (C) appropriate
   (D) approximate   (   )

4. Jack entered the woman's house secretly with a _____ key.
   (A) copy
   (B) match
   (C) double
   (D) duplicate   (   )

5. The principal was reluctant to _____ him to his school.
   (A) enter
   (B) permit
   (C) allow
   (D) admit   (   )

6. That was very surprising and she is still _____ of
the fact.
   - (A) incredible
   - (B) incredulous
   - (C) inconsiderate
   - (D) inconsiderable   (   )

7. You should _____ the statement you made earlier
on, because it was too inconsiderate.
   - (A) wither
   - (B) withdraw
   - (C) withhold
   - (D) withstand   (   )

8. The general strike has _____ buses and subways
all day.
   - (A) halted
   - (B) stressed
   - (C) indicated
   - (D) distressed   (   )

9. Don't leave your _____ in your room when you
go out.
   - (A) needs
   - (B) values
   - (C) valuables
   - (D) necessaries   (   )

10. These mushrooms are _____ but they don't taste
so good.
   - (A) arable
   - (B) affable
   - (C) edible
   - (D) eligible   (   )

TEST 6 詳解

1. (**B**) All cabin baggage must be stowed either under the seats or in <u>overhead</u> compartments.

機艙內所有的行李，都要放在座位下方或<u>頭頂上的</u>置物箱內。

    (A) overhaul〔,ovɚ'hɔl〕v. 徹底檢查
    (B) ***overhead***〔'ovɚ,hɛd〕adj. 在頭上的
    (C) overhear〔,ovɚ'hɪr〕v. 無意中聽到
    (D) overheat〔,ovɚ'hit〕v. 使過熱

    * cabin〔'kæbɪn〕n. 機艙
      baggage〔'bægɪdʒ〕n. 行李
      stow〔sto〕v. 裝入；放入
      compartment〔kəm'pɑrtmənt〕n. 隔間

2. (**D**) <u>Potent</u> antibiotics and other drugs were used for the treatment of the boy.

為了治療這個男孩，已使用了<u>有效力的</u>抗生素和其他藥物。

    (A) potential〔pə'tɛnʃəl〕adj. 潛在的
    (B) potamic〔pə'tæmɪk〕adj. 河川的；水流的
    (C) positive〔'pɑzətɪv〕adj. 肯定的
    (D) ***potent***〔'potn̩t〕adj. 有效力的；強有力的

    * antibiotic〔,æntɪbaɪ'ɑtɪk〕n. 抗生素
      drug〔drʌg〕n. 藥
      treatment〔'tritmənt〕n. 治療

3. (**C**)　Tom's speech was hardly <u>appropriate</u> for the occasion.

湯姆的演說不太<u>適合</u>這個場合。

(A) apparel〔ə'pærəl〕*n.* 衣服

(B) apparent〔ə'pærənt〕*adj.* 明顯的

(C) ***appropriate***〔ə'proprɪˌɪt〕*adj.* 適合的

(D) approximate〔ə'prɑksəmɪt〕*adj.* 大概的

* speech〔spitʃ〕*n.* 演說

　hardly〔'hɑrdlɪ〕*adv.* 幾乎不

　occasion〔ə'keʒən〕*n.* 場合

4. (**D**)　Jack entered the woman's house secretly with a <u>duplicate</u> key.

傑克用一把<u>複製的</u>鑰匙，偷偷地進入了那個女人的房子。

(A) copy〔'kɑpɪ〕*n.* 複製品；影本

(B) match〔mætʃ〕*n.* 相配之人或物；對手

(C) double〔'dʌbl̩〕*adj.* 雙重的；加倍的

(D) ***duplicate***〔'djupləkɪt〕*adj.* 複製的；完全相同的

* secretly〔'sikrɪtlɪ〕*adv.* 祕密地；偷偷地

5. (**D**)　The principal was reluctant to <u>admit</u> him to his school.

校長勉強<u>准許</u>他入學。

(A) enter〔'ɛntɚ〕*v.* 進入

(B) permit〔pɚ'mɪt〕*v.* 允許

(C) allow〔ə'lau〕*v.* 允許

(D) ***admit***〔əd'mɪt〕*v.* 准許進入

```
ad  +  mit
 |      |
to + let go
```

* principal〔'prɪsəpl̩〕*n.*（中小學）校長

　reluctant〔rɪ'lʌktənt〕*adj.* 勉強的；不情願的

6. (**B**) That was very surprising and she is still <u>incredulous</u> of the fact.

這件事非常令人驚訝，所以她仍然<u>不相信</u>這是事實。

(A) incredible〔ɪnˈkrɛdəbḷ〕*adj.* 令人難以置信的

(B) ***incredulous***〔ɪnˈkrɛdʒələs〕*adj.* 不相信的＜*of*＞

(C) inconsiderate〔ˌɪnkənˈsɪdərɪt〕*adj.* 不體貼的；輕率的

(D) inconsiderable〔ˌɪnkənˈsɪdərəbḷ〕*adj.* 不值得考慮的

7. (**B**) You should <u>withdraw</u> the statement you made earlier on, because it was too inconsiderate.

你應該<u>撤回</u>稍早所作的聲明，因為那實在是太輕率了。

(A) wither〔ˈwɪðɚ〕*v.* 枯萎

(B) ***withdraw***〔wɪθˈdrɔ〕*v.* 撤回

(C) withhold〔wɪθˈhold〕*v.* 抑制

(D) withstand〔wɪθˈstænd〕*v.* 抵抗

＊ statement〔ˈstetmənt〕*n.* 聲明
　inconsiderate〔ˌɪnkənˈsɪdərɪt〕*adj.* 輕率的

8. (**A**) The general strike has <u>halted</u> buses and subways all day.

集體罷工已造成公車和地下鐵全天<u>停駛</u>。

(A) ***halt***〔hɔlt〕*v.* 使停止

(B) stress〔strɛs〕*v.* 強調

(C) indicate〔ˈɪndəˌket〕*v.* 指出

(D) distress〔dɪˈstrɛs〕*v.* 使痛苦

＊ general〔ˈdʒɛnərəl〕*adj.* 全體的
　strike〔straɪk〕*n.* 罷工
　subway〔ˈsʌbˌwe〕*n.* 地下鐵

9. (**C**) Don't leave your <u>valuables</u> in your room when you go out.

出門時，請勿將<u>貴重物品</u>留在房間內。

(A) need〔nid〕*n.* 需要

(B) value〔'væljʊ〕*n.* 價值；(*pl.*) 價值觀

(C) *valuables*〔'væljʊəblz〕*n. pl.* 貴重物品

(D) necessaries〔'nɛsəˌsɛrɪz〕*n. pl.* 必需品

10. (**C**) These mushrooms are <u>edible</u> but they don't taste so good.

這些蘑菇是<u>可以食用的</u>，但並不好吃。

(A) arable〔'ærəbl〕*adj.* 適於耕種的

(B) affable〔'æfəbl〕*adj.* 和藹的

(C) *edible*〔'ɛdəbl〕*adj.* 可食用的

(D) eligible〔'ɛlɪdʒəbl〕*adj.* 合格的

edi + ble
| |
eat + 可以

* mushroom〔'mʌʃrum〕*n.* 蘑菇

taste〔test〕*v.* 嚐起來

TEST 7

Directions: *The following questions are incomplete sentences. You are to choose the one word that best completes the sentence.*

1. Without a good command of English, studying in American universities is out of the _____.
   (A) quiz
   (B) issue
   (C) doubt
   (D) question   (   )

2. She hoped her husband might come back alive from the battle, but it was _____ thinking.
   (A) willful
   (B) woeful
   (C) wishful
   (D) wistful   (   )

3. Farmers are thinking about the ways to reduce the number of _____ used in farming.
   (A) homicides
   (B) genocides
   (C) insecticides
   (D) suicides   (   )

4. Her handwriting was so bad that it was _____.
   (A) illicit
   (B) illegal
   (C) illegible
   (D) intelligent   (   )

5. The new graphic artist was _____ to please the head designer.
   (A) linger
   (B) anger
   (C) eager
   (D) hunger   (   )

6. Her arrival _____ with our departure.
   - (A) gathered
   - (B) appalled
   - (C) coincided
   - (D) tempted   (   )

7. The book's _____ of the Rocky Mountains brought back memories of my vacation there years ago.
   - (A) description
   - (B) direction
   - (C) disposition
   - (D) depletion   (   )

8. I'm going to _____ the meeting at one o'clock, so please try to be there on time.
   - (A) postpone
   - (B) startle
   - (C) start
   - (D) initiate   (   )

9. The childhood memory was _____ by the sight of his old house.
   - (A) invoked
   - (B) evoked
   - (C) revoked
   - (D) convoked   (   )

10. We traced the trouble in the machine to a _____ transformer.
   - (A) fatal
   - (B) faulty
   - (C) falling
   - (D) fairly   (   )

TEST 7 詳解

1. (**D**) Without a good command of English, studying in American universities is out of the question.
若不精通英文，要唸美國的大學，根本是不可能的。

    (A) quiz〔kwɪz〕*n.* 小考
    (B) issue〔'ɪʃʊ〕*n.* 問題
    (C) doubt〔daʊt〕*n.* 懷疑（沒有 out of the doubt 的用法）
    (D) *question*〔'kwɛstʃən〕*n.* 問題
      out of the question 不可能（= *impossible*）

    ＊ command〔kə'mænd〕*n.* 精通
      a good command of 精通

2. (**C**) She hoped her husband might come back alive from the battle, but it was wishful thinking.
她希望她的丈夫能從戰場上活著回來，但這只是她一廂情願的想法罷了。

    (A) willful〔'wɪlfəl〕*adj.* 故意的
    (B) woeful〔'wofəl〕*adj.* 悲哀的
    (C) *wishful*〔'wɪʃfəl〕*adj.* 一廂情願的
      wishful thinking 如意算盤；一廂情願的想法（幾乎是不可能實現的）
    (D) wistful〔'wɪstfəl〕*adj.* 渴求的；留戀的

    ＊ alive〔ə'laɪv〕*adj.* 活著的
      battle〔'bætl̩〕*n.* 戰爭

3. (**C**) Farmers are thinking about the ways to reduce the number of insecticides used in farming.

農夫們正在想辦法，要減少耕種時殺蟲劑的使用量。

(A) homicide〔'hɑmə,saɪd 〕*n.* 殺人

(B) genocide〔'dʒɛnə,saɪd 〕*n.* 大屠殺；種族毀滅

(C) ***insecticide***〔 ɪn'sɛktə,saɪd 〕*n.* 殺蟲劑

(D) suicide〔'suə,saɪd 〕*n.* 自殺

* reduce〔 rɪ'djus 〕*n.* 減少

number〔'nʌmbɚ 〕*n.* 數量

farming〔'fɑrmɪŋ 〕*n.* 耕種

4. (**C**) Her handwriting was so bad that it was illegible.

她的字寫得實在是太差了，以致於難以辨認。

(A) illicit〔 ɪ'lɪsɪt 〕*adj.* 非法的（ = *illegal* ）

(B) illegal〔 ɪ'ligl̩ 〕*adj.* 不合法的

(C) ***illegible***〔 ɪ'lɛdʒəbl̩ 〕*adj.* 難以辨認的

(D) intelligent〔 ɪn'tɛlədʒənt 〕*adj.* 聰明的

* handwriting〔'hænd,raɪtɪŋ 〕*n.* 筆跡

5. (**C**) The new graphic artist was eager to please the head designer.

這個新來的繪圖師很想取悅主設計師。

(A) linger〔'lɪŋgɚ 〕*v.* 逗留

(B) anger〔'æŋgɚ 〕*n.* 生氣

(C) ***eager***〔'igɚ 〕*adj.* 渴望的；熱切的

(D) hunger〔'hʌŋgɚ 〕*n.* 飢餓；渴望

* graphic〔'græfɪk 〕*adj.* 圖畫的

head〔 hɛd 〕*adj.* 首要的；領導的

designer〔 dɪ'zaɪnɚ 〕*n.* 設計師

6. (**C**) Her arrival <u>coincided</u> with our departure.

她到達的<u>同時</u>我們離開了。

    (A) gather〔'gæðɚ〕*v.* 聚集

    (B) appall〔ə'pɔl〕*v.* 驚嚇

    (C) *coincide*〔͵koɪn'saɪd〕*v.* 同時發生 <*with*>

    (D) tempt〔tɛmpt〕*v.* 引誘

    * arrival〔ə'raɪvḷ〕*n.* 到達
      departure〔dɪ'partʃɚ〕*n.* 離開

7. (**A**) The book's <u>description</u> of the Rocky Mountains
brought back memories of my vacation there years ago.

這本書對落磯山脈的<u>描述</u>，使我憶起多年前在那裏度過的
假期。

    (A) *description*〔dɪ'skrɪpʃən〕*n.* 描述

    (B) direction〔də'rɛkʃən〕*n.* 方向

    (C) disposition〔͵dɪspə'zɪʃən〕*n.* 性情

    (D) depletion〔dɪ'pliʃən〕*n.* 枯竭

    * *bring back* 把～帶回來；使被憶起
      memory〔'mɛmərɪ〕*n.* 回憶

8. (**C**) I'm going to <u>start</u> the meeting at one o'clock, so please
try to be there on time.

會議將於一點<u>開始</u>，所以請準時出席。

    (A) postpone〔post'pon〕*v.* 延期

    (B) startle〔'startḷ〕*v.* 使驚訝

    (C) *start*〔start〕*v.* 開始（=*begin*）

    (D) initiate〔ɪ'nɪʃɪ͵et〕*v.* 創始

    * *on time* 準時

9. (**B**) The childhood memory was <u>evoked</u> by the sight of his old house.

看到他的舊房子，喚起了他童年時的記憶。

(A) invoke〔ɪn'vok〕 v. 祈求

(B) ***evoke***〔ɪ'vok〕 v. 喚起

(C) revoke〔rɪ'vok〕 v. 撤銷；吊銷

(D) convoke〔kən'vok〕 v. 召開（會議）

　＊ sight〔saɪt〕 n. 看見

10. (**B**) We traced the trouble in the machine to a <u>faulty</u> transformer.

我們查出機器的問題，起因於一個<u>有瑕疵的</u>變壓器。

(A) fatal〔'fetl̩〕 adj. 致命的

(B) ***faulty***〔'fɔltɪ〕 adj. 有缺點的；有瑕疵的

(C) falling〔'fɔlɪŋ〕 adj. 落下的

(D) fairly〔'fɛrlɪ〕 adv. 公平地；非常地

　＊ trace〔tres〕 v. 追蹤；探索
　　transformer〔træns'fɔrmɚ〕 n. 變壓器

【劉毅老師的話】

做單字測驗題，是增加英文閱讀能力的第
一步，做多了，英文實力自然增加。

TEST 8

Directions: *The following questions are incomplete sentences. You are to choose the one word that best completes the sentence.*

1. You can tell it's 18 carat gold from the _____.
   - (A) landmark
   - (B) hallmark
   - (C) postmark
   - (D) earmark   (   )

2. Being sent to a juvenile corrective institution is the most severe punishment for _____ with criminal charges.
   - (A) seniors
   - (B) juniors
   - (C) minors
   - (D) majors   (   )

3. The earthquake _____ the news for several days.
   - (A) delivered
   - (B) domained
   - (C) murmured
   - (D) dominated   (   )

4. The road now _____ two miles.
   - (A) intended
   - (B) pretended
   - (C) contended
   - (D) extended   (   )

5. This gas, in the presence of oxygen, _____ an intensely hot flame.
   - (A) emits
   - (B) bursts
   - (C) glows
   - (D) wires   (   )

6. Ella's parents were killed in a car accident soon after her birth, so she was brought up in an _____.
   (A) apartment
   (B) optimum
   (C) asylum
   (D) orphanage   (   )

7. Who _____ the world record for high jump?
   (A) left
   (B) holds
   (C) placed
   (D) broken   (   )

8. Electrical service will be _____ for two hours on Sunday morning for line maintenance.
   (A) suspended
   (B) depended
   (C) appended
   (D) expended   (   )

9. The mother _____ the child's tears.
   (A) wiped
   (B) withdrew
   (C) guaranteed
   (D) denied   (   )

10. The strong current is _____ the river's banks at an alarming rate.
    (A) underlying
    (B) underlining
    (C) underplaying
    (D) undermining   (   )

TEST 8 詳解

1. (**B**) You can tell it's 18 carat gold from the <u>hallmark</u>.
   你能從<u>純度證明</u>上得知那是 18K 的黃金。

　　(A) landmark ('lænd,mɑrk) *n.* 地標
　　(B) **hallmark** ('hɔl,mɑrk) *n.* (金銀的) 純度證明印記
　　(C) postmark ('post,mɑrk) *n.* 郵戳
　　(D) earmark ('ɪr,mɑrk) *n.* 耳記；特徵

　　　* tell (tɛl) *v.* 知道
　　　carat ('kærət) *n.* 克拉 (寶石重量單位)；K (黃金純度
　　　單位，純金為 24K)

2. (**C**) Being sent to a juvenile corrective institution is
   the most severe punishment for <u>minors</u> with
   criminal charges.
   被送到少年感化院，對觸犯刑法的<u>青少年</u>而言，是最嚴
   厲的處分。

　　(A) senior ('sinjɚ) *n.* 年長者；長輩
　　(B) junior ('dʒunjɚ) *n.* 年少者；晚輩
　　(C) **minor** ('maɪnɚ) *n.* 未成年人；輔修科目
　　(D) major ('medʒɚ) *n.* 成年人；主修科目

　　　* juvenile ('dʒuvənḷ) *adj.* 青少年的
　　　corrective (kə'rɛktɪv) *adj.* 矯正的
　　　institution (,ɪnstə'tjuʃən) *n.* 機構
　　　juvenile corrective institution 少年感化院
　　　severe (sə'vɪr) *adj.* 嚴厲的
　　　criminal ('krɪmənḷ) *adj.* 犯罪的；刑事的
　　　charge (tʃɑrdʒ) *n.* 指控；罪狀

3. (**D**)　The earthquake <u>dominated</u> the news for several days.

好幾天以來，這場地震都是<u>最重要</u>的新聞。

    (A)　deliver〔dɪˋlɪvɚ〕*v.* 遞送

    (B)　domain〔doˋmen〕*n.* 領域

    (C)　murmur〔ˋmɝmɚ〕*v.* 喃喃自語

    (D)　***dominate***〔ˋdɑməˌnet〕*v.* 支配；佔最重要地位

    * earthquake〔ˋɝθˌkwek〕*n.* 地震

4. (**D**)　The road now <u>extended</u> two miles.

這條路現在<u>延伸</u>到兩哩<u>長</u>了。

    (A)　intend〔ɪnˋtɛnd〕*v.* 打算

    (B)　pretend〔prɪˋtɛnd〕*v.* 假裝

    (C)　contend〔kənˋtɛnd〕*v.* 競爭

    (D)　***extend***〔ɪkˋstɛnd〕*v.* 延伸

5. (**A**)　This gas, in the presence of oxygen, <u>emits</u> an intensely hot flame.

這種氣體一遇到氧氣，就會<u>發出</u>高熱的火焰。

    (A)　***emit***〔ɪˋmɪt〕*v.* 放射出

    (B)　burst〔bɝst〕*v.* 爆發 (應用 bursts into，表「突然開始」。)

    (C)　glow〔glo〕*v.* 發光

    (D)　wire〔waɪr〕*v.* 裝配電線

    * presence〔ˋprɛsn̩s〕*n.* 存在；出席
    in the presence of 在～的面前；有～的存在
    oxygen〔ˋɑksədʒən〕*n.* 氧氣
    intensely〔ɪnˋtɛnslɪ〕*adv.* 劇烈地
    flame〔flem〕*n.* 火焰

6. (**D**) Ella's parents were killed in a car accident soon after her birth, so she was brought up in an <u>orphanage</u>.

艾拉的父母，在她出生不久後，就因車禍而喪生，所以她是在<u>孤兒院</u>裡長大的。

(A) apartment〔ə'pɑrtmənt〕n. 公寓
(B) optimum〔'ɑptəməm〕n. 最佳條件
(C) asylum〔ə'saɪləm〕n. 避難所；收容所
(D) *orphanage*〔'ɔrfənɪdʒ〕n. 孤兒院

　* *be killed* （因意外而）死亡
　　bring up 養育（ = *raise*）

7. (**B**) Who <u>holds</u> the world record for high jump?

誰是跳高的世界紀錄<u>保持</u>者？

(A) leave〔liv〕v. 離開；留下
(B) *hold*〔hold〕v. 保持
(C) place〔ples〕v. 放置
(D) break〔brek〕v. 打破（應用過去式 broke）

　* *world record* 世界紀錄　　*high jump* 跳高

8. (**A**) Electrical service will be <u>suspended</u> for two hours on Sunday morning for line maintenance.

為了保養線路，星期天早上將<u>暫停</u>供電兩小時。

(A) *suspend*〔sə'spɛnd〕v. 暫停
(B) depend〔dɪ'pɛnd〕v. 依賴
(C) append〔ə'pɛnd〕v. 附加
(D) expend〔ɪk'spɛnd〕v. 花費

　* *electrical service* 電力供應　　line〔laɪn〕n. 線絡
　　maintenance〔'mentənəns〕n. 保養

9. (**A**) The mother <u>wiped</u> the child's tears.

這位母親擦掉她孩子的眼淚。

(A) ***wipe***〔waɪp〕*v.* 擦
(B) withdraw〔wɪðˈdrɔ〕*v.* 撤回
(C) guarantee〔ˌgærənˈti〕*v.* 保證
(D) deny〔dɪˈnaɪ〕*v.* 否認

＊ tear〔tɪr〕*n.* 眼淚

10. (**D**) The strong current is <u>undermining</u> the river's banks at an alarming rate.

強大的水流，正以驚人的速度，破壞河堤。

(A) underlie〔ˌʌndɚˈlaɪ〕*v.* 作為基礎
(B) underline〔ˌʌndɚˈlaɪn〕*v.* 劃底線；強調
(C) underplay〔ˌʌndɚˈple〕*v.* 含蓄地表演；輕描淡寫
(D) ***undermine***〔ˌʌndɚˈmaɪn〕*v.* 破壞；侵蝕～的基礎

＊ current〔ˈkɝənt〕*n.* 水流
bank〔bæŋk〕*n.* 河堤；河岸
alarming〔əˈlɑrmɪŋ〕*adj.* 驚人的
rate〔ret〕*n.* 速度

┌─【劉毅老師的話】────
│ 單字背不下來，可以用「比較法」，用自
│ 己會的單字，加以比較，如：underlie，
│ 就是 under + lie。
└──────────────────

TEST 9

Directions: *The following questions are incomplete sentences. You are to choose the one word that best completes the sentence.*

1. I offered to turn down the radio so he could study, but he said he didn't _____.
   - (A) bother
   - (B) disturb
   - (C) mind
   - (D) matter   (   )

2. The supervisor was unable to come up with an _____ remedy for declining employee morale.
   - (A) effective
   - (B) effectiveness
   - (C) effectively
   - (D) effecting   (   )

3. I don't want to _____ the case but this is probably the most important event in my life.
   - (A) overcrowd
   - (B) overcome
   - (C) overstate
   - (D) overthrow   (   )

4. He _____ his intention to leave by Friday.
   - (A) promised
   - (B) dampened
   - (C) confirmed
   - (D) fascinated   (   )

5. Advertising tends to _____ women in a very traditional role.
   - (A) print
   - (B) painted
   - (C) portray
   - (D) depicting   (   )

6. Have you been _____ against hepatitis?
   (A) shot
   (B) inoculated
   (C) injection
   (D) vaccine   (   )

7. The question _____ her by surprise.
   (A) caught
   (B) snagged
   (C) trapped
   (D) netted   (   )

8. You must _____ to vote 30 days before the election.
   (A) sign
   (B) submit
   (C) register
   (D) inquire   (   )

9. The bridge _____ and fell into the river.
   (A) quaked
   (B) crunched
   (C) cracked
   (D) collapsed   (   )

10. Many young woman in the work force of the country
    _____ when they get married.
    (A) retire
    (B) remove
    (C) react
    (D) recall   (   )

TEST 9 詳解

1. (**C**) I offered to turn down the radio so he could study, but he said he didn't <u>mind</u>.

我提議把收音機關小聲，以方便他讀書，但他說他不<u>介意</u>。

(A) bother (ˈbɑðɚ) v. 打擾
(B) disturb (dɪsˈtɝb) v. 打擾；使煩惱
(C) *mind* (maɪnd) v. 介意
(D) matter (ˈmætɚ) v. 重要 (要用 it 做主詞)

　 * offer (ˈɔfɚ) v. 提議
　 turn down 關小聲

2. (**A**) The supervisor was unable to come up with an <u>effective</u> remedy for declining employee morale.

主管無法想出一個<u>有效的</u>方法，來補救消沉的員工士氣。

(A) *effective* (ɪˈfɛktɪv) adj. 有效的
(B) effectiveness (ɪˈfɛktɪvnɪs) n. 有效
(C) effectively (ɪˈfɛktɪvlɪ) adv. 有效地
(D) effect (ɪˈfɛkt) n. 效果；影響

　 * supervisor (ˌsjupɚˈvaɪzɚ) n. 主管
　 come up with 想出
　 remedy (ˈrɛmədɪ) n. 補救方法
　 declining (dɪˈklaɪnɪŋ) adj. 衰微的
　 morale (moˈræl) n. 士氣

3. (**C**) I don't want to <u>overstate</u> the case but this is probably the most important event in my life.

我不想<u>誇大</u>這件事，但這可能是我一生中最重要的一件事。

(A) overcrowd〔͵ovɚ'kraʊd〕*v.* 過度擁擠
(B) overcome〔͵ovɚ'kʌm〕*v.* 克服
(C) ***overstate***〔'ovɚ'stet〕*v.* 誇大（ = *exaggerate* ）
(D) overthrow〔͵ovɚ'θro〕*v.* 推翻

* case〔kes〕*n.* 事實   event〔ɪ'vɛnt〕*n.* 事件

4. (**C**) He <u>confirmed</u> his intention to leave by Friday.

他<u>確定</u>想要星期五以前離開。

(A) promise〔'prɑmɪs〕*v.* 保證
(B) dampen〔'dæmpən〕*v.* 弄濕；使消沈
(C) ***confirm***〔kən'fɝm〕*v.* 確認
(D) fascinate〔'fæsn͵et〕*v.* 使著迷

* intention〔ɪn'tɛnʃən〕*n.* 意圖；打算

5. (**C**) Advertising tends to <u>portray</u> women in a very traditional role.

廣告傾向於將女性<u>描繪</u>成非常傳統的角色。

(A) print〔prɪnt〕*v.* 印刷
(B) paint〔pent〕*v.* 油漆
(C) ***portray***〔por'tre〕*v.* 描繪
(D) depict〔dɪ'pɪkt〕*v.*（用圖、文字）描繪（須用原形動詞）

* advertising〔'ædvɚ͵taɪzɪŋ〕*n.* 廣告
tend to + *V.* 傾向於
traditional〔trə'dɪʃənḷ〕*n.* 傳統的
role〔rol〕*n.* 角色

6. (**B**) Have you been <u>inoculated</u> against hepatitis?

你有<u>打</u>過肝炎的<u>預防疫苗</u>嗎？

(A) shoot〔ʃut〕v. 射擊 (三態變化為：shoot-shot-shot)

(B) ***inoculate***〔ɪnˈɑkjəˌlet〕v. 預防接種

(C) injection〔ɪnˈdʒɛkʃən〕n. 注射 (= *shot*)

(D) vaccine〔ˈvæksɪn〕n. 疫苗

* hepatitis〔ˌhɛpəˈtaɪtɪs〕n. 肝炎

7. (**A**) The question <u>caught</u> her by surprise.

這個問題<u>使得</u>她很驚訝。

(A) ***catch sb. by surprise*** 使某人驚訝

(= *take sb. by surprise*)

(B) snag〔snæg〕v. 鉤破；妨礙

(C) trap〔træp〕v. 誘捕

(D) net〔nɛt〕v. 織網

8. (**C**) You must <u>register</u> to vote 30 days before the election.

你必須在選舉的三十天之前，完成投票<u>登記</u>。

(A) sign〔saɪn〕v. 簽名

(B) submit〔səbˈmɪt〕v. 服從；提出

(C) ***register***〔ˈrɛdʒɪstɚ〕v. 登記

(D) inquire〔ɪnˈkwaɪr〕v. 詢問

* vote〔vot〕v. 投票

election〔ɪˈlɛkʃən〕n. 選舉

9. (**D**) The bridge <u>collapsed</u> and fell into the river.

橋倒塌了，並落入河中。

(A) quake〔kwek〕*v.* 震動
(B) crunch〔krʌntʃ〕*v.* 嘎吱作響
(C) crack〔kræk〕*v.* 破裂；龜裂
(D) *collapse*〔kə'læps〕*v.* 倒塌

10. (**A**) Many young woman in the work force of the country <u>retire</u> when they get married.

該國許多勞動人口中的年輕女孩，在結婚之後就退休了。

(A) *retire*〔rɪ'taɪr〕*v.* 退休
(B) remove〔rɪ'muv〕*v.* 除去
(C) react〔rɪ'ækt〕*v.* 反應
(D) recall〔rɪ'kɔl〕*v.* 記起

＊ *the work force* 勞動力；勞動人口

【劉毅老師的話】

學英文的書，「學習」都有。要多跑幾家
大書店，才能找到你所要的書。

TEST 10

Directions: *The following questions are incomplete sentences. You are to choose the one word that best completes the sentence.*

1. They found that there was no way to _____ the verdict that the judge had handed down.
   (A) reverse
   (B) revere
   (C) reveal
   (D) revert   (　　)

2. The matter cannot _____ there — I demand an apology.
   (A) strand
   (B) seat
   (C) lay
   (D) rest   (　　)

3. The boss told Finnegan that he would have to be _____ and put in his time before being promoted.
   (A) potent
   (B) pennant
   (C) patient
   (D) patent   (　　)

4. The palace was _____ built in the 1800's but was destroyed by bandits and rebuilt much later.
   (A) originally
   (B) sufficiently
   (C) evenly
   (D) eventually   (　　)

5. The conservative company chairman asked a graphic design firm to come up with a logo that would _____ with their established image of respectability.
   (A) lock
   (B) role
   (C) fit
   (D) clash   (　　)

6. The supersonic aircraft took off into the evening sky with
   a _____ roar.
   (A) definitely
   (B) defining
   (C) deafening
   (D) defeated   (   )

7. He wondered if there were any _____ flights, because
   the usual stopovers were so lengthy.
   (A) direct
   (B) straight
   (C) booked
   (D) shortened   (   )

8. They were _____ to have a party for the chairman
   on his last day, but his wife said he hated such things.
   (A) planning
   (B) designing
   (C) designating
   (D) constructing   (   )

9. Some people were talking loudly in the library and that
   _____ Larry from his study.
   (A) divided
   (B) distorted
   (C) distributed
   (D) distracted   (   )

10. When his wife became ill, Mr. Kemp immediately sought
    the advice of the foremost _____ in the field of
    cancer research.
    (A) specialist
    (B) specialize
    (C) specialization
    (D) specialty   (   )

TEST 10 詳解

1. (**A**) They found that there was no way to <u>reverse</u> the verdict that the judge had handed down.
他們發現，沒有方法撤銷法官已經宣布的判決。

    (A) **reverse** (rɪˋvɝs) v. 撤銷；逆轉

    (B) revere (rɪˋvɪr) v. 尊敬

    (C) reveal (rɪˋvil) v. 透露

    (D) revert (rɪˋvɝt) v. 恢復原狀

    * verdict (ˋvɝdɪkt) n. 判決　judge (dʒʌdʒ) n. 法官
    hand down 正式宣布；公布

2. (**D**) The matter cannot <u>rest</u> there — I demand an apology.
這件事不能就此罷休——我要求要向我道歉。

    (A) strand (strænd) v. 擱淺；處於困境

    (B) seat (sit) v. 使就座

    (C) lay (le) v. 放置；產 (卵)

    (D) **rest** (rɛst) v. 停止

    * demand (dɪˋmænd) v. 要求
    apology (əˋpɑlədʒɪ) n. 道歉

3. (**C**) The boss told Finnegan that he would have to be <u>patient</u> and put in his time before being promoted.
老闆告訴芬尼根，他必須有耐心，要累積年資才能升遷。

    (A) potent (ˋpotn̩t) adj. 有效力的；強有力的

    (B) pennant (ˋpɛnənt) n. 錦旗

    (C) **patient** (ˋpeʃənt) adj. 有耐心的

    (D) patent (ˋpætn̩t) n. 專利 (權)

    * **put in** one's **time** 累積年資
    promote (prəˋmot) v. 升遷

4. (**A**) The palace was <u>originally</u> built in the 1800's but was destroyed by bandits and rebuilt much later.

這座皇宮<u>最初</u>建於十九世紀，但被土匪所摧毀，過了很久以後才重建。

    (A) ***originally*** 〔 əˈrɪdʒənḷɪ 〕 *adv.* 最初；原本
    (B) sufficiently 〔 səˈfɪʃəntlɪ 〕 *adv.* 充分地
    (C) evenly 〔ˈivənlɪ 〕 *adv.* 平均地
    (D) eventually 〔 ɪˈvɛntʃuəlɪ 〕 *adv.* 最後；終於

      * palace 〔ˈpælɪs 〕 *n.* 皇宮   destroy 〔 dɪˈstrɔɪ 〕 *v.* 摧毀
      bandit 〔ˈbændɪt 〕 *n.* 土匪
      rebuild 〔 riˈbɪld 〕 *v.* 重建

5. (**C**) The conservative company chairman asked a graphic design firm to come up with a logo that would <u>fit</u> with their established image of respectability.

那家保守的公司的董事長，請一家平面設計公司設計一個商標，要能<u>符合</u>他們既有的受人敬重的形象。

    (A) lock 〔 lɑk 〕 *v.* 鎖上
    (B) role 〔 rol 〕 *n.* 角色
    (C) ***fit*** 〔 fɪt 〕 *v.* 符合；適合
    (D) clash 〔 klæʃ 〕 *v.* 撞擊；衝突 < *with* >

      * conservative 〔 kənˈsɝvətɪv 〕 *adj.* 保守的
      chairman 〔ˈtʃɛrmən 〕 *n.* 主席；董事長
      graphic design 平面造型設計
      come up with 想出
      logo 〔ˈlɑgo 〕 *n.* (某個組織的) 標誌；商標
      established 〔 əˈstæblɪʃt 〕 *adj.* 已確立的
      respectability 〔 rɪˌspɛktəˈbɪlətɪ 〕 *n.* 受尊敬；體面之社會地位

6. (**C**) The supersonic aircraft took off into the evening
sky with a <u>deafening</u> roar.
超音速飛機起飛進入夜空，發出<u>震耳欲聾的</u>轟隆聲。

(A) definitely (ˈdɛfənɪtlɪ) *adv.* 必定
(B) define (dɪˈfaɪn) *v.* 下定義
(C) ***deafening*** (ˈdɛfənɪŋ) *adj.* 震耳欲聾的
(D) defeat (dɪˈfit) *v.* 打敗

* supersonic (ˌsupɚˈsɑnɪk) *adj.* 超音速的
aircraft (ˈɛrˌkræft) *n.* 飛機
take off 起飛   roar (ror) *n.* 吼聲；轟隆聲

7. (**A**) He wondered if there were any <u>direct</u> flights, because
the usual stopovers were so lengthy.
他想知道是否有<u>直</u>飛的班機，因為一般的中途停留時間
太久了。

(A) ***direct*** (dəˈrɛkt) *adj.* 直接的
(B) straight (stret) *adj.* 直的
(C) book (bʊk) *v.* 預訂
(D) shorten (ˈʃɔrtn̩) *v.* 縮短

* stopover (ˈstɑpˌovɚ) *n.* (旅程中) 中途停留
lengthy (ˈlɛŋ(k)θɪ) *adj.* 冗長的

8. (**A**) They were <u>planning</u> to have a party for the chairman
on his last day, but his wife said he hated such things.
他們正<u>計畫</u>在董事長任內的最後一天，為他舉行一個派對，
但他太太說他討厭這一類的事情。

(A) ***plan*** (plæn) *v.* 計劃
(B) design (dɪˈzaɪn) *v.* 設計
(C) designate (ˈdɛzɪgˌnet) *v.* 指派
(D) construct (kənˈstrʌkt) *v.* 建造

9. (**D**) Some people were talking loudly in the library and that <u>distracted</u> Larry from his study.

有些人在圖書館裡大聲說話，使賴瑞分心，無法念書。

(A) divide〔dəˈvaɪd〕*v.* 劃分
(B) distort〔dɪsˈtɔrt〕*v.* 扭曲
(C) distribute〔dɪˈstrɪbjʊt〕*v.* 分發；分配
(D) *distract*〔dɪˈstrækt〕*v.* 使分心

＊ study〔ˈstʌdɪ〕*n.* 讀書

10. (**A**) When his wife became ill, Mr. Kemp immediately sought the advice of the foremost <u>specialist</u> in the field of cancer research.

當太太生病時，甘普先生立刻尋求在癌症研究領域中，第一流專家的意見。

(A) *specialist*〔ˈspɛʃəlɪst〕*n.* 專家
(B) specialize〔ˈspɛʃəlˌaɪz〕*v.* 專攻
(C) specialization〔ˌspɛʃələɪˈzeʃən〕*n.* 專門化
(D) specialty〔ˈspɛʃəltɪ〕*n.* 專長

＊ seek〔sik〕*v.* 尋求（三態變化為：seek-sought-sought）
advice〔ədˈvaɪs〕*n.* 建議；忠告
foremost〔ˈforˌmost〕*adj.* 最重要的；第一流的
field〔fild〕*n.* 領域
cancer〔ˈkænsɚ〕*n.* 癌症
research〔ˈrisɝtʃ〕*n.* 研究

TEST 11

Directions: *The following questions are incomplete sentences. You are to choose the one word that best completes the sentence.*

1. The receptionist's telephone is always _____, so call him directly.
   - (A) endured
   - (B) loaded
   - (C) engaged
   - (D) endowed   (   )

2. The police are putting him under _____ to find some evidence for the crime.
   - (A) interruption
   - (B) interrogation
   - (C) intersection
   - (D) interpretation   (   )

3. Mike comes from a very _____ family and lives a comfortable life.
   - (A) effluent
   - (B) efficient
   - (C) affluent
   - (D) fluent   (   )

4. There is no hotel in this _____.
   - (A) playground
   - (B) neighbor
   - (C) vicinity
   - (D) distance   (   )

5. Susan decided to go to medical school to be a _____.
   - (A) physic
   - (B) physicist
   - (C) physician
   - (D) physique   (   )

6. You have to be more _____ to be a great artist.
   (A) imagery
   (B) imaginary
   (C) imaginable
   (D) imaginative   (   )

7. Do you know why he _____ as the principal of the school?
   (A) recruited
   (B) reformed
   (C) resigned
   (D) requested   (   )

8. She stared at him in _____ because he looked exactly like her father.
   (A) constellation
   (B) constitution
   (C) constipation
   (D) consternation   (   )

9. Linda was _____ by the Lin family when she was six years old.
   (A) adjusted
   (B) adapted
   (C) adopted
   (D) addicted   (   )

10. You can't do business in this area without _____.
   (A) confession
   (B) omission
   (C) permission
   (D) commission   (   )

TEST 11 詳解

1. (**C**) The receptionist's telephone is always <u>engaged</u>, so call him directly.

接待員的電話總是<u>忙線中</u>，所以你直接打電話給他。

    (A) endure〔ɪn'djʊr〕*v.* 忍受

    (B) load〔lod〕*v.* 裝載

    (C) **engaged**〔ɪn'gedʒd〕*adj.* 忙線中 (= *busy*)

    (D) endow〔ɪn'daʊ〕*v.* 贈予；賦予

      * receptionist〔rɪ'sɛpʃənɪst〕*n.* 接待員
      * directly〔də'rɛktlɪ〕*adj.* 直接地

2. (**B**) The police are putting him under <u>interrogation</u> to find some evidence for the crime.

警察為了要找出一些犯罪證據而<u>審問</u>他。

    (A) interruption〔ˌɪntə'rʌpʃən〕*n.* 打斷

    (B) **interrogation**〔ɪnˌtɛrə'geʃən〕*n.* 審問；訊問
        put sb. under interrogation 審問某人

    (C) intersection〔ˌɪntə'sɛkʃən〕*n.* 十字路口

    (D) interpretation〔ɪnˌtɝprɪ'teʃən〕*n.* 解釋；翻譯

      * evidence〔'ɛvədəns〕*n.* 證據
        crime〔kraɪm〕*n.* 罪

```
 inter    + rog  + ation
   |         |       |
between  + ask  +   n.
```

3. (**C**)　Mike comes from a very <u>affluent</u> family and lives a comfortable life.

　　麥克來自一個非常<u>富裕的</u>家庭，並過著舒適的生活。

　　　(A)　effluent〔ˈɛfluənt〕*adj.* 流出的；放出的
　　　(B)　efficient〔əˈfɪʃənt〕*adj.* 有效率的
　　　(C)　***affluent***〔ˈæfluənt〕*adj.* 富裕的（= *rich* ）
　　　(D)　fluent〔ˈfluənt〕*adj.* 流利的

　　　＊ ***live a~life*** 過~的生活

4. (**C**)　There is no hotel in this <u>vicinity</u>.

　　這<u>附近</u>沒有旅館。

　　　(A)　playground〔ˈpleˌgraʊnd〕*n.* 運動場
　　　(B)　neighbor〔ˈnebɚ〕*n.* 鄰居（應改成 neighborhood ）
　　　(C)　***vicinity***〔vəˈsɪnətɪ〕*n.* 附近地區
　　　(D)　distance〔ˈdɪstəns〕*n.* 距離

5. (**C**)　Susan decided to go to medical school to be a <u>physician</u>.

　　蘇珊決定要念醫學院，當<u>內科醫生</u>。

　　　(A)　physic〔ˈfɪzɪk〕*n.* 藥
　　　(B)　physicist〔ˈfɪzəsɪst〕*n.* 物理學家
　　　(C)　***physician***〔fəˈzɪʃən〕*n.* 內科醫生；醫生
　　　　　（↔ surgeon〔ˈsɝdʒən〕*n.* 外科醫生 ）
　　　(D)　physique〔fɪˈzik〕*n.* 體格（= *figure* ）

　　　＊ ***medical school*** 醫學院

6. (**D**) You have to be more <u>imaginative</u> to be a great artist.

要當一位偉大的藝術家，你必須更有想像力。

    (A) imagery（'ɪmɪdʒərɪ）*n.* 意象；比喻

    (B) imaginary（ɪ'mædʒə,nɛrɪ）*adj.* 想像的；虛構的

    (C) imaginable（ɪ'mædʒɪnəbḷ）*adj.* 可想像得到的

    (D) ***imaginative***（ɪ'mædʒə,netɪv）*adj.* 有想像力的

7. (**C**) Do you know why he <u>resigned</u> as the principal of the school?

你知道他為何辭去校長的職務嗎？

    (A) recruit（rɪ'krut）*v.* 招募（新人）

    (B) reform（rɪ'fɔrm）*v.* 改革

    (C) ***resign***（rɪ'zaɪn）*v.* 辭職

    (D) request（rɪ'kwɛst）*v.* 要求

    ＊ principal（'prɪsəpḷ）*n.*（中小學）校長

8. (**D**) She stared at him in <u>consternation</u> because he looked exactly like her father.

她驚恐地看著他，因為他長得跟她的父親一模一樣。

    (A) constellation（,kɑnstə'leʃən）*n.* 星座

    (B) constitution（,kɑnstə'tjuʃən）*n.* 憲法

    (C) constipation（,kɑnstə'peʃən）*n.* 便秘

    (D) ***consternation***（,kɑnstə'neʃən）*n.* 驚恐；驚愕

    ＊ stare（stɛr）*v.* 瞪著；凝視

    exactly（ɪg'zæktlɪ）*adv.* 完全地

9. (**C**) Linda was <u>adopted</u> by the Lin family when she was six years old.

琳達在六歲時被林家<u>收養</u>。

(A) adjust〔ə'dʒʌst〕*v.* 調整
(B) adapt〔ə'dæpt〕*v.* 使適應;改編
(C) ***adopt***〔ə'dɑpt〕*v.* 收養
(D) addict〔ə'dɪkt〕*v.* 使沈溺;使上癮

10. (**C**) You can't do business in this area without <u>permission</u>.

未經<u>許可</u>,你不能在這個地區做生意。

(A) confession〔kən'fɛʃən〕*n.* 承認;招供
(B) omission〔o'mɪʃən〕*n.* 省略
(C) ***permission***〔pɚ'mɪʃən〕*n.* 許可
(D) commission〔kə'mɪʃən〕*n.* 佣金

* ***do business*** 做生意

【劉毅老師的話】

學英文的人,最怕背這三個字:adapt,adept,adopt。先背 adopt,

ad + opt 收養（小孩要選擇）
 | |
to + *choose*

再背 adapt,

ad + apt 使適應
 | |
to + *fit*

另外一個 adept 就可以死背了。

TEST 12

Directions: *The following questions are incomplete sentences. You are to choose the one word that best completes the sentence.*

1. She didn't say anything but her smile meant _____ consent.
   - (A) impolitic
   - (B) implicit
   - (C) explicate
   - (D) explicit   (   )

2. I was looking forward to this holiday, but it has been spoiled by a _____ of rainy days.
   - (A) cession
   - (B) cessation
   - (C) secession
   - (D) succession   (   )

3. We were relieved to hear that the bomb was _____.
   - (A) diffused
   - (B) defused
   - (C) infused
   - (D) profused   (   )

4. Mr. Johnson is the head of the _____ department in this company.
   - (A) personal
   - (B) personnel
   - (C) personality
   - (D) permanent   (   )

5. Ben has been the _____ for his family since his father died five years ago.
   - (A) plumber
   - (B) butcher
   - (C) preacher
   - (D) breadwinner   (   )

6. The drunken man _____ over a stone and fell on his back.
   - (A) stumbled
   - (B) stomped
   - (C) stumped
   - (D) stunned   ( )

7. The sound of the door _____ all of a sudden scared me.
   - (A) beating
   - (B) crashing
   - (C) slapping
   - (D) slamming   ( )

8. I hope the government's proposal to _____ a new tax on cigarettes will help reduce the number of smokers.
   - (A) expose
   - (B) impose
   - (C) dispose
   - (D) transpose   ( )

9. The _____ on this clock is not moving.
   - (A) doldrums
   - (B) pendulum
   - (C) humdrum
   - (D) tantrum   ( )

10. This dictionary _____ about 50,000 words.
    - (A) contains
    - (B) detains
    - (C) retains
    - (D) involves   ( )

TEST 12　詳解

1. (**B**) She didn't say anything but her smile meant <u>implicit</u> consent.

她雖然什麼都沒說，但她的微笑就表示<u>默許</u>。

(A) impolitic〔ɪm'pɑlətɪk〕adj. 不智的
(B) **implicit**〔ɪm'plɪsɪt〕adj. 暗示的；不講明的
(C) explicate〔'ɛksplɪ,ket〕v. 說明；解釋（= *explain*）
(D) explicit〔ɪk'splɪsɪt〕adj. 明白表示的

* consent〔kən'sɛnt〕n. 同意
  implicit consent 默許

2. (**D**) I was looking forward to this holiday, but it has been spoiled by a <u>succession</u> of rainy days.

我原本很期待這個假日，但卻被一<u>連串</u>的雨天破壞了。

(A) cession〔'sɛʃən〕n. 轉讓；割讓
(B) cessation〔sɛ'seʃən〕n. 停止；中斷
(C) secession〔si'sɛʃən〕n. 退出；脫離
(D) **succession**〔sək'sɛʃən〕n. 連續（= *series*）
  a succession of 一連串的

* ***look forward to*** 期待
  spoil〔spɔɪl〕v. 破壞

```
suc  + cess + ion
 |      |      |
under +  go  + n.
```

3. (**B**) We were relieved to hear that the bomb was <u>defused</u>.

聽說那個炸彈已被<u>拆除</u>了，我們鬆了一口氣。

   (A) diffuse〔dɪ'fjuz〕*v.* 散播（= *spread*）

   (B) ***defuse***〔di'fjuz〕*v.* 拆除（炸彈的）雷管

   (C) infuse〔ɪn'fjuz〕*v.* 注入

   (D) profuse〔prə'fjus〕*adj.* 很多的

    * relieved〔rɪ'livd〕*adj.* 鬆了一口氣的

      bomb〔bɑm〕*n.* 炸彈

4. (**B**) Mr. Johnson is the head of the <u>personnel</u> department in this company.

強森先生是這個公司的<u>人事</u>主管。

   (A) personal〔'pɝsnḷ〕*adj.* 個人的

   (B) ***personnel***〔ˌpɝsn̩'ɛl〕*n.* 人員（集合名詞）；人事

   (C) personality〔ˌpɝsn̩'ælətɪ〕*n.* 個性

   (D) permanent〔'pɝmənənt〕*adj.* 永久的

    * head〔hɛd〕*n.* 主管

      department〔dɪ'pɑrtmənt〕*n.* 部門

5. (**D**) Ben has been the <u>breadwinner</u> for his family since his father died five yeas ago.

自從五年前父親去世以後，班就成為<u>負擔家計的人</u>。

   (A) plumber〔'plʌmɚ〕*n.* 水管工人

   (B) butcher〔'bʊtʃɚ〕*n.* 屠夫；肉店老闆

   (C) preacher〔'pritʃɚ〕*n.* 牧師

   (D) ***breadwinner***〔'brɛdˌwɪnɚ〕*n.* 負擔家計的人

6. (**A**) The drunken man <u>stumbled</u> over a stone and fell on his back.
那位酒醉的人被石頭<u>絆倒</u>，而向後跌倒。

- (A) **stumble**〔'stʌbḷ〕*v.* 絆倒
- (B) stomp〔stɑmp〕*v.* 用力踩步而行（= *stamp*）
- (C) stump〔stʌmp〕*v.* 以沈重的步伐走路
- (D) stun〔stʌn〕*v.* 使目瞪口呆

* drunken〔'drʌŋkən〕*adj.* 酒醉的
on one's **back** 仰臥

7. (**D**) The sound of the door <u>slamming</u> all of a sudden scared me. 門突然砰然關閉的聲音，嚇了我一跳。

- (A) beat〔bit〕*v.* 打
- (B) crash〔kræʃ〕*v.* 使墜毀
- (C) slap〔slæp〕*v.* 拍打；打（某人）耳光
- (D) **slam**〔slæm〕*v.* 砰然關閉（門、窗）

* **all of a sudden** 突然地（= *suddenly*）
scare〔skɛr〕*v.* 驚嚇

8. (**B**) I hope the government's proposal to <u>impose</u> a new tax on cigarettes will help reduce the number of smokers.
我希望政府對香菸<u>課徵</u>新稅的提議，能有助於減少吸煙人數。

- (A) expose〔ɪk'spoz〕*v.* 暴露
- (B) **impose**〔ɪm'poz〕*v.* 課（稅）<*on*>
- (C) dispose〔dɪ'spoz〕*v.* 處置
- (D) transpose〔træns'poz〕*v.* 調換

* proposal〔prə'pozḷ〕*n.* 提議
tax〔tæks〕*n.* 稅　　reduce〔rɪ'djus〕*v.* 減少

9. (**B**) The <u>pendulum</u> on this clock is not moving.

這個時鐘的<u>鐘擺</u>不動了。

(A) doldrums〔'daldrəmz〕 *n.* 意志消沉;(赤道)無風帶
(B) ***pendulum***〔'pɛndʒələm〕 *n.* 鐘擺
(C) humdrum〔'hʌm͵drʌm〕 *n.* 單調;無聊
(D) tantrum〔'tæntrəm〕 *n.* 發脾氣

* move〔muv〕 *v.* 移動

10. (**A**) This dictionary <u>contains</u> about 50,000 words.

這字典<u>收錄</u>了約五萬個單字。

(A) ***contain***〔kən'ten〕 *v.* 包含
(B) detain〔dɪ'ten〕 *v.* 使耽擱;拘留
(C) retain〔rɪ'ten〕 *v.* 保留
(D) involve〔ɪn'valv〕 *v.* 使牽涉在內

```
con  + tain
 |       |
all  + keep
```

【劉毅老師的話】

單字背不下來,可參照「學習」出版的
「英文字根字典」,或「英單字 *1000*
記憶講座」。

TEST 13

Directions: *The following questions are incomplete sentences. You are to choose the one word that best completes the sentence.*

1. Kate is a charming and _____ woman, so her dinner parties are always lively.
   - (A) nasty
   - (B) untidy
   - (C) sloppy
   - (D) gregarious   (   )

2. The city government has to take measures to prevent another _____ of food poisoning.
   - (A) outlaw
   - (B) outlook
   - (C) outbreak
   - (D) output   (   )

3. Dr. Williams conducted many experiments designed to test memory _____.
   - (A) span
   - (B) snap
   - (C) sense
   - (D) spread   (   )

4. The aroma of spices _____ the kitchen of my house.
   - (A) evaded
   - (B) invaded
   - (C) pervaded
   - (D) perverted   (   )

5. Is there any single room _____ for tonight?
   - (A) possessed
   - (B) restored
   - (C) retained
   - (D) available   (   )

6. This recipe calls for some _____ which are difficult to get in the ordinary shops.
   - (A) aspects
   - (B) contents
   - (C) techniques
   - (D) ingredients   ( )

7. John kept talking until his mother _____ to his impoliteness.
   - (A) secluded
   - (B) eluded
   - (C) deluded
   - (D) alluded   ( )

8. Mrs. Green asked Ben to open the window because it was very _____ in the classroom.
   - (A) dull
   - (B) thick
   - (C) dense
   - (D) stuffy   ( )

9. The truck was _____ to pull large trailers.
   - (A) erased
   - (B) erected
   - (C) eroded
   - (D) equipped   ( )

10. He was _____ by the army because of his poor eyesight.
   - (A) ejected
   - (B) rejected
   - (C) objected
   - (D) injected   ( )

TEST 13 詳解

1. (**D**) Kate is a charming and <u>gregarious</u> woman, so her dinner parties are always lively.

凱特是個既迷人又懂<u>社交的</u>女人，所以她所辦的舞會，總是很熱鬧。

    (A) nasty〔'næstɪ〕 *adj.* 討厭的

    (B) untidy〔ʌn'taɪdɪ〕 *adj.* 不整潔的

    (C) sloppy〔'slɑpɪ〕 *adj.* 邋遢的；(道路) 泥濘的

    (D) *gregarious*〔grɪ'gɛrɪəs〕 *adj.* 社交的

    * charming〔'tʃɑrmɪŋ〕 *adj.* 迷人的

    lively〔'laɪvlɪ〕 *adj.* 熱鬧的

2. (**C**) The city government has to take measures to prevent another <u>outbreak</u> of food poisoning.

市政府必須採取措施，以防止食物中毒的事件再次<u>爆發</u>。

    (A) outlaw〔'aʊt,lɔ〕 *n.* 罪犯 (= *criminal*)

    (B) outlook〔'aʊt,lʊk〕 *n.* 景色；看法

    (C) *outbreak*〔'aʊt,brek〕 *n.* 爆發

    (D) output〔'aʊt,pʊt〕 *n.* 產量

    * measures〔'mɛʒɚz〕 *n. pl.* 措施

    take measures 採取措施

    prevent〔prɪ'vɛnt〕 *v.* 預防

    food poisoning 食物中毒

3. (**A**) Dr. Williams conducted many experiments designed to test memory <u>span</u>.

威廉博士做了許多實驗，以測試記憶之持續時間。

(A) ***span***〔 spæn 〕 *n.* 持續時間
   memory span 記憶之持續時間
(B) snap〔 snæp 〕 *n.* 啪的一聲
(C) sense〔 sɛns 〕 *n.* 感覺
(D) spread〔 sprɛd 〕 *n.* 伸展；擴張

* conduct〔 kən'dʌkt 〕 *v.* 做（實驗）
   experiment〔 ɪk'spɛrəmənt 〕 *n.* 實驗
   design〔 dɪ'zaɪn 〕 *v.* 打算將～用作
   be designed to + ***V.*** 目的是為了～

4. (**C**) The aroma of spices <u>pervaded</u> the kitchen of my house.

香料的芳香，遍布了我家的廚房。

(A) evade〔 ɪ'ved 〕 *v.* 躲避
(B) invade〔 ɪn'ved 〕 *v.* 侵犯
(C) ***pervade***〔 pɚ'ved 〕 *v.* 遍布；充滿
(D) pervert〔 pɚ'vɝt 〕 *v.* 誤用；曲解   *n.* 變態者

* aroma〔 ə'romə 〕 *n.* 芳香   spice〔 spaɪs 〕 *n.* 香料

5. (**D**) Is there any single room <u>available</u> for tonight?

今天晚上還有單人房嗎？

(A) possess〔 pə'zɛs 〕 *v.* 擁有
(B) restore〔 rɪ'stor 〕 *v.* 恢復
(C) retain〔 rɪ'ten 〕 *v.* 保留
(D) ***available***〔 ə'veləbḷ 〕 *adj.* 可獲得的

* ***single room*** 單人房

6. (**D**)　This recipe calls for some <u>ingredients</u> which are difficult to get in the ordinary shops.

這份食譜所需要的<u>一些材料</u>，在一般的商店很難買到。

(A) aspect〔'æspɛkt〕*n.* 方面

(B) content〔'kɑntɛnt〕*n.* 內容

(C) technique〔tɛk'nik〕*n.* 技術

(D) *ingredient*〔ɪn'gridɪənt〕*n.* 原料；材料

* recipe〔'rɛsəpɪ〕*n.* 食譜　　*call for* 需要
ordinary〔'ɔrdn͵ɛrɪ〕*adj.* 普通的

7. (**D**)　John kept talking until his mother <u>alluded</u> to his impoliteness.

約翰一直說個不停，直到他母親<u>暗示</u>這樣很無禮。

(A) seclude〔sɪ'klud〕*v.* 隔離

(B) elude〔ɪ'lud〕*v.* 逃避 (= *avoid*)

(C) delude〔dɪ'lud〕*v.* 欺騙；迷惑 (= *deceive*)

(D) *allude*〔ə'lud〕*v.* 暗示 < *to* > (= *imply*)

* impoliteness〔͵ɪmpə'laɪtnɪs〕*n.* 沒有禮貌

8. (**D**)　Mrs. Green asked Ben to open the window because it was very <u>stuffy</u> in the classroom.

格林太太要班把窗戶打開，因為教室裡很悶。

(A) dull〔dʌl〕*adj.* 遲鈍的；無聊的

(B) thick〔θɪk〕*adj.* 厚的；濃的

(C) dense〔dɛns〕*adj.* 濃密的

(D) *stuffy*〔'stʌfɪ〕*adj.* 通風不良的；悶的

9. (**D**)　The truck was <u>equipped</u> to pull large trailers.

這輛卡車<u>能</u>拖大型的拖車。

(A) erase〔ɪˋrez〕*v.* 擦掉

(B) erect〔ɪˋrɛkt〕*v.* 豎立；設立

(C) erode〔ɪˋrod〕*v.* 侵蝕

(D) *equip*〔ɪˋkwɪp〕*v.* 裝備；使有能力

＊ trailer〔ˋtrelɚ〕*n.* 拖車

10. (**B**)　He was <u>rejected</u> by the army because of his poor eyesight.

因為他的視力很差，所以<u>沒有被軍隊錄取</u>。

(A) eject〔ɪˋdʒɛkt〕*v.* 噴出

(B) *reject*〔rɪˋdʒɛkt〕*v.* 拒絕；不錄取

(C) object〔əbˋdʒɛkt〕*v.* 反對 ＜ *to* ＞

(D) inject〔ɪnˋdʒɛkt〕*v.* 注射

＊ army〔ˋɑrmɪ〕*n.* 軍隊

eyesight〔ˋaɪˏsaɪt〕*n.* 視力

┌─【劉毅老師的話】──────────

│ 背單字可以忘卻煩惱，增強記憶力，增加

│ 自信心。

└──────────────────────

TEST 14

Directions*: The following questions are incomplete sentences. You are to choose the one word that best completes the sentence.*

1. Franklin's childhood home was a 200-acre farm miles away from the hustle-bustle of the big city. He attributes his reserved manner to this _____ upbringing.
   (A) regal
   (B) rural
   (C) congenial
   (D) factual   (   )

2. Make sure to take a message when you _____ the phone.
   (A) receive
   (B) hang
   (C) consult
   (D) answer   (   )

3. His whole family is fat, so it's no surprise Tom is _____ too.
   (A) obnoxious
   (B) occult
   (C) obese
   (D) ostensible   (   )

4. The ship _____ when it was struck by a huge wave.
   (A) emphasized
   (B) capsized
   (C) baptized
   (D) hypnotized   (   )

5. Fire investigators, called in to determine the cause of the blaze, _____ it to faulty sixty-year-old electrical wiring.
   (A) consigned
   (B) ascribed
   (C) disclaimed
   (D) proclaimed   (   )

6. Let the meat _____ for about an hour until tender.
   (A) sift
   (B) shift
   (C) simmer
   (D) shimmer   (   )

7. Without the permission or knowledge of the owner, entering that old house would be _____ and you could be arrested.
   (A) circumvention
   (B) recrimination
   (C) trespassing
   (D) ingratiating   (   )

8. I don't understand your hatred for people from the south. Why do you _____ them so much?
   (A) detest
   (B) deplore
   (C) defile
   (D) devitalize   (   )

9. By morning it had _____ that the leader's younger brother had taken over the presidential palace, despite the family's attempts to keep it from becoming known.
   (A) abound
   (B) transpired
   (C) derided
   (D) enlightened   (   )

10. Simon's brother is _____ a nice apartment near Central Park.
    (A) renting
    (B) lending
    (C) loaning
    (D) borrowing   (   )

TEST 14 詳解

1. (**B**) Franklin's childhood home was a 200-acre farm miles away from the hustle-bustle of the big city. He attributes his reserved manner to this <u>rural</u> upbringing.

法蘭克林小時候的家,是一座二百英畝的農場,遠離喧鬧的大城市好幾英哩遠。他將自己含蓄的態度,歸因於<u>鄉村的</u>成長背景。

(A) regal〔'rigl〕*adj.* 帝王的;皇室的

(B) ***rural***〔'rurəl〕*adj.* 鄉村的

(C) congenial〔kən'dʒinjəl〕*adj.* 宜人的(= *pleasant*)

(D) factual〔'fæktʃuəl〕*adj.* 事實的

* acre〔'ekɚ〕*n.* 英畝
hustle-bustle〔'hʌsl̩'bʌsl̩〕*n.* 熙攘喧鬧
attribute〔ə'trɪbjut〕*v.* 歸因於< *to* >
reserved〔rɪ'zɝvd〕*adj.* 含蓄的;有保留的
manner〔'mænɚ〕*n.* 態度;舉止
upbringing〔'ʌp,brɪŋɪŋ〕*n.* 養育;教養

2. (**D**) Make sure to take a message when you <u>answer</u> the phone.

當你<u>接</u>電話時,記得寫下對方的留言。

(A) receive〔rɪ'siv〕*v.* 收到

(B) hang〔hæŋ〕*v.* 懸掛

(C) consult〔kən'sʌlt〕*v.* 請教;查閱

(D) ***answer***〔'ænsɚ〕*v.* 接(電話)

* ***take a message*** 寫下留言

3. (**C**) His whole family is fat, so it's no surprise Tom is <u>obese</u> too. 湯姆全家人都很胖,所以他也很<u>胖</u>,就不足為奇了。

    (A) obnoxious〔əb'nɑkʃəs〕*adj.* 討厭的 (= *nasty*)

    (B) occult〔ə'kʌlt〕*adj.* 神秘的;超自然的

    (C) *obese*〔o'bis〕*adj.* 肥胖的

    (D) ostensible〔ɑs'tɛnsəbļ〕*adj.* 表面上的;假裝的

4. (**B**) The ship <u>capsized</u> when it was struck by a huge wave. 這艘船被巨浪打到後,就<u>翻覆</u>了。

    (A) emphasize〔'ɛmfə,saɪz〕*v.* 強調

    (B) *capsize*〔kæp'saɪz〕*v.* 翻覆

    (C) baptize〔bæp'taɪz〕*v.* 給~施洗禮或行浸禮

    (D) hypnotize〔'hɪpnə,taɪz〕*v.* 催眠

    * strike〔straɪk〕*v.* 打   huge〔hjudʒ〕*adj.* 巨大的 wave〔wev〕*n.* 海浪

5. (**B**) Fire investigators, called in to determine the cause of the blaze, <u>ascribed</u> it to faulty sixty-year-old electrical wiring.

火災調查人員被請來判定大火發生的原因,他們將火災<u>歸因於</u>已有六十年歷史的電路系統出了問題。

    (A) consign〔kən'saɪn〕*v.* 委託;交付

    (B) *ascribe*〔ə'skraɪb〕*v.* 歸因於 < *to* >

    (C) disclaim〔dɪs'klem〕*v.* 放棄

    (D) proclaim〔prə'klem〕*v.* 宣告

    * investigator〔ɪn'vɛstə,getɚ〕*n.* 調查人員 *call in* 請~來幫忙   determine〔dɪ'tɝmɪn〕*v.* 判定 blaze〔blez〕*n.* 大火   faulty〔'fɔltɪ〕*adj.* 有缺點的 electrical〔ɪ'lɛktrɪkļ〕*adj.* 電的 wiring〔'waɪrɪŋ〕*n.* 線路

6. (**C**) Let the meat <u>simmer</u> for about an hour until tender.

讓肉用慢火煮約一小時，直到軟爲止。

  (A) sift〔sɪft〕*v.* 篩

  (B) shift〔ʃɪft〕*v.* 轉移；改變

  (C) ***simmer***〔'sɪmɚ〕*v.* 慢慢煮

  (D) shimmer〔'ʃɪmɚ〕*v.* 閃爍

   * meat〔mit〕*n.* 肉

   tender〔'tɛndɚ〕*adj.* 嫩的；柔軟的

7. (**C**) Without the permission or knowledge of the owner, entering that old house would be <u>trespassing</u> and you could be arrested.

沒有屋主的允許或知情的情況下，進入那間舊房子就是<u>擅入私人土地</u>，你可能會被逮捕。

  (A) circumvention〔ˌsɝkəm'vɛnʃən〕*n.* 繞行；佔上風

  (B) recrimination〔rɪˌkrɪmə'neʃən〕*n.* 反責；反控訴

  (C) ***trespass***〔'trɛspəs〕*v.* 擅入私人土地；侵犯

  (D) ingratiate〔ɪn'greʃɪˌet〕*v.* 迎合

   * permission〔pɚ'mɪʃən〕*n.* 允許

   knowledge〔'nɑlɪdʒ〕*n.* 知道

   arrest〔ə'rɛst〕*v.* 逮捕

8. (**A**) I don't understand your hatred for people from the south. Why do you <u>detest</u> them so much?

我無法理解你對南方人的憎恨。你爲什麼這麼<u>討厭</u>他們呢？

  (A) ***detest***〔dɪ'tɛst〕*v.* 厭惡

  (B) deplore〔dɪ'plor〕*v.* 悲歎；悔恨

  (C) defile〔dɪ'faɪl〕*v.* 弄髒

  (D) devitalize〔di'vaɪtlˌaɪz〕*v.* 奪去生命；使衰弱

   * hatred〔'hetrɪd〕*n.* 憎恨

9. (**B**) By morning it had <u>transpired</u> that the leader's younger brother had taken over the presidential palace, despite the family's attempts to keep it from becoming known.
儘管其家人試圖不讓消息曝光，但領袖的弟弟已接管總統府的消息，在早上之前已經<u>洩露</u>。

    (A) abound〔ə'baʊnd〕*v.* 豐富＜*in*＞

    (B) ***transpire***〔træn'spaɪr〕*v.* 洩露

    (C) deride〔dɪ'raɪd〕*v.* 嘲弄

    (D) enlighten〔ɪn'laɪtn̩〕*v.* 啓發

    * ***take over*** 接管
      presidential〔ˌprɛzə'dɛnʃəl〕*adj.* 總統的
      palace〔'pælɪs〕*n.* 宮殿
      presidential palace 總統府
      attempt〔ə'tɛmpt〕*n.* 企圖；嘗試

10. (**A**) Simon's brother is <u>renting</u> a nice apartment near Central Park.
賽門的哥哥在中央公園附近<u>租</u>了一間不錯的公寓。

    (A) ***rent***〔rɛnt〕*v.* 租

    (B) lend〔lɛnd〕*v.* 借（出）
      （可用 lend *sb. sth.* 或 lend *sth.* to *sb.*）

    (C) loan〔lon〕*v.* 借貸（＝*lend*）

    (D) borrow〔'bɑro〕*v.* 借（入）（要用 borrow *sth.* from *sb.*）

    * apartment〔ə'pɑrtmənt〕*n.* 公寓

TEST 15

Directions: *The following questions are incomplete sentences. You are to choose the one word that best completes the sentence.*

1. Attendance at company functions is _____ for new employees who want to advance.
   (A) manifest
   (B) manifold
   (C) mandatory
   (D) managerial ( )

2. 55% of the customers showed a _____ for our recently released imported product.
   (A) preface
   (B) preference
   (C) prefix
   (D) prefab ( )

3. It would be extremely _____ to change our model now.
   (A) imprecise
   (B) imprudent
   (C) impregnable
   (D) impure ( )

4. The president of the construction company _____ an offer to participate in a public tender.
   (A) dejected
   (B) declined
   (C) deluded
   (D) delighted ( )

5. It is _____ that this technology be kept confidential until the end of March.
   (A) primal
   (B) crucial
   (C) utmost
   (D) essence ( )

6. The government is urging people to be _____ with electricity.
   (A) economic
   (B) extravagant
   (C) improvident
   (D) economical   ( )

7. Medical insurance _____ for employees is becoming increasingly extensive.
   (A) histories
   (B) coverage
   (C) systems
   (D) research   ( )

8. The president is worried about the _____ of his wife's health.
   (A) deprivation
   (B) devaluation
   (C) derivation
   (D) deterioration   ( )

9. The side effects of this drug are _____, so don't worry about taking it.
   (A) negligible
   (B) neglectful
   (C) negotiable
   (D) negative   ( )

10. It was not clear why the chairman _____ upon having more information.
   (A) sought
   (B) inoculated
   (C) insisted
   (D) innovated   ( )

TEST 15 詳解

1. (**C**) Attendance at company functions is <u>mandatory</u> for new employees who want to advance.
   想升遷的新進員工，<u>一定要</u>參加公司的聚會。

   (A) manifest〔'mænə,fɛst〕*adj.* 明顯的
   (B) manifold〔'mænə,fold〕*adj.* 五花八門的
   (C) ***mandatory***〔'mændə,torɪ〕*adj.* 強制的；必須履行的
   (D) managerial〔,mænə'dʒɪrɪəl〕*adj.* 管理人的；經理的

   * attendance〔ə'tɛndəns〕*n.* 參加
     function〔'fʌŋkʃən〕*n.* 集會；聚會
     employee〔,ɛmplɔɪ'i〕*n.* 員工
     advance〔əd'væns〕*v.* 升遷

2. (**B**) 55% of the customers showed a <u>preference</u> for our recently released imported product.
   百分之五十五的顧客表示，<u>比較喜歡</u>我們最近新推出的進口產品。

   (A) preface〔'prɛfɪs〕*n.* 序言
   (B) ***preference***〔'prɛfərəns〕*n.* 比較喜歡
   (C) prefix〔'prifɪks〕*n.* 字首
   (D) prefab〔'prifæb〕*n.* 組合式房屋
      (= *prefabricated house*)

   * recently〔'risntlɪ〕*adv.* 最近
     release〔rɪ'lis〕*v.* 發行；發表
     imported〔ɪm'portɪd〕*adj.* 進口的

3. (**B**) It would be extremely <u>imprudent</u> to change our
model now. 現在改變我們的模式是非常<u>輕率的</u>。

    (A) imprecise〔ˌɪmprɪˈsaɪz〕 *adj.* 不精確的
    (B) ***imprudent***〔ɪmˈprudənt〕 *adj.* 輕率的；魯莽的
    (C) impregnable〔ɪmˈprɛgnəbl̩〕 *adj.* 堅固的；可受孕的
    (D) impure〔ɪmˈpjʊr〕 *adj.* 不純的

    * extremely〔ɪkˈstrimlɪ〕 *adv.* 非常地

4. (**B**) The president of the construction company <u>declined</u>
an offer to participate in a public tender.
這家建設公司的董事長，<u>拒絕</u>了參加公開招標的提議。

    (A) deject〔dɪˈdʒɛkt〕 *v.* 使沮喪
    (B) ***decline***〔dɪˈklaɪn〕 *v.* 拒絕
    (C) delude〔dɪˈlud〕 *v.* 欺騙；迷惑
    (D) delight〔dɪˈlaɪt〕 *v.* 使高興

    * construction〔kənˈstrʌkʃən〕 *n.* 建設
    participate〔parˈtɪsəˌpet〕 *v.* 參加 < *in* >
    tender〔ˈtɛndɚ〕 *n.* 招標

5. (**B**) It is <u>crucial</u> that this technology be kept confidential
until the end of March.
將這項科技保密至三月底，是<u>非常重要的</u>。

    (A) primal〔ˈpraɪml̩〕 *adj.* 最初的；最主要的
    (B) ***crucial***〔ˈkruʃəl〕 *adj.* 非常重要的
    (C) utmost〔ˈʌtˌmost〕 *adj.* 極度的；最大的
    (D) essence〔ˈɛsəns〕 *n.* 精華

    * technology〔tɛkˈnalədʒɪ〕 *n.* 科技
    confidential〔ˌkanfəˈdɛnʃəl〕 *adj.* 機密的

6. (**D**) The government is urging people to be <u>economical</u> with electricity.

政府正在呼籲人民<u>節約</u>用電。

(A) economic〔͵ikə'namık〕*adj.* 經濟（學）的
(B) extravagant〔ık'strævəgənt〕*adj.* 奢侈的
(C) improvident〔ım'pravədənt〕*adj.* 浪費的
(D) ***economical***〔͵ikə'namıkḷ〕*adj.* 節省的

　＊ urge〔ɝdʒ〕*v.* 力勸
　　electricity〔ı͵lɛk'trısətı〕*n.* 電

7. (**B**) Medical insurance <u>coverage</u> for employees is becoming increasingly extensive.

員工醫療保險的<u>保障項目</u>愈來愈廣泛了。

(A) history〔'hıstrı〕*n.* 歷史
(B) ***coverage***〔'kʌvərıdʒ〕*n.* 保險項目
(C) system〔'sıstəm〕*n.* 系統
(D) research〔'risɝtʃ〕*n.* 研究

　＊ medical〔'mɛdıkḷ〕*adj.* 醫療的
　　insurance〔ın'ʃurəns〕*n.* 保險
　　increasingly〔ın'krisıŋlı〕*adv.* 愈來愈
　　extensive〔ık'stɛnsıv〕*adj.* 廣泛的

8. (**D**) The president is worried about the <u>deterioration</u> of his wife's health.

董事長很擔心他妻子的健康<u>惡化</u>。

(A) deprivation〔͵dɛprı'veʃən〕*n.* 剝奪
(B) devaluation〔di͵vælju'eʃən〕*n.* 貶值
(C) derivation〔͵dɛrə'veʃən〕*n.* 來歷；起源
(D) ***deterioration***〔dı͵tırıə'reʃən〕*n.* 惡化

9. (**A**) The side effects of this drug are <u>negligible</u>, so don't
worry about taking it.

這個藥的副作用<u>很小</u>，所以請安心服用。

(A) ***negligible*** (ˈnɛglədʒəb!) *adj.* 可忽略的；很小的
(B) neglectful (nɪgˈlɛktfəl) *adj.* 不小心的；冷淡的
(C) negotiable (nɪˈgoʃɪəb!) *adj.* 可協議的
(D) negative (ˈnɛgətɪv) *adj.* 負面的

* ***side effect*** 副作用
　drug (drʌg) *n.* 藥

10. (**C**) It was not clear why the chairman <u>insisted</u> upon
having more information.

我們不清楚，為什麼主席<u>堅持</u>要知道更多的消息。

(A) seek (sik) *v.* 尋找
(B) inoculate (ɪnˈɑkjəˌlet) *v.* 預防接種
(C) ***insist*** (ɪnˈsɪst) *v.* 堅持 <*on* ; *upon*>
(D) innovate (ˈɪnəˌvet) *v.* 革新

* chairman (ˈtʃɛrmən) *n.* 主席；董事長

┌─── 【劉毅老師的話】 ───┐

「學習」的 TOEIC 系列，還有「TOEIC 必
考字彙」、「TOEIC 聽力測驗」、「TOEIC
模擬試題」、「TOEIC 文法 500 題」。

└─────────────────────┘

TEST 16

Directions*: The following questions are incomplete sentences. You are to choose the one word that best completes the sentence.*

1. Do you have any questions with _____ to this syllabus?
   - (A) influence
   - (B) inference
   - (C) conference
   - (D) reference   ( )

2. In order to _____ spelling errors, he examined his paper many times.
   - (A) illuminate
   - (B) emerge
   - (C) eliminate
   - (D) elaborate   ( )

3. The traffic on that street is always _____.
   - (A) busy
   - (B) tight
   - (C) heavy
   - (D) solid   ( )

4. You will _____ your health if you keep smoking like this.
   - (A) impart
   - (B) impact
   - (C) impale
   - (D) impair   ( )

5. Because she did not want additional responsibilities, she accepted the promotion _____.
   - (A) reluctantly
   - (B) satisfactorily
   - (C) remarkably
   - (D) swiftly   ( )

6. You can get a more favorable _____ rate in the bank than in the hotel.
   (A) discourse
   (B) discount
   (C) exchange
   (D) decrease ( )

7. The survey _____ the fact that many Americans still consider the Japanese not entirely trustworthy.
   (A) revealed
   (B) reserved
   (C) rewarded
   (D) reverted ( )

8. While the once mighty British had lost much of their greatness, they were not nearly as _____ as the Spaniards, who had weakened not only abroad, but at home as well.
   (A) exigent
   (B) enervated
   (C) effete
   (D) ebullient ( )

9. Tom, Tina and Harry worked in a bank, a school, a private company _____.
   (A) respectfully
   (B) responsively
   (C) respectably
   (D) respectively ( )

10. Failing the entrance exam meant _____ his family, and he had already caused it to lose much of the reputation his father and older brothers had earned.
    (A) intimidating
    (B) retrenching
    (C) transgressing
    (D) discrediting ( )

TEST 16 詳解

1. (**D**) Do you have any questions with <u>reference</u> to this syllabus?

關於這份課程綱要，你有任何問題嗎？

(A) influence〔'ɪnfluəns〕*n.* 影響
(B) inference〔'ɪnfərəns〕*n.* 推論
(C) conference〔'kɑnfərəns〕*n.* 會議
(D) **reference**〔'rɛfərəns〕*n.* 提及；涉及
with reference to 關於

* syllabus〔'sɪləbəs〕*n.* 課程綱要

2. (**C**) In order to <u>eliminate</u> spelling errors, he examined his paper many times.

為了除去拼字錯誤，他檢查了他的報告好幾次。

(A) illuminate〔ɪ'lumə,net〕*v.* 照明
(B) emerge〔ɪ'mɝdʒ〕*v.* 出現
(C) **eliminate**〔ɪ'lɪmə,net〕*v.* 除去
(D) elaborate〔ɪ'læbə,ret〕*v.* 詳細說明

* error〔'ɛrɚ〕*n.* 錯誤
examine〔ɪg'zæmɪn〕*v.* 檢查

3. (**C**) The traffic on that street is always <u>heavy</u>.

那條街的交通流量總是很大。

(A) busy〔'bɪzɪ〕*adj.* 熱鬧的；繁忙的
(B) tight〔taɪt〕*adj.* 緊的
(C) **heavy**〔'hɛvɪ〕*adj.* 大量的
(D) solid〔'sɑlɪd〕*adj.* 固體的；堅固的

4. (**D**) You will <u>impair</u> your health if you keep smoking like this.

如果你再這樣繼續抽菸，就會損害你的健康。

(A) impart〔ɪm'pɑrt〕*v.* 傳授
(B) impact〔ɪm'pækt〕*v.* 撞擊；產生影響
(C) impale〔ɪm'pel〕*v.* 刺穿
(D) ***impair***〔ɪm'pɛr〕*v.* 損害（= *harm*）

5. (**A**) Because she did not want additional responsibilities, she accepted the promotion <u>reluctantly</u>.

她<u>不情願地</u>接受升遷，因為她不想負額外的責任。

(A) ***reluctantly***〔rɪ'lʌktəntlɪ〕*adv.* 不情願地
(B) satisfactorily〔‚sætɪs'fæktərɪlɪ〕*adv.* 滿意地
(C) remarkably〔rɪ'mɑrkəblɪ〕*adv.* 顯著地
(D) swiftly〔'swɪftlɪ〕*adv.* 迅速地

* additional〔ə'dɪʃən!〕*adj.* 額外的
promotion〔prə'moʃən〕*n.* 升遷

6. (**C**) You can get a more favorable <u>exchange</u> rate in the bank than in the hotel.

在銀行兌換的<u>匯率</u>比飯店的划算。

(A) discourse〔'dɪskors〕*n.* 談話；演講
(B) discount〔'dɪskaʊnt〕*n.* 折扣
(C) ***exchange***〔ɪks'tʃendʒ〕*n.* 匯兌；兌換
　　exchange rate 匯率
(D) decrease〔'dikris〕*n.* 減少

* favorable〔'fevərəb!〕*adj.* 有利的

7. (**A**) The survey <u>revealed</u> the fact that many Americans still consider the Japanese not entirely trustworthy.

那份調查顯示，許多美國人仍然認為，日本人並非完全值得信賴。

(A) ***reveal***〔rɪ'vil〕*v.* 顯示
(B) reserve〔rɪ'zɝv〕*v.* 預訂
(C) reward〔rɪ'wɔrd〕*v.* 酬謝；獎賞
(D) revert〔rɪ'vɝt〕*v.* 恢復原狀

```
re  + veal
|      |
back + veil
```

* survey〔'sɝve〕*n.* 調查
entirely〔ɪn'taɪrlɪ〕*adv.* 完全地
trustworthy〔'trʌst,wɝðɪ〕*adj.* 值得信任的

8. (**B**) While the once mighty British had lost much of their greatness, they were not nearly as <u>enervated</u> as the Spaniards, who had weakened not only abroad, but at home as well.

儘管曾經強大的英國，已失去其大部份的顯赫地位，但他們絕不像西班牙一樣地衰弱不振，西班牙不僅在國外勢力減弱，在國內也是國力衰微。

(A) exigent〔'ɛksədʒənt〕*adj.* 急需的；危急的
(B) ***enervated***〔'ɛnɚˌvetɪd〕*adj.* 衰弱的（= *weakened*）
(C) effete〔ɛ'fit〕*adj.* 筋疲力盡的
(D) ebullient〔ɪ'bʌljənt〕*adj.* 精力充沛的

* mighty〔'maɪtɪ〕*adj.* 強大的
not nearly 絕不
Spaniard〔'spænjɚd〕*n.* 西班牙人
weaken〔'wikən〕*v.* 變弱
abroad〔ə'brɔd〕*adv.* 在國外   ***at home*** 在國內
as well 也（= *too*）

9. (**D**) Tom, Tina and Harry worked in a bank, a school, a
private company <u>respectively</u>.

湯姆、蒂娜和哈利，<u>分別</u>在銀行、學校和私人公司工作。

(A) respectfully〔 rɪ'spɛktfəlɪ 〕*adv.* 恭敬地
(B) responsively〔 rɪ'spɑnsɪvlɪ 〕*adv.* 反應地；應答地
(C) respectably〔 rɪ'spɛktəblɪ 〕*adv.* 高尚地
(D) ***respectively***〔 rɪ'spɛktɪvlɪ 〕*adv.* 個別地

* private〔'praɪvɪt 〕*adj.* 私人的

10. (**D**) Failing the entrance exam meant <u>discrediting</u> his
family, and he had already caused it to lose much of
the reputation his father and older brothers had earned.

未通過入學考試，意謂著<u>破壞</u>他家的<u>名譽</u>，而且他已經大
大地損害到他父親及哥哥們所贏得的名聲。

(A) intimidate〔 ɪn'dɪmə,det 〕*v.* 威脅
(B) retrench〔 rɪ'trɛntʃ 〕*v.* 削減（經費）；節省
(C) transgress〔 træns'grɛs 〕*v.* 踰越（限度）；
違背（法律）
(D) ***discredit***〔 dɪs'krɛdɪt 〕*v.* 破壞名譽

* fail〔 fel 〕*v.* 不及格
entrance exam 入學考試
reputation〔,rɛpjə'teʃən 〕*n.* 名聲

TEST 17

Directions: *The following questions are incomplete sentences. You are to choose the one word that best completes the sentence.*

1. The new law to _____ the use of marijuana goes into effect next month.
   (A) curve
   (B) curb
   (C) crave
   (D) carve   (   )

2. I know you don't think this is serious, but it is. And when the judge observes your _____ with regard to this offense, he's going to be severe in sentencing you.
   (A) intrigue
   (B) dispassion
   (C) levity
   (D) consternation   (   )

3. My father is nervous about a major operation which he has to _____ next week.
   (A) underact
   (B) overcome
   (C) overdo
   (D) undergo   (   )

4. The prices at this department store are _____.
   (A) excessive
   (B) expensive
   (C) height
   (D) costly   (   )

5. Ann decided to _____ all the pictures of her ex-boyfriend.
   (A) discern
   (B) disguise
   (C) discard
   (D) discriminate   (   )

6. The output of the factory is _____ due to the economic depression.
   - (A) stagnant
   - (B) apparent
   - (C) vehement
   - (D) fundamental ( )

7. This story is based on the relationship between a lawyer and one of her _____.
   - (A) guests
   - (B) clients
   - (C) visitors
   - (D) customers ( )

8. She does not seem to be _____ of guessing others' feelings.
   - (A) enable
   - (B) possible
   - (C) able
   - (D) capable ( )

9. I share the small room with my brother now, but someday I want to have a _____ room of my own.
   - (A) tiny
   - (B) wealthy
   - (C) spacious
   - (D) chemical ( )

10. Two students were forced out of the school for taking part in the demonstration. Their _____ is likely to only cause further protests.
    - (A) expulsion
    - (B) consensus
    - (C) defamation
    - (D) invalidation ( )

TEST 17 詳解

1. (**B**) The new law to <u>curb</u> the use of marijuana goes into effect next month.
   <u>遏止</u>使用大麻的新法，將在下個月開始實施。

   (A) curve〔kɜv〕*v.* 使彎曲
   (B) *curb*〔kɜb〕*v.* 遏止；控制
   (C) crave〔krev〕*v.* 渴望
   (D) carve〔kɑrv〕*v.* 雕刻

   * marijuana〔͵mærə'wɑnə〕*n.* 大麻
   go into effect 實施

2. (**C**) I know you don't think this is serious, but it is. And when the judge observes your <u>levity</u> with regard to this offense, he's going to be severe in sentencing you.
   我知道你不認為這件事很嚴重，但實際上是很嚴重。而且當法官注意到你對此罪行的<u>輕率</u>態度後，他將會判你重刑。

   (A) intrigue〔ɪn'trig〕*n.* 陰謀；詭計
   (B) dispassion〔dɪs'pæʃən〕*n.* 冷靜；客觀
   (C) *levity*〔'lɛvətɪ〕*n.* 輕率
   (D) consternation〔͵kɑnstɚ'neʃən〕*n.* 驚恐

   * judge〔dʒʌdʒ〕*n.* 法官
   observe〔əb'zɜv〕*v.* 注意到
   with regard to 關於
   offense〔ə'fɛns〕*n.* 罪行
   severe〔sə'vɪr〕*adj.* 嚴厲的
   sentence〔'sɛntəns〕*v.* 判決

3. (**D**) My father is nervous about a major operation which
he has to <u>undergo</u> next week.
我的父親因為下禮拜要<u>動</u>的大手術緊張不已。

    (A) underact〔ˏʌndɚˈækt〕v. 未充分表現（某角色）
    (B) overcome〔ˏovɚˈkʌm〕v. 克服
    (C) overdo〔ˏovɚˈdu〕v. 做過度；過火
    (D) ***undergo***〔ˏʌndɚˈgo〕v. 經歷；接受（手術）

      * nervous〔ˈnɝvəs〕adj. 緊張的
      major〔ˈmedʒɚ〕adj. 較大的
      operation〔ˏɑpəˈreʃən〕n. 手術

4. (**A**) The prices at this department store are <u>excessive</u>.
這家百貨公司的東西價格<u>過高</u>。

    (A) ***excessive***〔ɪkˈsɛsɪv〕adj. 過度的
      an excessive price 過高的價格
    (B) expensive〔ɪkˈspɛnsɪv〕adj. 昂貴的
    (C) height〔haɪt〕n. 高度
    (D) costly〔ˈkɔstlɪ〕adj. 昂貴的

      * prices（價格）須用 high（高）和 low（低），或
      excessive（過高的）來形容，而 expensively 和
      costly 則是指「昂貴的」，不可用來形容 prices。

5. (**C**) Ann decided to <u>discard</u> all the pictures of her
ex-boyfriend. 安決定要<u>丟掉</u>她前任男友的所有照片。

    (A) discern〔dɪˈsɝn〕v. 分辨
    (B) disguise〔dɪsˈgaɪz〕v. 偽裝
    (C) ***discard***〔dɪsˈkɑrd〕v. 丟棄
    (D) discriminate〔dɪˈskrɪməˏnet〕v. 歧視；區別

      * "ex-" 表示「以前的～」。

6. (**A**) The output of the factory is <u>stagnant</u> due to the economic depression.
由於經濟不景氣，這個工廠的生產量停滯不前。

    (A) ***stagnant*** (ˈstægnənt) *adj.* 停滯的
    (B) apparent (əˈpɛrənt) *adj.* 明顯的
    (C) vehement (ˈviəmənt) *adj.* 激烈的；竭盡全力的
    (D) fundamental (ˌfʌndəˈmɛntl̩) *adj.* 基本的

      * output (ˈaʊtˌpʊt) *n.* 產量　　***due to*** 由於
      economic (ˌikəˈnɑmɪk) *adj.* 經濟的
      depression (dɪˈprɛʃən) *n.* 蕭條；不景氣

7. (**B**) This story is based on the relationship between a lawyer and one of her <u>clients</u>.
這個故事，是根據一位律師和她的一位委託人之間的關係寫成的。

    (A) guest (gɛst) *n.* 客人
    (B) ***client*** (ˈklaɪənt) *n.* 委託人；(律師的) 當事人
    (C) visitor (ˈvɪzɪtɚ) *n.* 訪客
    (D) customer (ˈkʌstəmɚ) *n.* 顧客

      * ***be based on*** 根據

8. (**D**) She does not seem to be <u>capable</u> of guessing others' feelings. 她似乎不能猜測別人的感受。

    (A) enable (ɪnˈebl̩) *v.* 使能夠
    (B) possible (ˈpɑsəbl̩) *adj.* 可能的
    (C) able (ˈebl̩) *adj.* 有能力的 (應用 be able to + V.)
    (D) ***capable*** (ˈkepəbl̩) *adj.* 有能力的 < *of* >

      * guess (gɛs) *v.* 猜

9. (**C**) I share the small room with my brother now, but someday I want to have a <u>spacious</u> room of my own.

雖然現在我和弟弟同住一個小房間，但將來有一天，我要擁有一個屬於我自己的<u>大</u>房間。

    (A) tiny〔'taɪnɪ〕*adj.* 微小的
    (B) wealthy〔'wɛlθɪ〕*adj.* 有錢的
    (C) ***spacious***〔'speʃəs〕*adj.* 廣大的；寬敞的
    (D) chemical〔'kɛmɪkḷ〕*adj.* 化學的

    * share〔ʃɛr〕*v.* 分享；共有
      someday〔'sʌm͵de〕*adv.*（將來）有一天

10. (**A**) Two students were forced out of the school for taking part in the demonstration. Their <u>expulsion</u> is likely to only cause further protests.

有兩名學生因參加示威遊行而被退學。他們被<u>開除學籍</u>，可能只會引起更進一步的抗議。

    (A) ***expulsion***〔ɪk'spʌlʃən〕*n.* 開除；除籍
    (B) consensus〔kən'sɛnsəs〕*n.* 共識
    (C) defamation〔͵dɛfə'meʃən〕*n.* 誹謗；破壞名譽
    (D) invalidation〔ɪn͵vælə'deʃən〕*n.* 無效

    * force〔fɔrs〕*v.* 強迫
      take part in 參加 (= *participate in*)
      demonstration〔͵dɛmən'streʃən〕*n.* 示威遊行
      be likely to 可能
      further〔'fɝðɚ〕*adj.* 更進一步的
      protest〔'protɛst〕*n.* 抗議

TEST 18

Directions*: The following questions are incomplete sentences. You are to choose the one word that best completes the sentence.*

1. The employee insurance plan called for a payroll _____ every month from a worker's salary.

    (A) contraction
    (B) renewal
    (C) computing
    (D) deduction   ( )

2. Your experience in Canada will surely go a _____ way in the not too distant future.

    (A) far
    (B) long
    (C) distant
    (D) lengthy   ( )

3. Could I move into the room this _____ weekend?

    (A) approachable
    (B) nearing
    (C) beginning
    (D) coming   ( )

4. When both companies realized that neither could undertake the project alone, they began to _____ in earnest.

    (A) compete
    (B) fight
    (C) retreat
    (D) negotiate   ( )

5. Because default rates are _____, the banks are being extremely selective in granting loans to new borrowers.

    (A) high
    (B) slow
    (C) steady
    (D) dropping   ( )

6. Finishing the project took _____ longer than expected.
   (A) consideration
   (B) considerable
   (C) considerably
   (D) consider   (   )

7. Since it is visible for miles, that tower is a good
   _____ for travelers.
   (A) landfall
   (B) landlord
   (C) landmark
   (D) landscape   (   )

8. Included with every product is a lifelong company
   _____.
   (A) guarantee
   (B) agree
   (C) apology
   (D) promotion   (   )

9. Most of the developing countries' _____ are still
   illiterate.
   (A) habits
   (B) habitats
   (C) inhibitions
   (D) inhabitants   (   )

10. Dr. Smith achieved the rank of full professor at a
    _____ age; he was only 28.
    (A) precise
    (B) predictive
    (C) pregnant
    (D) precocious   (   )

TEST 18 詳解

1. (**D**) The employee insurance plan called for a payroll
   <u>deduction</u> every month from a worker's salary.
   員工保險計劃的實施，需要每個月從員工薪水中<u>扣除</u>
   部分薪資。

    (A) contraction〔kən'trækʃən〕*n.* 收縮
    (B) renewal〔rɪ'njuəl〕*n.* 更新
    (C) compute〔kəm'pjut〕*v.* 計算
    (D) ***deduction***〔dɪ'dʌkʃən〕*n.* 扣除（額）

     * insurance〔ɪn'ʃurəns〕*n.* 保險
     call for 需要 payroll〔'pe,rol〕*n.* 薪水總額
     salary〔'sælərɪ〕*n.* 薪水

2. (**B**) Your experience in Canada will surely go a <u>long</u>
   way in the not too distant future.
   你在加拿大的經驗，在不久的將來，對你一定<u>大有幫助</u>。

    (A) far〔far〕*adj.* 遠的
    (B) ***long***〔lɔŋ〕*adj.* 長的 ***go a long way*** 大有幫助
    (C) distant〔'dɪstənt〕*adj.* 遙遠的
    (D) lengthy〔'lɛŋθɪ〕*adj.* 冗長的

3. (**D**) Could I move into the room this <u>coming</u> weekend?
   我可以在這個週末搬進這房間嗎？

    (A) approachable〔ə'protʃəbl̩〕*adj.* 可接近的
    (B) near〔nɪr〕*adj.* 近的
    (C) beginning〔bɪ'gɪnɪŋ〕*adj.* 剛開始的
    (D) ***coming***〔'kʌmɪŋ〕*adj.* 即將到來的

     * move〔muv〕*v.* 搬家

4. (**D**) When both companies realized that neither could undertake the project alone, they began to <u>negotiate</u> in earnest.

當兩家公司知道他們無法獨自承擔那項計畫後，他們便開始認眞地<u>協商</u>。

    (A) compute〔kəm'pit〕v. 競爭

    (B) fight〔faɪt〕v. 戰鬥

    (C) retreat〔rɪ'trit〕v. 撤退

    (D) ***negotiate***〔nɪ'goʃɪ,et〕v. 協商；談判

    * undertake〔,ʌndɚ'tek〕v. 承擔

      earnest〔'ɝnɪst〕n. 認眞　　***in earnest*** 認眞地

5. (**A**) Because default rates are <u>high</u>, the banks are being extremely selective in granting loans to new borrowers.

因爲拖欠債務的比率很<u>高</u>，所以銀行在允許新客戶貸款方面，變得非常精挑細選。

    (A) ***high***〔haɪ〕adj. 高的

    (B) slow〔slo〕adj. 緩慢的

    (C) steady〔'stɛdɪ〕adj. 穩定的

    (D) drop〔drɑp〕v. 滴落；下降

    * default〔dɪ'fɔlt〕n. 拖欠債務

      extremely〔ɪk'strimlɪ〕adv. 非常地

      selective〔sə'lɛktɪv〕adj. 精挑細選的

      grant〔grænt〕v. 允許　　loan〔lon〕n. 貸款

      borrower〔'bɑroɚ〕n. 借用人

6. (**C**) Finishing the project took <u>considerably</u> longer than expected.

完成那項計劃所花的時間，比預期的要長<u>許多</u>。

(A) consideration〔kən͵sɪdə'reʃən〕 *n.* 考慮
(B) considerable〔kən'sɪdərəb!〕 *adj.* 相當多的
(C) ***considerably***〔kən'sɪdərəblɪ〕 *adv.* 相當大地
(D) consider〔kən'sɪdɚ〕 *v.* 考慮；認為

* project〔'pradʒɛkt〕 *n.* 計劃
expect〔ɪk'spɛkt〕 *v.* 預期

7. (**C**) Since it is visible for miles, that tower is a good <u>landmark</u> for travelers.

因為那座塔在幾英哩外仍看得見，所以對旅客來說，是一個很好的<u>地標</u>。

(A) landfall〔'læn(d)͵fɔl〕 *n.* 發現陸地；登陸
(B) landlord〔'læn(d)͵lɔrd〕 *n.* 房東
(C) ***landmark***〔'læn(d)͵mark〕 *n.* 地標
(D) landscape〔'læn(d)skep〕 *n.* 風景

* visible〔'vɪzəb!〕 *adj.* 看得見的
tower〔'tauɚ〕 *n.* 塔

8. (**A**) Included with every product is a lifelong company <u>guarantee</u>.

每項產品都附有公司的永久<u>保證書</u>。

(A) ***guarantee***〔͵gærən'ti〕 *n.* 保證（書）
(B) agree〔ə'gri〕 *v.* 同意
(C) apology〔ə'palədʒɪ〕 *n.* 道歉
(D) promotion〔prə'moʃən〕 *n.* 升遷

* lifelong〔'laɪf'lɔŋ〕 *adj.* 終身的；永久的

9. (**D**) Most of the developing countries' <u>inhabitants</u> are still illiterate.

大部分開發中國家的<u>居民</u>，仍然不識字。

(A) habit〔'hæbɪt〕 *n.* 習慣
(B) habitat〔'hæbə,tæt〕 *n.* 棲息地
(C) inhibition〔,ɪnhɪ'bɪʃən〕 *n.* 抑制
(D) *inhabitant*〔ɪn'hæbətənt〕 *n.* 居民

＊ *developing country* 開發中國家
（比較：developed country 已開發國家）
illiterate〔ɪ'lɪtərɪt〕 *adj.* 不識字的；文盲的

10. (**D**) Dr. Smith achieved the rank of full professor at a <u>precocious</u> age; he was only 28.

史密斯博士年紀<u>輕輕</u>就得到正教授的職位；他當時只有二十八歲。

(A) precise〔prɪ'saɪs〕 *adj.* 精確的
(B) predictive〔prɪ'dɪktɪv〕 *adj.* 預言性的
(C) pregnant〔'prɛgnənt〕 *adj.* 懷孕的
(D) *precocious*〔prɪ'koʃəs〕 *adj.* 早熟的；過早的

＊ achieve〔ə'tʃiv〕 *v.* 達到
rank〔ræŋk〕 *n.* 等級；階級
full professor 正教授

TEST 19

Directions: *The following questions are incomplete sentences. You are to choose the one word that best completes the sentence.*

1. To my surprise, there were only a _____ of people at the cinema.
   - (A) handy
   - (B) handle
   - (C) handful
   - (D) handiwork   (   )

2. Mr. Bradly wants us to _____ these advertisement pages between the entertainment and sports sections.
   - (A) limit
   - (B) insert
   - (C) process
   - (D) expedite   (   )

3. The election result is being _____ as a serious setback for the government.
   - (A) intrigued
   - (B) interpreted
   - (C) swept
   - (D) tumbled   (   )

4. Smoking is _____ in many taxicabs.
   - (A) prohibited
   - (B) dismissed
   - (C) revised
   - (D) warned   (   )

5. An example of prejudice was _____ in yesterday's newspaper.
   - (A) checked
   - (B) found
   - (C) detected
   - (D) opened   (   )

6. The city decided to ＿＿＿＿＿ the beautiful old building as a museum.
   (A) wreak
   (B) smash
   (C) preserve
   (D) tread   ( )

7. If you are not totally satisfied with your purchase, we will gladly ＿＿＿＿＿ your money.
   (A) refute
   (B) remiss
   (C) refund
   (D) remind   ( )

8. To ＿＿＿＿＿ peace, we need better understanding between us.
   (A) scrap
   (B) further
   (C) unify
   (D) farther   ( )

9. Excuse me, I found this under your seat, and I was wondering if it ＿＿＿＿＿ to you.
   (A) belongs
   (B) agrees
   (C) minds
   (D) opposes   ( )

10. Please ＿＿＿＿＿ your name on this check.
    (A) resign
    (B) design
    (C) assign
    (D) sign   ( )

TEST 19 詳解

1. (**C**) To my surprise, there were only a <u>handful</u> of people at the cinema.

令我驚訝的是，只有少數人在電影院裡。

   (A) handy〔'hændɪ〕 *adj.* 方便的
   (B) handle〔'hændḷ〕 *n.* 把手
   (C) ***handful*** 〔'hænd,fʊl〕 *n.* 一把；少數
   (D) handiwork〔'hændɪ,wɜk〕 *n.* 手工藝；手工製品

   * ***to one's surprise*** 令某人驚訝的是
     a handful of 少數的
     cinema〔'sɪnəmə〕 *n.* 電影院 (= *theater*)

2. (**B**) Mr. Bradly wants us to <u>insert</u> these advertisement pages between the entertainment and sports sections.

布雷德利先生要我們把這些廣告頁，插在娛樂版和體育版之間。

   (A) limit〔'lɪmɪt〕 *v.* 限制
   (B) ***insert*** 〔ɪn'sɜt〕 *v.* 插入
   (C) process〔'prɑsɛs〕 *v.* 加工；處理
   (D) expedite〔'ɛkspɪ,daɪt〕 *v.* 迅速執行

   * advertisement〔,ædvɚ'taɪzmənt〕 *n.* 廣告
     entertainment〔,ɛntɚ'tenmənt〕 *n.* 娛樂
     sports〔spɔrts〕 *adj.* 運動的
     section〔'sɛkʃən〕 *n.* 部份；版

3. (**B**) The election result is being <u>interpreted</u> as a serious setback for the government.

選舉的結果，被<u>解釋</u>爲是政府一次嚴重的挫敗。

(A) intrigue〔ɪnˈtrig〕v. 激起好奇心
(B) *interpret*〔ɪnˈtɜprɪt〕v. 解釋
(C) sweep〔swip〕v. 掃
(D) tumble〔ˈtʌmbḷ〕v. 跌倒

　＊setback〔ˈsɛt͵bæk〕n. 挫折

4. (**A**) Smoking is <u>prohibited</u> in many taxicabs.

許多計程車裡<u>禁止</u>吸煙。

(A) *prohibit*〔proˈhɪbɪt〕v. 禁止
(B) dismiss〔dɪsˈmɪs〕v. 解僱；下（課）
(C) revise〔rɪˈvaɪz〕v. 修訂
(D) warn〔wɔrn〕v. 警告

　＊taxicab〔ˈtæksɪ͵kæb〕n. 計程車（= *taxi* = *cab*）

5. (**B**) An example of prejudice was <u>found</u> in yesterday's newspaper.

在昨天的報紙上，可以<u>發現</u>有個歧視的例子。

(A) check〔tʃɛk〕v. 檢查
(B) *find*〔faɪnd〕v. 發現
(C) detect〔dɪˈtɛkt〕v. 查出
(D) open〔ˈopən〕v. 打開

　＊prejudice〔ˈprɛdʒədɪs〕n. 偏見；歧視

6. (**C**) The city decided to <u>preserve</u> the beautiful old building as a museum.

該市決定要將這棟美麗的古老建築，當作博物館來<u>保存</u>。

(A) wreak〔rik〕*v.* 發怒；發洩

(B) smash〔smæʃ〕*v.* 粉碎；打碎

(C) ***preserve***〔prɪˈzɝv〕*v.* 保存

(D) tread〔trɛd〕*v.* 踩；踏

　* museum〔mjuˈzɪəm〕*n.* 博物館

7. (**C**) If you are not totally satisfied with your purchase, we will gladly <u>refund</u> your money.

如果您對所購買的商品不甚滿意，我們很樂意將錢<u>退還</u>。

(A) refute〔rɪˈfjut〕*v.* 反駁

(B) remiss〔rɪˈmɪs〕*adj.* 疏忽的

(C) ***refund***〔rɪˈfʌnd〕*v.* 退還

(D) remind〔rɪˈmaɪnd〕*v.* 提醒

　* purchase〔ˈpɝtʃəs〕*n.* 所購買的東西

　 gladly〔ˈglædlɪ〕*adv.* 高興地

8. (**B**) To <u>further</u> peace, we need better understanding between us.

為了擁有<u>更進一步</u>的和平，我們需要更互相了解彼此。

(A) scrap〔skræp〕*v.* 爭吵；打架

(B) ***further***〔ˈfɝðɚ〕*adj.* 更進一步的

(C) unify〔ˈjunəˌfaɪ〕*v.* 統一

(D) farther〔ˈfɑrðɚ〕*adj.* 更遠的

9. (**A**) Excuse me, I found this under your seat, and I was wondering if it <u>belongs</u> to you.

對不起，我在你的座位下找到這樣東西，不知道這是不是<u>你的</u>。

(A) ***belong*** 〔 bəˈlɔŋ 〕 *v.* 屬於 <*to*>
(B) agree 〔 əˈgri 〕 *v.* 同意
(C) mind 〔 maɪnd 〕 *v.* 介意
(D) oppose 〔 əˈpoz 〕 *v.* 反對

* wonder 〔ˈwʌndɚ 〕 *v.* 想知道

10. (**D**) Please <u>sign</u> your name on this check.

請在這張支票上<u>簽名</u>。

(A) resign 〔 rɪˈzaɪn 〕 *v.* 辭職
(B) design 〔 dɪˈzaɪn 〕 *v.* 設計
(C) assign 〔 əˈsaɪn 〕 *v.* 指派
(D) ***sign*** 〔 saɪn 〕 *v.* 簽 (名)

* check 〔 tʃɛk 〕 *n.* 支票

【劉毅老師的話】

as ¦ **sign** *v.* 指派 (給誰簽名，即指派誰)
to ¦ 簽名

de ¦ **sign** *v.* 設計 (設計師通常簽名在圖的下面)
down ¦ 簽名

re ¦ **sign** *v.* 辭職 (離職時須到各單位簽名)
again ¦ 簽名

sign → assign → design → resign，這四個字，你一起唸唸看，很順口，很容易記。

TEST 20

Directions: *The following questions are incomplete sentences. You are to choose the one word that best completes the sentence.*

1. You have to _____ the costs of the new system against the benefits it will bring.
   (A) cover
   (B) weight
   (C) discover
   (D) weigh   (   )

2. Women's _____ still has a long way to go in this country.
   (A) literal
   (B) literary
   (C) liberation
   (D) liberal   (   )

3. When do you _____ to tell your boss that you're going to be quitting at the end of the year?
   (A) attend
   (B) extend
   (C) pretend
   (D) intend   (   )

4. I hate to _____ you, but may I ask a question?
   (A) intercept
   (B) interrupt
   (C) interact
   (D) interview   (   )

5. The committee will try to _____ the different ideas into one coherent plan.
   (A) speculate
   (B) segregate
   (C) integrate
   (D) demonstrate   (   )

6. This book _____ most of what needs to be said on the subject.
   (A) conceals
   (B) devotes
   (C) covers
   (D) recovers   ( )

7. The government is _____ to everyone to save water.
   (A) apologizing
   (B) appalling
   (C) appeasing
   (D) appealing   ( )

8. They urged the United States to _____ all controls on textile imports.
   (A) left
   (B) last
   (C) leak
   (D) lift   ( )

9. The woman _____ eggs on the list of things to buy.
   (A) concluded
   (B) included
   (C) seclude
   (D) inclusion   ( )

10. The manager has been _____ twice since joining the company five years ago.
    (A) moved
    (B) removed
    (C) remoted
    (D) promoted   ( )

TEST 20 詳解

1. (**D**) You have to <u>weigh</u> the costs of the new system against the benefits it will bring.

你必須<u>衡量</u>這個新制度的成本以及可獲得的收益。

    (A) cover ('kʌvɚ) v. 覆蓋

    (B) weight (wet) n. 重量

    (C) discover (dɪ'skʌvɚ) v. 發現

    (D) ***weigh*** (we) v. 考慮；衡量

        weigh A ***against*** B　衡量 A 與 B 的優劣

    ＊ costs (kɔsts) n. pl. 成本

       benefit ('bɛnəfɪt) n. 利益

2. (**C**) Women's <u>liberation</u> still has a long way to go in this country.

這個國家的婦女<u>解放運動</u>，還有待努力。

    (A) literal ('lɪtərəl) adj. 字面的；逐字的

    (B) literary ('lɪtə,rɛrɪ) adj. 文學的

    (C) ***liberation*** (,lɪbə'reʃən) n. 解放運動

        women's liberation　婦女解放運動

    (D) liberal ('lɪbərəl) adj. 開明的；自由主義的

    ＊ ***have a long way to go***　還有待努力

3. (**D**) When do you <u>intend</u> to tell your boss that you're going to be quitting at the end of the year?
你<u>打算</u>什麼時候告訴你的老板，你年底要辭職？

(A) attend〔ə'tɛnd〕v. 參加；上（學）
(B) extend〔ɪk'stɛnd〕v. 延伸
(C) pretend〔prɪ'tɛnd〕v. 假裝
(D) **intend**〔ɪn'tɛnd〕v. 打算

* quit〔kwɪt〕v. 辭職

4. (**B**) I hate to <u>interrupt</u> you, but may I ask a question?
我不想<u>打斷</u>你，但我可以問一個問題嗎？

(A) intercept〔ˌɪntɚ'sɛpt〕v. 攔截
(B) **interrupt**〔ˌɪntə'rʌpt〕v. 打斷
(C) interact〔ˌɪntɚ'ækt〕v. 交互作用
(D) interview〔'ɪntɚˌvju〕v. 面談

5. (**C**) The committee will try to <u>integrate</u> the different ideas into one coherent plan.
委員會會將不同的意見，<u>整合</u>成一致的計劃。

(A) speculate〔'spɛkjəˌlet〕v. 仔細考慮；投機
(B) segregate〔'sɛgrɪˌget〕v. 隔離
(C) **integrate**〔'ɪntəˌgret〕v. 整合
(D) demonstrate〔'dɛmənˌstret〕v. 示威；示範

* committee〔kə'mɪtɪ〕n. 委員會
coherent〔ho'hɪrənt〕adj. 一致的；協調的

6. (**C**) This book <u>covers</u> most of what needs to be said on the subject.

這本書<u>包含</u>了這個主題所要探討的大部份內容。

    (A) conceal〔kən'sil〕*v.* 隱藏

    (B) devote〔dɪ'vot〕*v.* 奉獻；致力於

    (C) *cover*〔'kʌvɚ〕*v.* 包含

    (D) recover〔rɪ'kʌvɚ〕*v.* 恢復

     * subject〔'sʌbdʒɪkt〕*n.* 主題

7. (**D**) The government is <u>appealing</u> to everyone to save water.

政府<u>呼籲</u>大家節約用水。

    (A) apologize〔ə'palə,dʒaɪz〕*v.* 道歉

    (B) appal〔ə'pɔl〕*v.* 使毛骨悚然；使驚駭

    (C) appease〔ə'piz〕*v.* 平息；撫慰

    (D) *appeal*〔ə'pil〕*v.* 呼籲；懇求 <*to*>

     * save〔sev〕*v.* 節省

8. (**D**) They urged the United States to <u>lift</u> all controls on textile imports.

他們呼籲美國政府，<u>解除</u>對所有進口紡織品的限制。

    (A) leave〔liv〕*v.* 離開；留下

    (B) last〔læst〕*v.* 持續

    (C) leak〔lik〕*v.* 漏

    (D) *lift*〔lɪft〕*v.* 解除

     * urge〔ɝdʒ〕*v.* 力勸；催促
       textile〔'tɛkstḷ〕*n.* 紡織品
       import〔'ɪmport〕*n.* 進口商品

9. (**B**) The woman <u>included</u> eggs on the list of things to buy.

這位女士的採購單上<u>包含</u>了雞蛋。

(A) conclude〔kən'klud〕*v.* 下結論

(B) *include*〔ɪn'klud〕*v.* 包含

(C) seclude〔sɪ'klud〕*v.* 隔離

(D) inclusion〔ɪn'kluʒən〕*n.* 包含

＊list〔lɪst〕*n.* 名單

10. (**D**) The manager has been <u>promoted</u> twice since joining the company five years ago.

那位經理自從五年前進公司以來，已經<u>升遷</u>二次了。

(A) move〔muv〕*v.* 移動；搬家

(B) remove〔rɪ'muv〕*v.* 除去

(C) remote〔rɪ'mot〕*adj.* 遙遠的

(D) *promote*〔prə'mot〕*v.* 升遷

＊join〔dʒɔɪn〕*v.* 加入

【劉毅老師的話】

in┊clude *v.* 包含（包在裏面）
in┊close

con┊clude *v.* 下結論（全部包起來）
all┊close

se ┊clude *v.* 隔離（關起來，遠離其他人）
away┊close

TEST 21

Directions: *The following questions are incomplete sentences. You are to choose the one word that best completes the sentence.*

1. Winter is coming and there is nothing we can do to change that. It approaches as _____ as death approaches all each day.
   (A) irreparably
   (B) inexorably
   (C) insatiably
   (D) intractably   (   )

2. MJK Manufacturing has a _____ for excellent quality.
   (A) rumor
   (B) belief
   (C) history
   (D) reputation   (   )

3. Mr. Brown left this company _____ three years ago.
   (A) totally
   (B) nearly
   (C) mostly
   (D) approximate   (   )

4. I need an _____ to remove the pencil marks.
   (A) elevator
   (B) escalator
   (C) error
   (D) eraser   (   )

5. We were all impressed by his _____ use of words and expressions that he had learned only a few hours before.
   (A) facile
   (B) durable
   (C) dominant
   (D) legible   (   )

6. I would have no _____ sending this man to his death. It wouldn't bother me at all.
   (A) dispassionate
   (B) compunction
   (C) integrity
   (D) malevolence   (   )

7. Peter's poor background could be an _____ if he lets it keep him from accomplishing his goals.
   (A) effrontery
   (B) impediment
   (C) aggression
   (D) utility   (   )

8. Money can buy a lot of things, but the _____ joys of life, such as love, can only be had by those who seek them in spiritual ways.
   (A) intangible
   (B) instantaneous
   (C) innumerable
   (D) interminable   (   )

9. The leader of the youths was known to be involved in drug sales, prostitution, robbery and several other _____ activities.
   (A) elusive
   (B) stingy
   (C) relevant
   (D) illicit   (   )

10. Smith's secretary reads his letters and corrects any errors they may contain. Once she's _____ them, she types them up and mails them.
   (A) emended
   (B) rescinded
   (C) reinforced
   (D) fortified   (   )

TEST 21 詳解

1. (**B**) Winter is coming and there is nothing we can do to change that. It approaches as <u>inexorably</u> as death approaches all each day.

冬天要來了，我們無法改變這事實。它<u>毫不留情地</u>接近我們，就像死亡每天逼近所有人一樣。

(A) irreparably〔ɪˈrɛpərəblɪ〕*adv.* 無法補救地

(B) ***inexorably***〔ɪnˈɛksərəbl̩ɪ〕*adv.* 無情地；冷酷地

(C) insatiably〔ɪnˈseʃɪəbl̩ɪ〕*adv.* 不知足地；貪婪地

(D) intractably〔ɪnˈtræktəblɪ〕*adv.* 難對付地

* approach〔əˈprotʃ〕*v.* 接近

2. (**D**) MJK Manufacturing has a <u>reputation</u> for excellent quality. MJK 製造業因品質優良而頗負<u>盛名</u>。

(A) rumor〔ˈrumɚ〕*n.* 謠言

(B) belief〔bɪˈlif〕*n.* 信仰

(C) history〔ˈhɪstrɪ〕*n.* 歷史

(D) ***reputation***〔ˌrɛpjəˈteʃən〕*n.* 名聲

* manufacturing〔ˌmænjəˈfæktʃərɪŋ〕*n.* 製造業
  excellent〔ˈɛksl̩ənt〕*adj.* 極好的
  quality〔ˈkwɑlətɪ〕*n.* 品質

3. (**B**) Mr. Brown left this company <u>nearly</u> three years ago.

布朗先生<u>將近</u>三年前，離開這家公司。

(A) totally〔ˈtotl̩ɪ〕*adv.* 完全地

(B) ***nearly***〔ˈnɪrlɪ〕*adv.* 將近；幾乎

(C) mostly〔ˈmostlɪ〕*adv.* 大多

(D) approximate〔əˈprɑksəmɪt〕*adj.* 大約的；大概的

4. (**D**) I need an <u>eraser</u> to remove the pencil marks.

我需要橡皮擦把這些鉛筆痕跡擦掉。

    (A) elevator (ˈɛləˌvetɚ) *n.* 升降機；電梯

    (B) escalator (ˈɛskəˌletɚ) *n.* 手扶梯；電梯

    (C) error (ˈɛrɚ) *n.* 錯誤

    (D) ***eraser*** (ɪˈresɚ) *n.* 橡皮擦

      * remove (rɪˈmuv) *v.* 除去   mark (mɑrk) *n.* 痕跡

5. (**A**) We were all impressed by his <u>facile</u> use of words and expressions that he had learned only a few hours before.

他能流暢地使用幾個小時前才學會的單字和詞語，令我們大家印象深刻。

    (A) ***facile*** (ˈfæsḷ) *adj.* 容易的；流暢的

    (B) durable (ˈdjʊrəbḷ) *adj.* 持久的

    (C) dominant (ˈdɑmənənt) *adj.* 佔優勢的

    (D) legible (ˈlɛdʒəbḷ) *adj.* (字、印刷) 易讀的

      * ***be impressed by*** 對～印象深刻

      expression (ɪkˈsprɛʃən) *n.* 詞語

6. (**B**) I would have no <u>compunction</u> sending this man to his death. It wouldn't bother me at all.

把這個人處死，我不會<u>良心不安</u>。這一點都不會使我苦惱。

    (A) dispassionate (dɪsˈpæʃənɪt) *adj.* 冷靜的；公平的

    (B) ***compunction*** (kəmˈpʌŋkʃən) *n.* 良心不安

    (C) integrity (ɪnˈtɛgrətɪ) *n.* 正直

    (D) malevolence (məˈlɛvələns) *n.* 惡意；狠毒

      * ***send sb. to his death*** 使某人死亡

      bother (ˈbɑðɚ) *v.* 使煩惱

7. (**B**) Peter's poor background could be an <u>impediment</u> if he lets it keep him from accomplishing his goals.

如果彼德讓其貧困的生長背景阻止他達成目標，那這樣的背景就可能會是個<u>阻礙</u>。

    (A) effrontery〔əˈfrʌntərɪ〕*n.* 厚顏無恥

    (B) *impediment*〔ɪmˈpɛdəmənt〕*n.* 阻礙

    (C) aggression〔əˈgrɛʃən〕*n.* 進攻；侵略

    (D) utility〔juˈtɪlətɪ〕*n.* 效用

    * background〔ˈbækˌgraʊnd〕*n.* 背景
     keep sb. from V-ing 使某人無法~
     accomplish〔əˈkɑmplɪʃ〕*v.* 達成
     goal〔gol〕*n.* 目標

8. (**A**) Money can buy a lot of things, but the <u>intangible</u> joys of life, such as love, can only be had by those who seek them in spiritual ways.

錢能夠買許多東西，但是生命中<u>無形的</u>喜悅，像是愛，只有以精神方式尋求它們的人，才能擁有。

    (A) *intangible*〔ɪnˈtændʒəbḷ〕*adj.* 無形的

    (B) instantaneous〔ˌɪnstənˈtenɪəs〕*adj.* 即時的

    (C) innumerable〔ɪˈnjumərəbḷ〕*adj.* 無數的

    (D) interminable〔ɪnˈtɝmɪnəbḷ〕*adj.* 無止盡的；冗長的

    * joy〔dʒɔɪ〕*n.* 快樂；樂事
     seek〔sik〕*v.* 尋求
     spiritual〔ˈspɪrɪtʃuəl〕*adj.* 精神的

9. (**D**) The leader of the youths was known to be involved in drug sales, prostitution, robbery and several other <u>illicit</u> activities.

這群年輕人的領導者，被獲知牽涉販毒、賣淫、搶劫，以及好幾個其他的<u>非法</u>活動。

(A) elusive〔ɪ'lusɪv〕*adj.* 難以捉摸的
(B) stingy〔'stɪndʒɪ〕*adj.* 小氣的
(C) relevant〔'rɛləvənt〕*adj.* 有關的
(D) *illicit*〔ɪ'lɪsɪt〕*adj.* 違法的（= *illegal*）

* youth〔juθ〕*n.* 年輕人
  involve〔ɪn'vɑlv〕*v.* 牽涉在內
  drug〔drʌg〕*n.* 毒品
  prostitution〔ˌprɑstə'tjuʃən〕*n.* 賣淫（業）

10. (**A**) Smith's secretary reads his letters and corrects any errors they may contain. Once she's <u>emended</u> them, she types them up and mails them.

史密斯的祕書會讀他的信件，改正其中可能的錯誤。一旦她<u>修訂</u>後，她就把信件打好，並寄出去。

(A) *emend*〔ɪ'mɛnd〕*v.* 修訂
(B) rescind〔rɪ'sɪnd〕*v.* 廢止；取消
(C) reinforce〔ˌriɪn'fors〕*v.* 加強（= *fortify* = *strengthen*）
(D) fortify〔'fɔrtəˌfaɪ〕*v.* 加強

* correct〔kə'rɛkt〕*v.* 改正
  error〔'ɛrɚ〕*n.* 錯誤　　contain〔kən'ten〕*v.* 包含
  type up 把～打印成文　　mail〔mel〕*v.* 郵寄

TEST 22

Directions: *The following questions are incomplete sentences. You are to choose the one word that best completes the sentence.*

1. I have made a _____ of getting up early every morning.
   (A) rule
   (B) regulation
   (C) habitual
   (D) custom   ( )

2. All department heads are expected to attend the _____.
   (A) requirement
   (B) presentation
   (C) acknowledgment
   (D) adjustment   ( )

3. The _____ rate of Japan is higher than that of the United States.
   (A) literally
   (B) literature
   (C) literate
   (D) literacy   ( )

4. His schedule was so _____ that he couldn't spare me any time yesterday.
   (A) close
   (B) strict
   (C) tight
   (D) captive   ( )

5. I want to fly first class, but it costs a _____.
   (A) cash
   (B) money
   (C) charge
   (D) fortune   ( )

6. The new regulations _____ use of the copy machine will be posted on Tuesday.
   (A) required
   (B) regarding
   (C) reformed
   (D) retailing   ( )

7. The aim of our audit is to review all accounts and all financial transactions _____.
   (A) thoroughly
   (B) erratically
   (C) resourcefully
   (D) consciously   ( )

8. We hope you like our company's new _____. The four blue diagonal bars inside a red circle are the symbol of our company's strength and potential.
   (A) demise
   (B) compendium
   (C) emblem
   (D) coalition   ( )

9. Her mother _____ her to be more careful in her choice of words.
   (A) devised
   (B) advised
   (C) suggested
   (D) digested   ( )

10. A church operates on _____, which are basic moral instructions or set of rules.
    (A) parables
    (B) opposition
    (C) invectives
    (D) precepts   ( )

TEST 22 詳解

1. (**A**) I have made a <u>rule</u> of getting up early every morning.
   我已養成每天早起的習慣。

   (A) *rule* (rul) *n.* 習慣；常規
       make a rule of* + *V-ing 養成～的習慣
       (= *make it a rule to* + *V.*)
   (B) regulation (ˌrɛgjə'leʃən) *n.* 規定
   (C) habitual (hə'bɪtʃuəl) *adj.* 習慣的
   (D) custom ('kʌstəm) *n.* 習俗

2. (**B**) All department heads are expected to attend the
   <u>presentation</u>. 所有部門的主管，都應該參加這個發表會。

   (A) requirement (rɪ'kwaɪrmənt) *n.* 必要條件
   (B) *presentation* (ˌprɛzn̩'teʃən) *n.* 發表會
   (C) acknowledgment (ək'nɑlɪdʒmənt) *n.* 承認
   (D) adjustment (ə'dʒʌstmənt) *n.* 調整

   * department (dɪ'partmənt) *n.* 部門
     head (hɛd) *n.* 主管
     be expected to 被要求要；應該
     attend (ə'tɛnd) *v.* 參加

3. (**D**) The <u>literacy</u> rate of Japan is higher than that of the
   United States. 日本的識字率高於美國。

   (A) literally ('lɪtərəlɪ) *adv.* 逐字地；字面上
   (B) literature ('lɪtərətʃə) *n.* 文學
   (C) literate ('lɪtərɪt) *adj.* 識字的
   (D) *literacy* ('lɪtərəsɪ) *n.* 識字；讀寫能力

   * rate (ret) *n.* 比率

4. (**C**) His schedule was so <u>tight</u> that he couldn't spare me any time yesterday.

他的時間表太緊湊了，所以他昨天騰出時間給我。

   (A) close〔klos〕*adj.* 接近的；密切的
   (B) strict〔strɪkt〕*adj.* 嚴格的
   (C) *tight*〔taɪt〕*adj.* 緊的
   (D) captive〔'kæptɪv〕*adj.* 被俘虜的；被迷住的

   * schedule〔'skɛdʒʊl〕*n.* 時間表
     spare〔spɛr〕*v.* 騰出（時間）

5. (**D**) I want to fly first class, but it costs a <u>fortune</u>.

我想要坐飛機的頭等艙，但那要花一<u>大筆錢</u>。

   (A) cash〔kæʃ〕*n.* 現金（為不可數名詞）
   (B) money〔'mʌnɪ〕*n.* 錢（為不可數名詞）
   (C) charge〔tʃɑrdʒ〕*n.* 費用
   (D) *fortune*〔'fɔrtʃən〕*n.* 財富；大筆的錢

   * fly〔flaɪ〕*v.* 搭乘（飛機）   *first class* 頭等艙

6. (**B**) The new regulations <u>regarding</u> use of the copy machine will be posted on Tuesday.

<u>有關</u>使用影印機的新規定，星期二會張貼出來。

   (A) require〔rɪ'kwaɪr〕*v.* 需要
   (B) *regarding*〔rɪ'gɑrdɪŋ〕*prep.* 關於
   (C) reform〔rɪ'fɔrm〕*v.* 改革
   (D) retail〔'ritel〕*v.* 零售

   * regulation〔ˌrɛgjə'leʃən〕*n.* 規定
     copy machine 影印機   post〔post〕*v.* 張貼

7. (**A**) The aim of our audit is to review all accounts and all financial transactions <u>thoroughly</u>.

這次查帳的目標，就是要再<u>徹底</u>檢查所有的帳戶和財務交易。

    (A) ***thoroughly***〔ˋθɝolɪ〕*adv.* 徹底地
    (B) erratically〔əˋrætɪkəlɪ〕*adv.* 古怪地；不規則地
    (C) resourcefully〔rɪˋsorsfəlɪ〕*adv.* 機智地
    (D) consciously〔ˋkɑnʃəslɪ〕*adv.* 有意識地

    ＊aim〔em〕*n.* 目標   audit〔ˋɔdɪt〕*n.* 查帳
    review〔rɪˋvju〕*v.* 再檢查
    account〔əˋkaʊnt〕*n.* 帳戶
    financial〔faɪˋnænʃəl〕*adj.* 財務的
    transaction〔trænsˋækʃən〕*n.* 交易

8. (**C**) We hope you like our company's new <u>emblem</u>. The four blue diagonal bars inside a red circle are the symbol of our company's strength and potential.

我們希望你會喜歡我們公司的新<u>標誌</u>。紅色圓圈內的四條藍色對角線，象徵我們公司的實力及潛力。

    (A) demise〔dɪˋmaɪz〕*n.* 死亡
    (B) compendium〔kəmˋpɛndɪəm〕*n.* 概要（＝*summary*）
    (C) ***emblem***〔ˋɛmbləm〕*n.* 象徵；標誌
    (D) coalition〔͵koəˋlɪʃən〕*n.* 結合；聯盟

    ＊diagonal〔daɪˋægən!〕*adj.* 對角線的
    bar〔bɑr〕*n.* 條紋
    symbol〔ˋsɪmb!〕*n.* 象徵
    strength〔strɛŋθ〕*n.* 實力
    potential〔pəˋtɛnʃəl〕*n.* 潛力

9. (**B**) Her mother <u>advised</u> her to be more careful in her choice of words.

她的母親勸她用字措辭要小心。

(A) devise〔dɪ'vaɪz〕v. 設計
(B) ***advise***〔əd'vaɪz〕v. 勸告
(C) suggest〔sə'dʒɛst〕v. 建議
(D) digest〔daɪ'dʒɛst〕v. 消化

10. (**D**) A church operates on <u>precepts,</u> which are basic moral instructions or set of rules.

教會是根據<u>戒律</u>來運作，而戒律就是基本的道德教誨或一套教規。

(A) parable〔'pærəbḷ〕n.（說教性的）寓言
(B) opposition〔͵ɑpə'zɪʃən〕n. 反對
(C) invective〔ɪn'vɛktɪv〕n. 惡言謾罵
(D) ***precept***〔'prisɛpt〕n. 戒律；教訓

  ＊ operate〔'ɑpə͵ret〕v. 運作
   moral〔'mɔrəl〕adj. 道德的
   instruction〔ɪn'strʌkʃən〕n. 教誨
   set〔sɛt〕n. 一套
   rule〔rul〕n.（教會的）教規；教條

TEST 23

Directions: *The following questions are incomplete sentences. You are to choose the one word that best completes the sentence.*

1. Greg, my wife and I are thinking about _____ our home. I think maybe you can give us some advice.
   - (A) renovating
   - (B) recompensing
   - (C) reinforcing
   - (D) reviving   (   )

2. We do not _____ violence on this campus, but we are willing to overlook your offense this time.
   - (A) disavow
   - (B) maltreat
   - (C) transcend
   - (D) condone   (   )

3. Team A's argument was quite _____, while Team B's was not so convincing.
   - (A) resplendent
   - (B) altruistic
   - (C) exotic
   - (D) cogent   (   )

4. Mrs. Green, would you please do me a _____?
   - (A) benefit
   - (B) favor
   - (C) conduct
   - (D) helping   (   )

5. Both guards were charged with _____ of duty for failing to catch the burglars.
   - (A) peremptory
   - (B) importune
   - (C) dereliction
   - (D) transgression   (   )

6. As the clerk _____ prepared my milk shake, I wondered how long she had been working there.
   (A) logically
   (B) methodically
   (C) graphically
   (D) synthetically   (   )

7. The meeting _____ at around 6:30, but before ending, the president made it clear that we would have to continue the discussion on Monday.
   (A) conferred
   (B) alienated
   (C) evolved
   (D) adjourned   (   )

8. What you want us to do is to turn away from our customs, but we are not willing to _____ from tradition.
   (A) debase
   (B) deviate
   (C) descend
   (D) derive   (   )

9. If you want to encourage them to come to every class, you have to offer them some kind of _____, such as a certificate or award for those who do.
   (A) endorsement
   (B) endowment
   (C) incentive
   (D) notoriety   (   )

10. Animals that are active at night are not the only _____ creatures. Plants do most of their growing at night.
    (A) primordial
    (B) global
    (C) nocturnal
    (D) celestial   (   )

TEST 23 詳解

1. (**A**) Greg, my wife and I are thinking about <u>renovating</u>
   our home. I think maybe you can give us some advice.
   葛瑞格，我太太跟我正在考慮<u>整修</u>我們的房子。我想或許
   你可以給我們一些建議。

   (A) ***renovate*** (ˈrɛnəˌvet) v. 整修
   (B) recompense (ˈrɛkəmˌpɛns) v. 報答；賠償
   (C) reinforce (ˌriɪnˈfors) v. 加強
   (D) revive (rɪˈvaɪv) v. 使甦醒；使復活

2. (**D**) We do not <u>condone</u> violence on this campus, but we
   are willing to overlook your offense this time.
   在這校園裡，我們不<u>容許</u>暴力，但這一次，我們願意原諒
   你的過錯。

   (A) disavow (ˌdɪsəˈvaʊ) v. 否認
   (B) maltreat (mælˈtrit) v. 虐待
   (C) transcend (trænˈsɛnd) v. 超越
   (D) ***condone*** (kənˈdon) v. 寬恕；容忍

   * violence (ˈvaɪələns) n. 暴力
     campus (ˈkæmpəs) n. 校園
     willing (ˈwɪlɪŋ) adj. 願意的
     overlook (ˌovɚˈluk) v. 忽視；寬恕
     offense (əˈfɛns) n. 過錯

3. (**D**) Team A's argument was quite <u>cogent</u>, while Team B's was not so convincing.

甲隊的論點相當具<u>有說服力</u>，而乙隊的論點就不是那麼具有說服力。

    (A) resplendent〔rɪ'splɛndənt〕*adj.* 輝煌的；燦爛的
    (B) altruistic〔‚æltrʊ'ɪstɪk〕*adj.* 利他主義的
    (C) exotic〔ɪg'zɑtɪk〕*adj.* 有異國風味的
    (D) *cogent*〔'kodʒənt〕*adj.* 有說服力的

    * team〔tim〕*n.* 隊   argument〔'ɑrgjəmənt〕*n.* 論點
    convincing〔kən'vɪnsɪŋ〕*adj.* 有說服力的

4. (**B**) Mrs. Green, would you please do me a <u>favor</u>?

格林太太，能不能請妳<u>幫</u>我一個<u>忙</u>？

    (A) benefit〔'bɛnəfɪt〕*n.* 利益
    (B) *favor*〔'fevɚ〕*n.* 恩惠   *do sb. a favor* 幫助某人
    (C) conduct〔'kɑndʌkt〕*n.* 行為
    (D) helping〔'hɛlpɪŋ〕*n.*（食物）一份；一客

5. (**C**) Both guards were charged with <u>dereliction</u> of duty for failing to catch the burglars.

二位守衛被指控<u>疏忽職守</u>，未能逮捕夜賊。

    (A) peremptory〔pə'rɛmptərɪ〕*adj.* 斷然的；強制的
    (B) importune〔‚ɪmpɚ'tjun〕*v.* 強求；硬要
    (C) *dereliction*〔‚dɛrə'lɪkʃən〕*n.* 怠忽職守
    dereliction of duty 失職
    (D) transgression〔træns'grɛʃən〕*n.* 違反；過失

    * guard〔gɑrd〕*n.* 守衛
    charge〔tʃɑrdʒ〕*v.* 指控＜*with*＞
    fail to 未能   burglar〔'bɝglɚ〕*n.* 夜賊

6. (**B**) As the clerk <u>methodically</u> prepared my milk shake, I wondered how long she had been working there.

當店員<u>有條不紊地</u>準備我的奶昔時，我真想知道她在那裡工作多久了。

(A) logically（'lɑdʒɪkəlɪ）*adv.* 合邏輯地
(B) ***methodically***（mə'θɑdɪkəlɪ）*adv.* 有條不紊地
(C) graphically（'græfɪklɪ）*adv.* 生動地
(D) synthetically（sɪn'θɛtɪklɪ）*adv.* 合成地

＊clerk（klɜk）*n.* 店員　　***milk shake*** 奶昔

7. (**D**) The meeting <u>adjourned</u> at around 6:30, but before ending, the president made it clear that we would have to continue the discussion on Monday.

會議在六點半左右<u>休會</u>，但在結束前，董事長明白表示，我們必須在星期一繼續討論。

(A) confer（kən'fɜ）*v.* 協商
(B) alienate（'eljən,et）*v.* 疏遠
(C) evolve（ɪ'vɑlv）*v.* 進化
(D) ***adjourn***（ə'dʒɜn）*v.* 休會

8. (**B**) What you want us to do is to turn away from our customs, but we are not willing to <u>deviate</u> from tradition.

你要我們做的是<u>背離</u>我們的習俗，但是我們不願意<u>背離</u>傳統。

(A) debase（dɪ'bes）*v.* 貶低
(B) ***deviate***（'divɪ,et）*v.* 背離（常軌或習俗）<*from*>
(C) descend（dɪ'sɛnd）*v.* 下降
(D) derive（dɪ'raɪv）*v.* 起源自 <*from*>

＊***turn away from*** 背離
tradition（trə'dɪʃən）*n.* 傳統

9. (**C**) If you want to encourage them to come to every class, you have to offer them some kind of <u>incentive</u>, such as a certificate or award for those who do.

如果你想鼓勵他們每堂課都來，你得給他們某種<u>誘因</u>，例如來的人都發給證書或獎品。

    (A) endorsement〔ɪn'dɔrsmənt〕*n.* 背書；保證
    (B) endowment〔ɪn'daʊmənt〕*n.* 捐贈；天賦
    (C) ***incentive***〔ɪn'sɛntɪv〕*n.* 誘因；動機
    (D) notoriety〔͵notə'raɪətɪ〕*n.* 聲名狼藉

    * certificate〔sə'tɪfəkɪt〕*n.* 證書
      award〔ə'wɔrd〕*n.* 獎品

10. (**C**) Animals that are active at night are not the only <u>nocturnal</u> creatures. Plants do most of their growing at night.

在夜間活動的動物並不是唯一的<u>夜行性</u>生物。植物大部份都在夜間生長。

    (A) primordial〔praɪ'mɔrdɪəl〕*adj.* 原始的；最早的
    (B) global〔'globḷ〕*adj.* 全球的
    (C) ***nocturnal***〔nɑk'tɜnəl〕*adj.* 夜間活動的
    (D) celestial〔sə'lɛstʃəl〕*adj.* 天空的

    * active〔'æktɪv〕*adj.* 活躍的
      creature〔'kritʃɚ〕*n.* 生物
      do *one's* ***growing*** 生長（ = *grow* ）

TEST 24

Directions: *The following questions are incomplete sentences. You are to choose the one word that best completes the sentence.*

1. As _____ as the conditions were in the refugee camp, they were far more unpleasant in the devastated villages.
   (A) abnormal
   (B) abstinent
   (C) averse
   (D) abominable ( )

2. Please _____ me to give this document to him tomorrow.
   (A) recall
   (B) remind
   (C) recollect
   (D) remember ( )

3. Harry's father had a _____ to tell fantastic, but unbelievable stories, and Harry has the same tendency.
   (A) demeanor
   (B) approbation
   (C) reputable
   (D) propensity ( )

4. Had we had a way to prevent his attack, we would have. But there was nothing we could do to _____ it.
   (A) immerse
   (B) exterminate
   (C) adjudicate
   (D) obviate ( )

5. George will do the _____ thing and invest his money in government bonds.
   (A) prudent
   (B) ineffable
   (C) definitive
   (D) plausible ( )

6. Now and in the years ahead, it is _____ for us to
   produce automobiles that will give us better gas mileage.
   (A) conspicuous
   (B) imperative
   (C) abstemious
   (D) ultimate   (   )

7. Such was the respect for Harry S. Meyers, founder of
   First Bank that out of _____ to him, the bank
   never mentioned the unpaid loans of his widow.
   (A) absolve
   (B) avocation
   (C) deference
   (D) contrite   (   )

8. Not only did they _____ you, but they said a lot
   of bad things about your father too.
   (A) disabuse
   (B) disavow
   (C) disparage
   (D) disdain   (   )

9. Before the new law was put into effect, littering was
   considered a minor _____, not a major violation.
   (A) infraction
   (B) inadvertent
   (C) inveterate
   (D) infallibility   (   )

10. The dictator has never even thanked us for the rice we
    shipped him. His _____ is reason enough to stop
    the shipments.
    (A) dissidence
    (B) recalcitrance
    (C) obnoxious
    (D) ingratitude   (   )

TEST 24 詳解

1. (**D**) As <u>abominable</u> as the conditions were in the refugee camp, they were far more unpleasant in the devastated villages.

雖然在難民營的情況<u>很糟</u>，但是，在那些被蹂躪的村莊裡，情況更加惡劣。

(A) abnormal〔æb'nɔrml〕*adj.* 不正常的
(B) abstinent〔'æbstənent〕*adj.* 禁慾的
(C) averse〔ə'vɝs〕*adj.* 嫌惡的；不喜歡的＜*to*＞
(D) ***abominable***〔ə'bɑmənəbl〕*adj.* 惡劣的；糟透的

> * As abominable as the conditions were in…是倒裝句，原句爲 The conditions were as abominable as in…。
> refugee〔ˌrɛfjʊ'dʒi〕*n.* 難民
> ***refugee camp*** 難民營
> unpleasant〔ʌn'plɛznt〕*adj.* 不愉快的
> devastated〔'dɛvəsˌtetɪd〕*adj.* 被破壞的；被蹂躪的
> village〔'vɪlɪdʒ〕*n.* 村莊

2. (**B**) Please <u>remind</u> me to give this document to him tomorrow.

請<u>提醒</u>我，明天要把這份文件交給他。

(A) recall〔rɪ'kɔl〕*v.* 記起
(B) ***remind***〔rɪ'maɪnd〕*v.* 提醒
(C) recollect〔ˌrɛkə'lɛkt〕*v.* 記起；回憶
(D) remember〔re'mɛmbɚ〕*v.* 記得

> * document〔'dɑkjəmənt〕*n.* 文件

3. (**D**) Harry's father had a <u>propensity</u> to tell fantastic, but unbelievable stories, and Harry has the same tendency.

哈利的父親<u>喜歡</u>說很精釆、但令人難以相信的故事，而哈利也有相同的傾向。

(A) demeanor〔 dɪ'minɚ〕*n.* 行爲；舉止
(B) approbation〔͵æprə'beʃən〕*n.* 承認；批准
(C) reputable〔'rɛpjətəbḷ〕*adj.* 名聲好的
(D) ***propensity***〔 prə'pɛnsətɪ〕*n.* 傾向；愛好

  * fantastic〔 fæn'tæstɪk〕*adj.* 極好的；奇異的
    unbelievable〔͵ʌnbɪ'livəbḷ〕*adj.* 難以置信的
    tendency〔'tɛndənsɪ〕*n.* 傾向

4. (**D**) Had we had a way to prevent his attack, we would have. But there was nothing we could do to <u>obviate</u> it.

如果當時我們有方法避免他的攻擊，我們就會去做。但是那時我們就是沒辦法<u>避免</u>。

(A) immerse〔 ɪ'mɝs〕*v.* 沈浸；使專心於
(B) exterminate〔 ɪk'stɝmə͵net〕*v.* 撲滅；根絕
(C) adjudicate〔 ə'dʒudɪ͵ket〕*v.* 判決
(D) ***obviate***〔'ɑbvɪ͵et〕*v.* 預防；避免

  * prevent〔 prɪ'vɛnt〕*v.* 避免   attack〔 ə'tæk〕*n.* 攻擊

5. (**A**) George will do the <u>prudent</u> thing and invest his money in government bonds.

喬治做事會很<u>謹慎</u>，會把錢投資於政府公債。

(A) ***prudent***〔'prudṇt〕*adj.* 謹慎的
(B) ineffable〔 ɪn'ɛfəbḷ〕*adj.* 不可言喻的；極好的
(C) definitive〔 dɪ'fɪnətɪv〕*adj.* 決定性的；限定的
(D) plausible〔'plɔzəbḷ〕*adj.* 似合理的

  * invest〔 ɪn'vɛst〕*v.* 投資   bond〔 bɑnd〕*n.* 債券

6. (**B**) Now and in the years ahead, it is <u>imperative</u> for us to produce automobiles that will give us better gas mileage. 現在以及未來，我們都<u>必須</u>生產更省油的汽車。

    (A) conspicuous〔kən'spɪkjʊəs〕 *adj.* 引人注目的

    (B) ***imperative***〔ɪm'pɛrətɪv〕 *adj.* 必要的（= *necessary*）

    (C) abstemious〔æb'stimɪəs〕 *adj.* 節制的；節儉的

    (D) ultimate〔'ʌltəmɪt〕 *adj.* 最終的

    ＊ ahead〔ə'hɛd〕 *adv.* 在將來

    in the years ahead 在未來的歲月裏

    gas〔gæs〕 *n.* 汽油

    mileage〔'maɪlɪdʒ〕 *n.* 哩程數；耗油一加侖所行駛的英哩哩程

    better gas mileage 汽油哩程數較高

7. (**C**) Such was the respect for Harry S. Meyers, founder of First Bank that out of <u>deference</u> to him, the bank never mentioned the unpaid loans of his widow. 我們非常尊敬哈利・美爾，他是第一銀行的創立者，因此出於對他的<u>敬意</u>，銀行從不提及他的遺孀未付清的貸款。

    (A) absolve〔əb'sɑlv〕 *v.* 使免除（責任、義務等）

    (B) avocation〔͵ævə'keʃən〕 *n.* 副業

    (C) ***deference***〔'dɛfərəns〕 *n.* 尊敬；敬意（= *respect*）

    (D) contrite〔'kɑntraɪt〕 *adj.* 後悔的（= *regretful*）

    ＊ founder〔'faʊndɚ〕 *n.* 建立者

    unpaid〔ʌn'ped〕 *adj.* 未支付的

    loan〔lon〕 *n.* 貸款

    widow〔'wɪdo〕 *n.* 遺孀；寡婦

8. (**C**) Not only did they <u>disparage</u> you, but they said a lot of bad things about your father too.

他們不只<u>毀謗</u>你，也說了許多你父親的壞話。

    (A) disabuse〔ˌdɪsə'bjuz〕*v.* 解惑；矯正

    (B) disavow〔ˌdɪsə'vaʊ〕*v.* 否認

    (C) *disparage*〔dɪ'spærɪdʒ〕*v.* 毀謗

    (D) disdain〔dɪs'den〕*v.* 輕視

9. (**A**) Before the new law was put into effect, littering was considered a minor <u>infraction</u>, not a major violation.

在新法實施前，亂丟垃圾被認爲是輕微<u>違法</u>，並非重大違規。

    (A) *infraction*〔ɪn'frækʃən〕*n.* 違法

    (B) inadvertent〔ˌɪnəd'vɝtnt〕*adj.* 不注意的；疏忽的

    (C) inveterate〔ɪn'vɛtərɪt〕*adj.* 根深蒂固的

    (D) infallibility〔ɪnˌfælə'bɪlətɪ〕*n.* 無錯誤；無過失

      * *put ~ into effect* 實施   litter〔'lɪtɚ〕*v.* 亂丟垃圾

      minor〔'maɪnɚ〕*adj.* 輕微的；不重要的

      major〔'medʒɚ〕*adj.* 重大的

      violation〔ˌvaɪə'leʃən〕*n.* 違反（法律）

10. (**D**) The dictator has never even thanked us for the rice we shipped him. His <u>ingratitude</u> is reason enough to stop the shipments.

獨裁者甚至從來沒感謝過我們，運送稻米給他。他的<u>忘恩</u><u>負義</u>就足以成爲停止運送的理由。

    (A) dissidence〔'dɪsədəns〕*n.* 不同意；異議

    (B) recalcitrance〔rɪ'kælsɪtrəns〕*n.* 不順從；頑強

    (C) obnoxious〔əb'nɑkʃəs〕*adj.* 令人討厭的（= *nasty*）

    (D) *ingratitude*〔ɪn'grætəˌtjud〕*n.* 忘恩負義

      * dictator〔dɪk'tetɚ〕*n.* 獨裁者   ship〔ʃɪp〕*v.* 運送

TEST 25

Directions: *The following questions are incomplete sentences. You are to choose the one word that best completes the sentence.*

1. Because his flight was canceled, he was forced to _____ his lecture at the conference.
   - (A) deliver
   - (B) reschedule
   - (C) recite
   - (D) recline ( )

2. Using a calculator will _____ you time and trouble.
   - (A) save
   - (B) repay
   - (C) owe
   - (D) behave ( )

3. Bill _____ an already difficult situation by his refusal to apologize.
   - (A) aggravated
   - (B) aggregated
   - (C) congregated
   - (D) conjugated ( )

4. Interest rates have _____ steeply this year.
   - (A) crept
   - (B) performed
   - (C) climbed
   - (D) tripped ( )

5. Visitors are required to _____ their rooms before 10 o'clock in the morning.
   - (A) mute
   - (B) vanish
   - (C) vacate
   - (D) abandon ( )

6. The _____ in the announcement of the crop report caused great confusion among commodities brokers.
   (A) delay
   (B) denial
   (C) destruction
   (D) detention   (   )

7. The pay you are demanding is not in proportion to the value of your work. I think $50,000 a year would be _____ with your performance.
   (A) delineate
   (B) commensurate
   (C) endowed
   (D) propitious   (   )

8. Last quarter's disappointing marketing figures show that our previous _____ was unjustified.
   (A) optimal
   (B) optical
   (C) optimum
   (D) optimism   (   )

9. Charged with _____, all three of the company heads denied they had a secret agreement to work together to harm Norton Industries.
   (A) anarchy
   (B) trespassing
   (C) submission
   (D) collusion   (   )

10. Five hundred dollars was to be used for purchasing a photocopier and an additional four hundred was _____ for a used electric typewriter.
    (A) attributed
    (B) allotted
    (C) dispersed
    (D) commended   (   )

TEST 25 詳解

1. (**B**) Because his flight was canceled, he was forced to <u>reschedule</u> his lecture at the conference.
   因為班機取消了，他被迫<u>重新安排</u>會議中演講的時間。

   (A) deliver〔dɪ'lɪvɚ〕*v.* 發表
   (B) ***reschedule***〔ri'skɛdʒʊl〕*v.* 重新安排時間
   (C) recite〔rɪ'saɪt〕*v.* 背誦
   (D) recline〔rɪ'klaɪn〕*v.* 斜倚

   * flight〔flaɪt〕*n.* 班機　　lecture〔'lɛktʃɚ〕*n.* 演講
     conference〔'kɑnfərəns〕*n.* 會議

2. (**A**) Using a calculator will <u>save</u> you time and trouble.
   使用計算機，可以替你<u>省</u>下時間和麻煩。

   (A) ***save***〔sev〕*v.* 節省
   (B) repay〔rɪ'pe〕*v.* 償還
   (C) owe〔o〕*v.* 欠
   (D) behave〔bɪ'hev〕*v.* 行為舉止

   * calculator〔'kælkjə,letɚ〕*n.* 計算機

3. (**A**) Bill <u>aggravated</u> an already difficult situation by his refusal to apologize.
   比爾拒絕道歉，使本來就已經很棘手的狀況，<u>更加惡化</u>。

   (A) ***aggravate***〔'ægrə,vet〕*v.* 加重；使惡化
   (B) aggregate〔'ægrɪ,get〕*v.* 聚集
   (C) congregate〔'kɑngrɪ,get〕*v.* 集合；聚集
   (D) conjugate〔'kɑndʒə,get〕*v.* (動詞) 變化

   * refusal〔rɪ'fjuzl〕*n.* 拒絕
     difficult〔'dɪfə,kʌlt〕*adj.* 棘手的
     apologize〔ə'pɑlə,dʒaɪz〕*v.* 道歉

4. (**C**) Interest rates have <u>climbed</u> steeply this year.

今年的利率急劇地<u>攀升</u>。

    (A) creep〔krip〕*v.* 爬行（三態變化為：creep-crept-crept）

    (B) perform〔pɚˋfɔrm〕*v.* 表演；執行

    (C) ***climb***〔klaɪm〕*v.* 攀升

    (D) trip〔trɪp〕*v.* 跌倒

      * ***interest rate*** 利率

      steeply〔ˋstiplɪ〕*adv.* 陡峭地；急劇地

5. (**C**) Visitors are required to <u>vacate</u> their rooms before 10 o'clock in the morning.

我們要求旅客必須在早上十點鐘以前<u>退房</u>。

    (A) mute〔mjut〕*adj.* 啞的

    (B) vanish〔ˋvænɪʃ〕*v.* 消失（= *disappear*）

    (C) ***vacate***〔ˋveket〕*v.* 空出；搬出

    (D) abandon〔əˋbændən〕*v.* 拋棄

      * require〔rɪˋkwaɪr〕*v.* 要求

6. (**A**) The <u>delay</u> in the announcement of the crop report caused great confusion among commodities brokers.

穀物收成報告<u>延遲</u>宣布，使期貨經紀人十分困惑。

    (A) ***delay***〔dɪˋle〕*n.* 延遲

    (B) denial〔dɪˋnaɪəl〕*n.* 拒絕；否認

    (C) destruction〔dɪˋstrʌkʃən〕*n.* 毀滅

    (D) detention〔dɪˋtɛnʃən〕*n.* 拘留；監禁

      * announcement〔əˋnaʊnsmənt〕*n.* 宣布

      crop〔krɑp〕*n.*（農作物）收成；產量

      commodity〔kəˋmɑdətɪ〕*n.* 商品；期貨

      broker〔ˋbrokɚ〕*n.* 經紀人

7. (**B**) The pay you are demanding is not in proportion to the value of your work. I think $50,000 a year would be <u>commensurate</u> with your performance.
你所要求的薪水與你工作的價值不成比例。我認為年薪五萬美金會與你的工作表現<u>相符合</u>。

    (A) delineate (dɪˋlɪnɪˏet) v. 描寫

    (B) *commensurate* (kəˋmɛnʃərɪt) adj. 相稱的；成比例的

    (C) endowed (ɪnˋdaʊd) adj. 天生具有的 <*with*>

    (D) propitious (prəˋpɪʃəs) adj. 吉祥的；有利的

    * pay (pe) n. 薪水

      demand (dɪˋmænd) v. 要求

      proportion (prəˋporʃən) n. 比例

      in proportion to 與～成比例

      performance (pɚˋfɔrməs) n. 表現

8. (**D**) Last quarter's disappointing marketing figures show that our previous <u>optimism</u> was unjustified.
上一季令人失望的銷售數字證明，我們先前<u>樂觀的態度</u>是不對的。

    (A) optimal (ˋɑptəməl) adj. 最適宜的；最理想的

    (B) optical (ˋɑptɪkḷ) adj. 視力的

    (C) optimum (ˋɑptəməm) n. (成長的) 最適宜條件

    (D) *optimism* (ˋɑptəˏmɪzəm) n. 樂觀

    * quarter (ˋkwɔrtɚ) n. 一季

      marketing (ˋmɑrkɪtɪŋ) n. 行銷；銷售

      figure (ˋfɪgɚ) n. 數字

      previous (ˋprivɪəs) adj. 先前的

      unjustified (ʌnˋdʒʌstəˏfaɪd) adj. 錯的

9. (**D**) Charged with <u>collusion,</u> all three of the company heads denied they had a secret agreement to work together to harm Norton Industries.

公司的三個主管都被指控<u>互相勾結</u>，但他們全都否認曾有過秘密協議，要一起合作傷害諾頓企業。

    (A) anarchy〔'ænəkɪ〕*n.* 無政府狀態
    (B) trespass〔'trɛspəs〕*v.* 侵犯；侵入
    (C) submission〔səb'mɪʃən〕*n.* 屈服；投降
    (D) *collusion*〔kə'luʒən〕*n.* 共謀；勾結

    * *be charged with* 被指控
      head〔hɛd〕*n.* 主管   deny〔dɪ'naɪ〕*v.* 否認
      agreement〔ə'grimənt〕*n.* 協議
      industry〔'ɪndəstrɪ〕*n.* 企業

10. (**B**) Five hundred dollars was to be used for purchasing a photocopier and an additional four hundred was <u>allotted</u> for a used electric typewriter.

五百元美金用來買一台影印機，另外的四百元美金則<u>撥為</u>購置一台二手的電動打字機之用。

    (A) attribute〔ə'trɪbjʊt〕*v.* 歸因於＜*to*＞
    (B) *allot*〔ə'lat〕*v.* 分配；撥給
    (C) disperse〔dɪ'spɝs〕*v.* 驅散；散布
    (D) commend〔kə'mɛnd〕*v.* 稱讚

    * purchase〔'pɝtʃəs〕*v.* 購買（＝*buy*）
      photocopier〔ˌfotə'kɑpɪɚ〕*n.* 影印機
      additional〔ə'dɪʃənl̩〕*adj.* 額外的
      used〔juzd〕*adj.* 用過的；二手的

TEST 26

Directions: *The following questions are incomplete sentences. You are to choose the one word that best completes the sentence.*

1. The manager carried out an _____ review on violence in the workplace.
    (A) extensive
    (B) extending
    (C) extenuating
    (D) extensible   (   )

2. The company will _____ a third of the sales force to the executive division.
    (A) transfer
    (B) transmit
    (C) transfuse
    (D) transform   (   )

3. She _____ in speaking though I tried to stop her.
    (A) resisted
    (B) insisted
    (C) assisted
    (D) persisted   (   )

4. The company _____ the right to change the specifications without prior notification.
    (A) insists
    (B) intends
    (C) admits
    (D) reserves   (   )

5. The union and management have resorted to government arbitration to _____ the deadlock in negotiations.
    (A) dissolve
    (B) resolve
    (C) revolve
    (D) involve

6. Over seventeen _____ of all rental apartments in the U. S. are in poor condition.
   (A) percents
   (B) percentage
   (C) percentile
   (D) percent   (   )

7. The baby's talking was hardly _____ except to its mother.
   (A) intellective
   (B) intelligent
   (C) intelligible
   (D) intellectual   (   )

8. We can't give you a _____ on this item, but we can exchange it or credit your account.
   (A) refund
   (B) reform
   (C) reflow
   (D) reflex   (   )

9. Those cars have an excellent reputation for reliability, and they come with an unconditional six-month
   _____.

   (A) security
   (B) guaranteed
   (C) warranty
   (D) promise   (   )

10. The economic _____ made by the government have fallen short of everyone's expectations.
    (A) premonitions
    (B) predictions
    (C) predispositions
    (D) predestinations   (   )

TEST 26 詳解

1. **(A)** The manager carried out an <u>extensive</u> review on violence in the workplace.

對於在工作場所發生的暴力事件，經理進行了<u>大規模的</u>檢討。

(A) **extensive**〔 ɪk'stɛnsɪv 〕 *adj.* 大規模的
(B) extend〔 ɪk'stɛnd 〕 *v.* 延伸
(C) extenuate〔 ɪk'stɛnju‚et 〕 *v.* 爲～找藉口
(D) extensible〔 ɪk'stɛnsəb!〕 *adj.* 可延伸的

* **carry out** 進行　　review〔 rɪ'vju 〕 *n.* 檢討
violence〔'vaɪələns 〕 *n.* 暴力（行爲）
workplace〔'wɝk‚ples 〕 *n.* 工作場所

2. **(A)** The company will <u>transfer</u> a third of the sales force to the executive division.

公司將把三分之一的銷售人力<u>調</u>到行政部門去。

(A) **transfer**〔 træns'fɝ 〕 *v.* 調職
(B) transmit〔 træns'mɪt 〕 *v.* 傳送
(C) transfuse〔 trænz'fjuz 〕 *v.* 輸（血）
(D) transform〔 træns'fɔrm 〕 *v.* 使轉變

* **a sales force** 一支從事銷售工作的隊伍
executive〔 ɪg'zɛkjutɪv 〕 *adj.* 行政的
division〔 də'vɪʒən 〕 *n.* 部門

3. **(D)** She <u>persisted</u> in speaking though I tried to stop her.

雖然我試著阻止她，但她還是<u>堅持</u>要發言。

(A) resist〔 rɪ'zɪst 〕 *v.* 抵抗
(B) insist〔 ɪn'sɪst 〕 *v.* 堅持 <*on*>
(C) assist〔 ə'sɪst 〕 *v.* 援助
(D) **persist**〔 pɚ'sɪst 〕 *v.* 堅持 <*in*>

4. (**D**) The company <u>reserves</u> the right to change the specifications without prior notification.

公司<u>保留</u>更改內容的權利，而不須預先通知。

(A) insist〔ɪn'sɪst〕*v.* 堅持
(B) intend〔ɪn'tɛnd〕*v.* 打算
(C) admit〔əd'mɪt〕*v.* 承認
(D) *reserve*〔rɪ'zɝv〕*v.* 保留

* specification〔‚spɛsəfə'keʃən〕*n.* 詳細項目
prior〔'praɪɚ〕*adj.* 事先的
notification〔‚notəfə'keʃən〕*n.* 通知

5. (**B**) The union and management have resorted to government arbitration to <u>resolve</u> the deadlock in negotiations.

工會和資方已請求政府居中調停，<u>解決</u>陷入僵局的談判。

(A) dissolve〔dɪ'zɑlv〕*v.* 溶解
(B) *resolve*〔rɪ'zɑlv〕*v.* 解決
(C) revolve〔rɪ'vɑlv〕*v.* 旋轉；公轉
(D) involve〔ɪn'vɑlv〕*v.* 牽涉在內

* union〔'junjən〕*n.* 工會
management〔'mænɪdʒmənt〕*n.* 資方
resort to 訴諸於；請求
arbitration〔‚ɑrbə'treʃən〕*n.* 仲裁；調停
deadlock〔'dɛd‚lɑk〕*n.* 僵局
negotiation〔nɪ‚goʃɪ'eʃən〕*n.* 談判

6. (**D**) Over seventeen <u>percent</u> of all rental apartments in the U. S. are in poor condition.

美國有超過<u>百分</u>之十七的出租公寓狀況不良。

    (A) percents〔 pə'sɛnts 〕 *n. pl.* 利率爲～釐的債券
    (B) percentage〔 pə'sɛntɪdʒ 〕 *n.* 百分比;比率
    (C) percentile〔 pə'sɛntaɪl 〕 *n.* 百分位(數)
    (D) *percent*〔 pə'sɛnt 〕 *n.* 百分之～

    * rental〔'rɛntl̩ 〕 *adj.* 出租的

7. (**C**) The baby's talking was hardly <u>intelligible</u> except to its mother.

小嬰兒的言語除了他媽媽之外,大家幾乎都無法<u>理解</u>。

    (A) intellective〔ˌɪntl̩'ɛktɪv 〕 *adj.* 智力的
    (B) intelligent〔 ɪn'tɛlədʒənt 〕 *adj.* 聰明的
    (C) *intelligible*〔 ɪn'tɛlɪdʒəbl̩ 〕 *adj.* 可理解的
    (D) intellectual〔ˌɪntl̩'ɛktʃʊəl 〕 *adj.* 智力的 *n.* 知識份子

8. (**A**) We can't give you a <u>refund</u> on this item, but we can exchange it or credit your account.

這項物品我們無法<u>退錢</u>給你,但是我們可以接受換貨,或將貨款記入你的帳上。

    (A) *refund*〔'ri‚fʌnd 〕 *n.* 退錢
    (B) reform〔 rɪ'fɔrm 〕 *n.* 改革
    (C) reflow〔 ri'flo 〕 *v.* 流回;退潮
    (D) reflex〔'riflɛks 〕 *n.* 反射作用

    * item〔'aɪtəm 〕 *n.* 項目;物品
    exchange〔 ɪks'tʃendʒ 〕 *v.* 更換
    credit〔'krɛdɪt 〕 *v.* 把～記入貸方
    account〔 ə'kaʊnt 〕 *n.* 戶頭;帳目

9. (**C**) Those cars have an excellent reputation for reliability, and they come with an unconditional six-month <u>warranty</u>.

那些車子因其可靠性而著名，而且他們還附有六個月無條件的<u>保證</u>。

(A) security〔sɪ'kjʊrətɪ〕*n.* 安全
(B) guaranteed〔͵gærən'tid〕*v.* 保證（為過去式動詞）
(C) *warranty*〔'wɔrəntɪ〕*n.* 保證
(D) promise〔'prɑmɪs〕*n.* 承諾

* reputation〔͵rɛpjə'teʃən〕*n.* 名聲
  reliability〔rɪ͵laɪə'bɪlətɪ〕*n.* 可靠性
  come with 隨～一同供應
  unconditional〔͵ʌnkən'dɪʃənl̩〕*adj.* 無條件的

10. (**B**) The economic <u>predictions</u> made by the government have fallen short of everyone's expectations.

政府所做的經濟<u>預測</u>，不如大家的期望。

(A) premonition〔͵primə'nɪʃən〕*n.* 前兆
(B) *prediction*〔prɪ'dɪkʃən〕*n.* 預測
(C) predisposition〔͵pridɪspə'zɪʃən〕*n.* 傾向
(D) predestination〔prɪ͵dɛstə'neʃən〕*n.* 宿命

* economic〔͵ikə'nɑmɪk〕*adj.* 經濟的
  fall short of 不符合；達不到
  expectation〔͵ɛkspɛk'teʃən〕*n.* 期望

TEST 27

Directions*: The following questions are incomplete sentences. You are to choose the one word that best completes the sentence.*

1. They waited for several hours, but no one _____ at the airport.
   - (A) assumed
   - (B) arrived
   - (C) dense
   - (D) silent ( )

2. Yesterday in class we _____ the impact of globalization on domestic markets.
   - (A) talked
   - (B) said
   - (C) told
   - (D) discussed ( )

3. The new movie received a lot of praise from the _____.
   - (A) criticisms
   - (B) praiseworthy
   - (C) critics
   - (D) critique ( )

4. The next announcement _____ to employee contracts.
   - (A) refers
   - (B) reclaims
   - (C) sees to
   - (D) reneges ( )

5. Please _____ the warning labels in front of the containers.
   - (A) notice
   - (B) glance
   - (C) notify
   - (D) look ( )

6. Linda has been getting good _____ in school since she was very young.
   - (A) marks
   - (B) assists
   - (C) charts
   - (D) gradings   ( )

7. The promotion _____ on whether he can move to a new location whenever necessary.
   - (A) receives
   - (B) suspends
   - (C) depends
   - (D) dispenses   ( )

8. Upon closer examination of the cargo loading system, the examiner _____ that the movers did not load the luggage in a negligent manner.
   - (A) listened
   - (B) loaded
   - (C) concluded
   - (D) carried   ( )

9. Though many complaints were _____, nothing was done about the problem.
   - (A) filed
   - (B) eventual
   - (C) arguing
   - (D) failed   ( )

10. The fax machine _____ so often that everyone refused to use it.
    - (A) phoned
    - (B) broken
    - (C) misused
    - (D) malfunctioned   ( )

TEST 27 詳解

1. (**B**) They waited for several hours, but no one <u>arrived</u> at the airport.
   他們等了好幾個小時，卻沒有一個人<u>到達</u>機場。

   (A) assume〔ə'sjum〕*v.* 假定
   (B) ***arrive***〔ə'raɪv〕*v.* 到達
   (C) dense〔dɛns〕*adj.* 濃密的
   (D) silent〔'saɪlənt〕*adj.* 安靜的

2. (**D**) Yesterday in class we <u>discussed</u> the impact of globalization on domestic markets.
   昨天在課堂上，我們<u>討論</u>了全球化對國內市場的影響。

   (A) talk〔tɔk〕*vi.* 說
   (B) say〔se〕*vi.* 說
   (C) tell〔tɛl〕*vt.* 告訴（某人）；說（故事）
   (D) ***discuss***〔dɪs'kʌs〕*vt.* 討論

   * impact〔'ɪmpækt〕*n.* 影響
   globalization〔͵globəlaɪ'zeʃən〕*n.* 全球化
   domestic〔də'mɛstɪk〕*adj.* 國內的

3. (**C**) The new movie received a lot of praise from the <u>critics</u>. 這部新電影得到<u>評論家</u>的許多讚美。

   (A) criticism〔'krɪtə͵sɪzəm〕*n.* 評論
   (B) praiseworthy〔'prez͵wɝðɪ〕*adj.* 值得讚美的
   (C) ***critic***〔'krɪtɪk〕*n.* 評論家
   (D) critique〔krɪ'tik〕*n.* 批評（法）；評論

   * receive〔rɪ'siv〕*v.* 受到
   praise〔prez〕*n.* 讚美

4. (**A**) The next announcement <u>refers</u> to employee contracts.

接下來所宣布的事項，會<u>提到</u>員工合約的問題。

    (A) ***refer*** ﹝ rɪ'fɝ ﹞ *v.* 提到 < *to* >
    (B) reclaim ﹝ rɪ'klem ﹞ *v.* 要求收回
    (C) see to 注意；務必
    (D) renege ﹝ rɪ'nig ﹞ *v.* 違約；背信

      * announcement ﹝ ə'naʊnsmənt ﹞ *n.* 宣布
       employee ﹝ˌɛmplɔɪ'i ﹞ *n.* 員工
       contract ﹝'kɑntrækt ﹞ *n.* 合約

5. (**A**) Please <u>notice</u> the warning labels in front of the containers.

請<u>注意</u>在容器前面的警告標籤。

    (A) ***notice*** ﹝'notɪs ﹞ *v.* 注意
    (B) glance ﹝ glæns ﹞ *v.* 一瞥
    (C) notify ﹝'notəˌfaɪ ﹞ *v.* 通知
    (D) look ﹝ lʊk ﹞ *vi.* 看

      * label ﹝'lebḷ ﹞ *n.* 標籤
       container ﹝ kən'tenɚ ﹞ *n.* 容器

6. (**A**) Linda has been getting good <u>marks</u> in school since she was very young.

琳達從小在學校的<u>成績</u>就非常好。

    (A) ***mark*** ﹝ mɑrk ﹞ *n.* 分數；成績
    (B) assist ﹝ ə'sɪst ﹞ *v.* 幫助
    (C) chart ﹝ tʃɑrt ﹞ *n.* 圖表
    (D) grading ﹝'gredɪŋ ﹞ *n.* 分等級

7. (**C**) The promotion <u>depends</u> on whether he can move to a new location whenever necessary.

升遷與否<u>取決於</u>他是否能在有需要的時候，搬到新的地方去。

    (A) receive〔rɪ'siv〕*v.* 收到

    (B) suspend〔sə'spɛnd〕*v.* 懸掛；暫停

    (C) ***depend***〔dɪ'pɛnd〕*v.* 視～而定；取決於 <*on*>

    (D) dispense〔dɪ'spɛns〕*v.* 分配

     * promotion〔prə'moʃən〕*n.* 升遷

       move〔muv〕*v.* 搬遷

       location〔lo'keʃən〕*n.* 地點

8. (**C**) Upon closer examination of the cargo loading system, the examiner <u>concluded</u> that the movers did not load the luggage in a negligent manner.

在仔細檢查貨物裝載系統後，檢查人員<u>斷定</u>，搬運工人裝載行李的方式並無缺失。

    (A) listen〔'lɪsn̩〕*v.* 傾聽

    (B) load〔lod〕*v.* 裝載

    (C) ***conclude***〔kən'klud〕*v.* 下結論；斷定

    (D) carry〔'kærɪ〕*v.* 搬運

     * closer〔'klosɚ〕*adj.* 較嚴密的

       cargo〔'kɑrgo〕*n.* 貨物

       examiner〔ɪg'zæmɪnɚ〕*n.* 檢查員

       mover〔'muvɚ〕*n.* 搬運工人

       luggage〔'lʌgɪdʒ〕*n.* 行李

       negligent〔'nɛglədʒənt〕*adj.* 疏忽的

       manner〔'mænɚ〕*n.* 方式

9. (**A**) Though many complaints were <u>filed</u>, nothing was done about the problem.

雖然人們<u>提出</u>很多抱怨，但仍然沒有任何解決問題的行動。

   (A) ***file*** 〔 faɪl 〕 *v.* 提出
   (B) eventual 〔 ɪ'vɛntʃʊəl 〕 *adj.* 最後的
   (C) argue 〔'ɑrgjʊ 〕 *v.* 爭論
   (D) fail 〔 fel 〕 *v.* 失敗

   ＊ complaint 〔 kəm'plent 〕 *n.* 抱怨
   file a complaint 提出抱怨

10. (**D**) The fax machine <u>malfunctioned</u> so often that everyone refused to use it.

這台傳真機太常<u>發生故障</u>，所以每個人都拒絕使用。

   (A) phone 〔 fon 〕 *v.* 打電話
   (B) break 〔 brek 〕 *v.* 打破
   (C) misuse 〔 mɪs'juz 〕 *v.* 誤用
   (D) ***malfunction*** 〔 mæl'fʌŋkʃən 〕 *v.* 發生故障

   ＊ refuse 〔 rɪ'fjuz 〕 *v.* 拒絕

> ┌─【劉毅老師的話】────
> 感謝那麼多讀者，堅持只讀「學習」的書，
> 我們要繼續努力，改進再改進。

TEST 28

Directions: *The following questions are incomplete sentences. You are to choose the one word that best completes the sentence.*

1. That corporation has not declared a stock _____ in two years.
   - (A) division
   - (B) divide
   - (C) divider
   - (D) dividend   (   )

2. To take the early flight, passengers have to book their _____ in person.
   - (A) advance
   - (B) resolution
   - (C) restoration
   - (D) reservations   (   )

3. You had better _____ your reservation before your arrival at the hotel.
   - (A) reform
   - (B) conform
   - (C) confirm
   - (D) confront   (   )

4. He is a good author, and often _____ fact and fiction in many of his best-selling books.
   - (A) distorts
   - (B) stretches
   - (C) mingles
   - (D) shortens   (   )

5. The company wants to _____ its distribution network to cover all of Asia.
   - (A) encamp
   - (B) enlarge
   - (C) endorse
   - (D) engage   (   )

6. His argument has been very carefully constructed and will be very difficult to _____.
   - (A) refuse
   - (B) repute
   - (C) refute
   - (D) repeal   (   )

7. This new device is _____ of a large assortment of sophisticated electrical components.
   - (A) consisted
   - (B) comprised
   - (C) contained
   - (D) composed   (   )

8. I absolutely believe she will show up on time because she had never _____ her word before.
   - (A) ruined
   - (B) destroyed
   - (C) broken
   - (D) separated   (   )

9. Following the crisis in Europe the stock market took a sudden _____.
   - (A) downcast
   - (B) downward
   - (C) downturn
   - (D) downstream   (   )

10. The government has made a(n) _____ to protect the environment.
    - (A) appointment
    - (B) commitment
    - (C) committee
    - (D) competition   (   )

TEST 28 詳解

1. (**D**) That corporation has not declared a stock <u>dividend</u> in two years.

那家公司這兩年來都沒有公告分配股息。

    (A) division〔dəˈvɪʒən〕*n.* 部門
    (B) divide〔dəˈvaɪd〕*v.* 劃分
    (C) divider〔dəˈvaɪdɚ〕*n.* 隔離物
    (D) ***dividend***〔ˈdɪvəˌdɛnd〕*n.* 股息

    * corporation〔ˌkɔrpəˈreʃən〕*n.* 公司
    declare〔dɪˈklɛr〕*v.* 公告支付（股息）

2. (**D**) To take the early flight, passengers have to book their <u>reservations</u> in person.

為了要搭早班機，乘客們必須親自預訂機位。

    (A) advance〔ədˈvæns〕*n.* 進步
    (B) resolution〔ˌrɛzəˈluʃən〕*n.* 決心
    (C) restoration〔ˌrɛstəˈreʃən〕*n.* 恢復
    (D) ***reservation***〔ˌrɛzɚˈveʃən〕*n.* 預訂

    * flight〔flaɪt〕*n.* 班機
    passenger〔ˈpæsṇdʒɚ〕*n.* 乘客
    book〔bʊk〕*v.* 預訂　　***in person*** 親自

3. (**C**) You had better <u>confirm</u> your reservation before your arrival at the hotel.

在你抵達旅館之前，最好先確定一下你預訂的房間。

    (A) reform〔rɪˈfɔrm〕*v.* 改革
    (B) conform〔kənˈfɔrm〕*v.* 遵守
    (C) ***confirm***〔kənˈfɝm〕*v.* 確認
    (D) confront〔kənˈfrʌnt〕*v.* 使面對

4. (**C**) He is a good author, and often <u>mingles</u> fact and
fiction in many of his best-selling books.

他是個很好的作者，經常在他許多本暢銷書裏，將事實和
虛構的事相<u>混合</u>。

    (A) distort〔dɪs'tɔrt〕*v.* 歪曲（事實）

    (B) stretch〔strɛtʃ〕*v.* 伸展

    (C) ***mingle***〔'mɪŋgl̩〕*v.* 混合

    (D) shorten〔'ʃɔrtn̩〕*v.* 縮短

      * author〔'ɔθɚ〕*n.* 作者　　fiction〔'fɪkʃən〕*n.* 虛構的事

        best-selling〔'bɛst'sɛlɪŋ〕*adj.* 非常暢銷的

5. (**B**) The company wants to <u>enlarge</u> its distribution
network to cover all of Asia.

公司想要<u>擴大</u>其網路的分布，以涵蓋全亞洲。

    (A) encamp〔ɪn'kæmp〕*v.* 紮營

    (B) ***enlarge***〔ɪn'lɑrdʒ〕*v.* 擴大

    (C) endorse〔ɪn'dɔrs〕*v.* 背書

    (D) engage〔ɪn'gedʒ〕*v.* 從事

      * distribution〔,dɪstrə'bjuʃən〕*n.* 分布

        network〔'nɛt,wɝk〕*n.* 網路

6. (**C**) His argument has been very carefully constructed
and will be very difficult to <u>refute</u>.

他的論點已經過精心的構思，很難<u>反駁</u>。

    (A) refuse〔rɪ'fjuz〕*v.* 拒絕

    (B) repute〔rɪ'pjut〕*v.* 被認爲

    (C) ***refute***〔rɪ'fjut〕*v.* 反駁

    (D) repeal〔rɪ'pil〕*v.* 撤回

      * argument〔'ɑrgjəmənt〕*n.* 論點

        construct〔kən'strʌkt〕*v.* 構思

7. (**D**) This new device is <u>composed</u> of a large assortment
of sophisticated electrical components.

這個新裝置，是由許多各式各樣精細的電子零件所<u>組成</u>。

    (A) consist〔kən'sɪst〕*v.* 組成
       consist of 由～組成
    (B) comprise〔kəm'praɪz〕*v.* 包含（= *contain*）
    (C) contain〔kən'ten〕*v.* 包含
    (D) *compose*〔kəm'poz〕*v.* 組成
       be composed of 由～組成

    * device〔dɪ'vaɪs〕*n.* 裝置
      assortment〔ə'sɔrtmənt〕*n.* 各式各樣之物
      sophisticated〔sə'fɪstɪ,ketɪd〕*adj.* 精密的
      component〔kəm'ponənt〕*n.* 零件

8. (**C**) I absolutely believe she will show up on time because
she had never <u>broken</u> her word before.

我絕對相信她會準時出現，因為她以前從不<u>失</u>信。

    (A) ruin〔'ruɪn〕*v.* 毀滅
    (B) destroy〔dɪ'strɔɪ〕*v.* 摧毀
    (C) *break*〔brek〕*v.* 未遵守
    (D) separate〔'sɛpə,ret〕*v.* 使分開

    * absolutely〔'æbsə,lutlɪ , ,æbsə'lutlɪ〕*adv.* 絕對地
      show up 出現   *on time* 準時
      word〔wɜd〕*n.* 諾言
      break one's word 失信

9. (**C**) Following the crisis in Europe the stock market took a sudden <u>downturn</u>.

在歐洲發生危機之後，股市突然<u>下跌</u>。

(A) downcast〔'daʊn,kæst〕*adj.* 垂頭喪氣的
(B) downward〔'daʊnwəd〕*adj.* 向下的
(C) ***downturn***〔'daʊntɜn〕*n.* 下降
(D) downstream〔'daʊn,strim〕*adv.* 在下游

＊ crisis〔'kraɪsɪs〕*n.* 危機　　***stock market*** 股市
sudden〔'sʌdn̩〕*adj.* 突然的

10. (**B**) The government has made a <u>commitment</u> to protect the environment.

政府<u>承諾</u>要保護環境。

(A) appointment〔ə'pɔɪntmənt〕*n.* 約會
(B) ***commitment***〔kə'mɪtmənt〕*n.* 承諾；保證
(C) committee〔kə'mɪtɪ〕*n.* 委員會
(D) competition〔,kɑmpə'tɪʃən〕*n.* 競爭

＊ protect〔prə'tɛkt〕*v.* 保護

【劉毅老師的話】

「學習」出版的每一本書，都經過長時間研究版面，使讀者看起來輕鬆愉快，歡迎讀者提供意見給我們。

TEST 29

Directions: *The following questions are incomplete sentences. You are to choose the one word that best completes the sentence.*

1. The _____ was not working, so we were unable to hear the speech.
   - (A) speaker
   - (B) vocalist
   - (C) microphone
   - (D) equipment   (   )

2. The sudden devaluation of the country's _____ caused foreign companies to reconsider their investments.
   - (A) president
   - (B) currency
   - (C) people
   - (D) fields   (   )

3. The clerks would have _____ a shorter workday instead of a pay raise.
   - (A) preferred
   - (B) decided
   - (C) excused
   - (D) done   (   )

4. We regret to _____ you that your subscription has been cancelled.
   - (A) inform
   - (B) exclaim
   - (C) silence
   - (D) question   (   )

5. The conversations had all been _____ on a sixty-minute tape.
   - (A) recorded
   - (B) vanished
   - (C) colored
   - (D) written   (   )

6. The company cannot _____ of such an action
   under any circumstances.
   (A) approve
   (B) endure
   (C) allow
   (D) feel   (   )

7. Those _____ the most by the sudden temperature
   drop are the elderly and the sick.
   (A) produced
   (B) excluded
   (C) affected
   (D) enjoyed   (   )

8. Coming down from the mountain, the hiker _____
   and sprained his ankle.
   (A) tripped
   (B) jumping
   (C) examined
   (D) traveled   (   )

9. Once the _____ has been bought, it cannot be
   returned.
   (A) goods
   (B) bananas
   (C) merchandise
   (D) stock market   (   )

10. In addition to smoking, _____ greatly increases a
    person's chances of developing heart disease, cancer, and
    other diseases.
    (A) spas
    (B) holistic medicine
    (C) obesity
    (D) organic food   (   )

TEST 29 詳解

1. (**C**) The <u>microphone</u> was not working, so we were unable to hear the speech.

這個<u>麥克風</u>壞了，所以我們無法聽見演講內容。

(A) speaker〔'spikɚ〕*n.* 說話者；擴音器
(B) vocalist〔'vokḷɪst〕*n.* 聲樂家
(C) *microphone*〔'maɪkrə,fon〕*n.* 麥克風
(D) equipment〔ɪ'kwɪpmənt〕*n.* 設備

* work〔wɜk〕*v.* 運作　　speech〔spitʃ〕*n.* 演講

2. (**B**) The sudden devaluation of the country's <u>currency</u> caused foreign companies to reconsider their investments.

該國的<u>貨幣</u>突然貶值，使得外商公司重新考慮他們的投資計劃。

(A) president〔'prɛzədənt〕*n.* 總統
(B) *currency*〔'kɜnsɪ〕*n.* 貨幣
(C) people〔'pipḷ〕*n. pl.* 人民
(D) field〔fild〕*n.* 田野

* devaluation〔,divælju'eʃən〕*n.* 貶值
reconsider〔,rikən'sɪdɚ〕*v.* 重新考慮
investment〔ɪn'vɛstmənt〕*n.* 投資

3. (**A**) The clerks would have <u>preferred</u> a shorter workday instead of a pay raise.

職員們<u>寧願</u>縮短工時，而不要調高薪水。

(A) ***prefer*** 〔 prɪ'fɝ 〕 *v.* 比較喜歡；寧願
(B) decide 〔 dɪ'saɪd 〕 *v.* 決定
(C) excuse 〔 ɪk'skjuz 〕 *v.* 原諒
(D) do 〔 du 〕 *v.* 做

＊ clerk 〔 klɝk 〕 *n.* 職員
workday 〔'wɝk,de 〕 *n.* (一天的) 工作時間
pay 〔 pe 〕 *n.* 薪水　　raise 〔 rez 〕 *n.* 增加；提高

4. (**A**) We regret to <u>inform</u> you that your subscription has been cancelled.

我們很遺憾地<u>通知</u>您，您的訂閱已被取消了。

(A) ***inform*** 〔 ɪn'fɔrm 〕 *v.* 通知
(B) exclaim 〔 ɪk'sklem 〕 *v.* 呼喊；驚叫
(C) silence 〔'saɪləns 〕 *v.* 使安靜
(D) question 〔'kwɛstʃən 〕 *v.* 質問

＊ subscription 〔 səb'skrɪpʃən 〕 *n.* 訂閱
cancel 〔'kænsl 〕 *v.* 取消

5. (**A**) The conversations had all been <u>recorded</u> on a sixty-minute tape.

談話的內容都已被<u>錄</u>在一卷六十分鐘的錄音帶中。

(A) ***record*** 〔 rɪ'kɔrd 〕 *v.* 錄音
(B) vanish 〔'vænɪʃ 〕 *v.* 消失
(C) color 〔'kʌlɚ 〕 *v.* 著色
(D) write 〔 raɪt 〕 *v.* 寫

＊ tape 〔 tep 〕 *n.* 錄音帶

6. (**A**) The company cannot <u>approve</u> of such an action under any circumstances.

公司在任何情況下，都無法<u>贊同</u>這樣的行為。

(A) ***approve*** 〔əˋpruv〕 *v.* 贊同 <*of*>
(B) endure 〔ınˋdjʊr〕 *v.* 忍耐 (不須加介系詞)
(C) allow 〔əˋlaʊ〕 *v.* 允許 (不須加介系詞)
(D) feel 〔fil〕 *v.* 感覺

＊ circumstance 〔ˋsɝkəmˏstæns〕 *n.* 情況

7. (**C**) Those <u>affected</u> the most by the sudden temperature drop are the elderly and the sick.

受氣溫驟降<u>影響</u>最大的，是老人和病人。

(A) produce 〔prəˋdjus〕 *v.* 製造
(B) exclude 〔ıkˋsklud〕 *v.* 排除在外
(C) ***affect*** 〔əˋfɛkt〕 *v.* 影響
(D) enjoy 〔ınˋdʒɔı〕 *v.* 喜歡

＊ drop 〔drɑp〕 *n.* 下降　　***the elderly*** 老人

8. (**A**) Coming down from the mountain, the hiker <u>tripped</u> and sprained his ankle.

下山的時候，那個徒步旅行的人<u>跌了一跤</u>，扭傷了腳踝。

(A) ***trip*** 〔trıp〕 *v.* 跌倒
(B) jump 〔dʒʌmp〕 *v.* 跳
(C) examine 〔ıgˋzæmın〕 *v.* 檢查
(D) travel 〔ˋtrævl〕 *v.* 旅行

＊ hiker 〔ˋhaıkɚ〕 *n.* 徒步旅行者
　 sprain 〔spren〕 *v.* 扭傷　　 ankle 〔ˋæŋkl̩〕 *n.* 腳踝

9. (**C**) Once the <u>merchandise</u> has been bought, it cannot be returned.

商品一旦售出，就不能退還。

(A) goods〔gʊdz〕*n. pl.* 貨物（須接複數動詞）

(B) banana〔bəˈnænə〕*n.* 香蕉

(C) *merchandise*〔ˈmɜtʃənˌdaɪz〕*n.* 商品（集合名詞）

(D) stock market 股票市場

* return〔rɪˈtɜn〕*v.* 退還

10. (**C**) In addition to smoking, <u>obesity</u> greatly increases a person's chances of developing heart disease, cancer, and other diseases.

除了抽煙以外，肥胖也會大大地增加一個人罹患心臟病、癌症，以及其他疾病的機會。

(A) spa〔spɑ〕*n.* 溫泉

(B) holistic medicine 整體醫學

holistic〔hoˈlɪstɪk〕*n.* 全面的；整體的

(C) *obesity*〔oˈbisətɪ〕*n.* 肥胖

(D) organic food 有機食物

organic〔ɔrˈgænɪk〕*adj.* 有機的

* develop〔dɪˈvɛləp〕*v.* 罹患

cancer〔ˈkænsɚ〕*n.* 癌症

TEST 30

Directions: *The following questions are incomplete sentences. You are to choose the one word that best completes the sentence.*

1. Some patients say that their physical condition _____ with the climate.
   - (A) differs
   - (B) varies
   - (C) exchanges
   - (D) transports   (   )

2. In Europe, the 16th and 17th centuries _____ great advances not only in astronomy, but also in chemistry and physics.
   - (A) saw
   - (B) met
   - (C) watched
   - (D) looked at   (   )

3. He is afraid of his hair _____ from his forehead.
   - (A) retiring
   - (B) receding
   - (C) regressing
   - (D) reducing   (   )

4. The title of the book sounds so difficult that it _____ some students from reading it.
   - (A) congests
   - (B) ingests
   - (C) digests
   - (D) inhibits   (   )

5. Smoking is permitted only in specially _____ areas.
   - (A) designated
   - (B) decoyed
   - (C) decorated
   - (D) departed   (   )

6. Your job performance has been far from satisfactory;
   _____, I'm afraid I have to let you go.
   (A) consequently
   (B) nevertheless
   (C) despite
   (D) still   (   )

7. Our software is selling _____ well.
   (A) surely
   (B) quite
   (C) excellently
   (D) extraordinary   (   )

8. The river _____ a large area, including Joseph's
   town.
   (A) fled
   (B) flowed
   (C) flown
   (D) flooded   (   )

9. My grandfather is so _____ that he can't even sit up
   in bed.
   (A) tough
   (B) feeble
   (C) touchy
   (D) greedy   (   )

10. The lowest insurance premiums were _____ upon
    the applicant being in excellent health.
    (A) explicit
    (B) restricted
    (C) conditional
    (D) regardless   (   )

TEST 30 詳解

1. (**B**) Some patients say that their physical condition <u>varies</u> with the climate.

有些病人表示，他們的身體狀況，會隨著氣候而<u>改變</u>。

    (A) differ〔'dɪfɚ〕*v.* 不同 < *from* >
    (B) *vary*〔'vɛrɪ〕*v.* 改變
    (C) exchange〔ɪks'tʃendʒ〕*v.* 交換
    (D) transport〔træns'port〕*v.* 運送

    * patient〔'peʃənt〕*n.* 病人
      physical〔'fɪzɪkl̩〕*adj.* 身體的
      climate〔'klaɪmɪt〕*n.* 氣候

2. (**A**) In Europe, the 16th and 17th centuries <u>saw</u> great advances not only in astronomy, but also in chemistry and physics.

十六、十七世紀的歐洲，不只是在天文學，還有化學及物理學方面，<u>有很大的進步</u>。

    (A) *see*〔si〕*v.* (時代等) 以~爲特點；有
    (B) meet〔mit〕*v.* 遇見
    (C) watch〔watʃ〕*v.* 注視
    (D) look at 注視

    * century〔'sɛntʃərɪ〕*n.* 世紀
      advance〔əd'væns〕*n.* 進步
      astronomy〔ə'strɑnəmɪ〕*n.* 天文學
      chemistry〔'kɛmɪstrɪ〕*n.* 化學
      physics〔'fɪzɪks〕*n.* 物理學

3. (**B**) He is afraid of his hair <u>receding</u> from his forehead.

他很怕他額頭上的頭髮會一直<u>往後禿</u>。

    (A) retire〔rɪ'taɪr〕*v.* 退休
    (B) *recede*〔rɪ'sid〕*v.* 後退
    (C) regress〔rɪ'grɛs〕*v.* 退步
    (D) reduce〔rɪ'djus〕*v.* 減少

    * forehead〔'fɔr,hɛd〕*n.* 前額

4. (**D**) The title of the book sounds so difficult that it <u>inhibits</u> some students from reading it.

這本書的書名，聽起來太難，使得有些學生<u>不願意</u>去閱讀。

    (A) congest〔kən'dʒɛst〕*v.* 擁塞
    (B) ingest〔ɪn'dʒɛst〕*v.* 吸收；攝取
    (C) digest〔daɪ'dʒɛst〕*v.* 消化
    (D) *inhibit*〔ɪn'hɪbɪt〕*v.* 抑制；約束

    * title〔'taɪtl̩〕*n.* 書名

5. (**A**) Smoking is permitted only in specially <u>designated</u> areas.

只有在特別<u>標示</u>的地區，才允許吸煙。

    (A) *designate*〔'dɛzɪg,net〕*v.* 標示；指定
    (B) decoy〔dɪ'kɔɪ〕*v.* 引誘
    (C) decorate〔'dɛkə,ret〕*v.* 裝飾
    (D) depart〔dɪ'pɑrt〕*v.* 離開

    * permit〔pə'mɪt〕*v.* 允許

6. (**A**) Your job performance has been far from satisfactory;
<u>consequently</u>, I'm afraid I have to let you go.
你的工作表現一直非常令人不滿意；<u>因此</u>，我恐怕得開
除你了。

    (A) *consequently* (ˈkɑnsəˌkwɛntlɪ) *adv.* 因此
    (B) nevertheless (ˌnɛvəðəˈlɛs) *adv.* 然而
    (C) despite (dɪˈspaɪt) *prep.* 儘管
    (D) still (stɪl) *adv.* 仍然

     * performance (pəˈfɔrməns) *n.* 表現
     far from 一點也不 (= *not at all*)
     satisfactory (ˌsætɪsˈfæktərɪ) *adj.* 令人滿意的

7. (**B**) Our software is selling <u>quite</u> well.
我們的軟體賣得<u>非常</u>好。

    (A) surely (ˈʃʊrlɪ) *adv.* 必定地
    (B) *quite* (kwaɪt) *adv.* 非常地
    (C) excellently (ˈɛksḷəntlɪ) *adv.* 極好地
    (D) extraordinary (ˌɛkstrəˈɔrdɪnˌɛrɪ) *adj.* 特別的

     * software (ˈsɔftˌwɛr) *n.* 軟體

8. (**D**) The river <u>flooded</u> a large area, including Joseph's
town.
河水<u>淹沒</u>了一大片地區，其中也包括約瑟夫所住的城鎮。

    (A) flee (fli) *v.* 逃跑 (三態變化為：flee-fled-fled)
    (B) flow (flo) *v.* 流動
    (C) fly (flaɪ) *v.* 飛 (三態變化為：fly-flew-flown)
    (D) *flood* (flʌd) *v.* 淹沒

9. (**B**) My grandfather is so <u>feeble</u> that he can't even sit up in bed.

我的祖父非常<u>虛弱</u>，他甚至無法在床上坐起來。

   (A) tough〔tʌf〕*adj.* 困難的；強硬的

   (B) ***feeble***〔'fibḷ〕*adj.* 虛弱的（＝*weak*）

   (C) touchy〔'tʌtʃɪ〕*adj.* 易怒的

   (D) greedy〔'gridɪ〕*adj.* 貪心的

10. (**C**) The lowest insurance premiums were <u>conditional</u> upon the applicant being in excellent health.

要享有最低的保險費，<u>前提</u>是投保人必須具有良好的健康。

   (A) explicit〔ɪk'splɪsɪt〕*adj.* 明確的

   (B) restricted〔rɪ'strɪktɪd〕*adj.* 受限制的

   (C) ***conditional***〔kən'dɪʃənḷ〕*adj.* 有前提的；視～而定的

   (D) regardless〔rɪ'gɑrdlɪs〕*adj.* 不注意的

   ＊insurance〔ɪn'ʃurəns〕*n.* 保險
    premium〔'primɪəm〕*n.* 保險費
    insurance premium 保險費
    applicant〔'æpləkənt〕*n.* 申請人

【劉毅老師的話】

感謝華航飛安室主任葉又青先生，及華航機師袁建華先生、何雲生先生建議我們出版 TOEIC 叢書。讀者只要搭華航就知道，他們的服務的確是一流的，他們的教育訓練有多麼成功。

TEST 31

Directions: *The following questions are incomplete sentences. You are to choose the one word that best completes the sentence.*

1. The conference debated the _____ issue of ethnic relations in the United States.
   - (A) sensible
   - (B) sensitive
   - (C) sensual
   - (D) sensuous   (   )

2. She is _____ from a long line of aristocrats connected to the British royal family.
   - (A) dissented
   - (B) ascended
   - (C) assented
   - (D) descended   (   )

3. You should have your house _____ against fire just in case.
   - (A) sued
   - (B) ensued
   - (C) insured
   - (D) ensured   (   )

4. I like to spend money; I can't be _____.
   - (A) freely
   - (B) frugal
   - (C) fussy
   - (D) facile   (   )

5. It seems that they knew the facts to a certain _____.
   - (A) amount
   - (B) extent
   - (C) measure
   - (D) context   (   )

6. You are not allowed to bring anything _____ on board.
   (A) fragile
   (B) fireproof
   (C) inflammable
   (D) nonflammable ( )

7. In the movie, the general was _____ and had no fear of death.
   (A) inevitable
   (B) viable
   (C) enviable
   (D) invincible ( )

8. The reason why he came to this school is that it offers a _____ range of subjects.
   (A) big
   (B) deep
   (C) wide
   (D) central ( )

9. Laura couldn't have a child of her own, so she _____ the girl.
   (A) pestered
   (B) fostered
   (C) festered
   (D) infested ( )

10. Many people left that company because of the _____ wages.
    (A) low
    (B) cheap
    (C) shabby
    (D) inexpensive ( )

TEST 31 詳解

1. (**B**) The conference debated the <u>sensitive</u> issue of ethnic relations in the United States.

這場會議討論了美國<u>敏感的</u>種族關係的問題。

    (A) sensible ('sɛnsəbl̩) *adj.* 明智的

    (B) ***sensitive*** ('sɛnsətɪv) *adj.* 敏感的

    (C) sensual ('sɛnʃuəl) *adj.* 肉體上的

    (D) sensuous ('sɛnʃuəs) *adj.* 感覺的

      * conference ('kɑnfərəns) *n.* 會議

        debate (dɪ'bet) *v.* 討論

        issue ('ɪʃu) *n.* 問題

        ethnic ('ɛθnɪk) *adj.* 種族的

2. (**D**) She is <u>descended</u> from a long line of aristocrats connected to the British royal family.

她<u>出身於</u>和英國皇室有血緣關係的貴族世家。

    (A) dissent (dɪ'sɛnt) *v.* 不同意

    (B) ascend (ə'sɛnd) *v.* 上升

    (C) assent (ə'sɛnt) *v.* 同意

    (D) ***descend*** (dɪ'sɛnd) *v.* 出自

        be descended from 是～的後裔

      * line (laɪn) *n.* 家族

        aristocrat (ə'rɪstə,kræt) *n.* 貴族

        be connected to 與～有關連

        royal ('rɔɪəl) *adj.* 皇家的

3. (**C**) You should have your house <u>insured</u> against fire just in case.

爲了以防萬一，你應該爲房子保火<u>險</u>。

    (A) sue〔su〕*v.* 起訴；控告
    (B) ensue〔ɛn'sju〕*v.* 接著發生 *<from>*
    (C) *insure*〔ɪn'ʃur〕*v.* 保險
    (D) ensure〔ɪn'ʃur〕*v.* 保證；擔保

    * *in case* 以防萬一

4. (**B**) I like to spend money; I can't be <u>frugal</u>.

我喜歡花錢；我是不會<u>節儉的</u>。

    (A) freely〔'frilɪ〕*adv.* 自由地
    (B) *frugal*〔'frugl̩〕*adj.* 節儉的
    (C) fussy〔'fʌsɪ〕*adj.* 愛挑剔的
    (D) facile〔'fæsl̩〕*adj.* 輕而易舉的

5. (**B**) It seems that they knew the facts to a certain <u>extent</u>.

他們似乎對事實有某種<u>程度</u>的了解。

    (A) amount〔ə'maunt〕*n.* 數量
    (B) *extent*〔ɪk'stɛnt〕*n.* 程度
        to ~ extent 到達 ~ 程度 (= *to ~ degree*)
    (C) measure〔'mɛʒɚ〕*n.* 措施；程度
        （要用 in some measure「到達某種程度」）
    (D) context〔'kɑntɛkst〕*n.* 上下文

    * certain〔'sɝtn̩〕*adj.* 某種

6. (**C**) You are not allowed to bring anything <u>inflammable</u> on board.

禁止攜帶易燃物上飛機。

 (A) fragile〔ˈfrædʒəl〕*adj.* 易碎的

 (B) fireproof〔ˈfaɪrˈpruf〕*adj.* 防火的

 (C) *inflammable*〔ɪnˈflæməbḷ〕*adj.* 易燃的

 (D) nonflammable〔nɑnˈflæməbḷ〕*adj.* 不易燃的

  * allow〔əˈlaʊ〕*v.* 允許 *on board* 上船;上飛機

7. (**D**) In the movie, the general was <u>invincible</u> and had no fear of death.

在電影中,那位將軍所向無敵,而且不怕死。

 (A) inevitable〔ɪnˈɛvətəbḷ〕*adj.* 無法避免的

 (B) viable〔ˈvaɪəbḷ〕*adj.* 切實可行的

 (C) enviable〔ˈɛnvɪəbḷ〕*adj.* 令人羨慕的

 (D) *invincible*〔ɪnˈvɪnsəbḷ〕*adj.* 無敵的;無法征服的

  * general〔ˈdʒɛnərəl〕*n.* 將軍

8. (**C**) The reason why he came to this school is that it offers a <u>wide</u> range of subjects.

他之所以來這所學校,是因為它提供了廣泛的學科。

 (A) big〔bɪg〕*adj.* 大的

 (B) deep〔dip〕*adj.* 深的

 (C) *wide*〔waɪd〕*adj.* 廣泛的

  a wide range of 廣泛的

 (D) central〔ˈsɛntrəl〕*adj.* 中央的

  * range〔rendʒ〕*n.* 範圍;種類

  subject〔ˈsʌbdʒɪkt〕*n.* 學科

9. (**B**)　Laura couldn't have a child of her own, so she
　　 <u>fostered</u> the girl.

　　蘿拉不能生小孩，所以<u>收養</u>了這個小女孩。

　　(A)　pester〔'pɛstɚ〕*v.* 使困擾
　　(B)　***foster***〔'fɔstɚ〕*v.* 收養
　　(C)　fester〔'fɛstɚ〕*v.* 化膿
　　(D)　infest〔ɪn'fɛst〕*v.* 騷擾

10. (**A**)　Many people left that company because of the
　　 <u>low</u> wages.

　　很多人離開那家公司，因為薪水太<u>低</u>。

　　(A)　***low***〔lo〕*adj.* 低的
　　(B)　cheap〔tʃip〕*adj.* 便宜的
　　(C)　shabby〔'ʃæbɪ〕*adj.* 破舊的
　　(D)　inexpensive〔ˌɪnɪk'spɛnsɪv〕*adj.* 便宜的

　　 * wage〔wedʒ〕*n.* 工資

【劉毅老師的話】

如果需要加強文法，除了閱讀「**TOEIC
文法 500 題**」外，還可以參考「**中級英語
文法測驗**」，兩者出題範圍相同。

TEST 32

Directions: *The following questions are incomplete sentences. You are to choose the one word that best completes the sentence.*

1. Newly _____ pharmaceutics bring relief to the ill.
   - (A) device
   - (B) declined
   - (C) developed
   - (D) detrimental   (   )

2. A thorough study of the latest research in the field has convinced us of the need to _____ a new production method.
   - (A) adept
   - (B) adapt
   - (C) abduct
   - (D) adopt   (   )

3. Clouds are good _____ of the weather.
   - (A) pictures
   - (B) elements
   - (C) indicators
   - (D) predictions   (   )

4. _____ forced the company to raise prices on its products.
   - (A) Invests
   - (B) Inflation
   - (C) Production
   - (D) Fluctuation   (   )

5. The _____ of shoes is the chief business in the town.
   - (A) construction
   - (B) manufacture
   - (C) appearance
   - (D) spread   (   )

6. Never daring to question authority, he always _____ the rules.
   - (A) abides by
   - (B) creates
   - (C) researches
   - (D) arranges   (　)

7. The secretary asked a clerk to check the report for typing _____.
   - (A) errands
   - (B) errs
   - (C) errors
   - (D) errancy   (　)

8. The garden near my house has been _____ for so long that weeds are growing everywhere.
   - (A) spoiled
   - (B) torn
   - (C) lost
   - (D) neglected   (　)

9. I was very angry because he _____ me when I was trying to work.
   - (A) displayed
   - (B) discarded
   - (C) discounted
   - (D) disturbed   (　)

10. You should not have a ticket, but for you I shall make an _____.
    - (A) extortion
    - (B) exception
    - (C) allotment
    - (D) allergy   (　)

TEST 32 詳解

1. (**C**) Newly <u>developed</u> pharmaceutics bring relief to
the ill.
新<u>研發的</u>藥可減輕患者的病情。

   (A) device (dɪ'vaɪs) *n.* 裝置
   (B) decline (dɪ'klaɪn) *v.* 下降；拒絕
   (C) ***develop*** (dɪ'vɛləp) *v.* 發展；開發
   (D) detrimental (ˌdɛtrə'mɛntḷ) *adj.* 有害的

   * pharmaceutic (ˌfɑrmə'sjutɪk) *n.* 藥劑；藥物
     relief (rɪ'lif) *n.* 減輕
     the ill 病人 (= *ill people*)

2. (**D**) A thorough study of the latest research in the field
has convinced us of the need to <u>adopt</u> a new
production method.
有一份關於這領域最新的詳細研究報告，使我們相信，必
須要<u>採用</u>新的生產方法。

   (A) adept (ə'dɛpt) *adj.* 熟練的
   (B) adapt (ə'dæpt) *v.* 使適應；改編
   (C) abduct (æb'dʌkt) *v.* 綁架
   (D) ***adopt*** (ə'dɑpt) *v.* 採用

   * thorough ('θɝo) *adj.* 詳細的
     latest ('letɪst) *adj.* 最新的
     research ('risɝtʃ) *n.* 研究
     field (fild) *n.* 領域
     convince (kən'vɪns) *v.* 使相信

3. (**C**) Clouds are good <u>indicators</u> of the weather.

雲是天氣很好的<u>指標</u>。

(A) picture〔'pɪktʃɚ〕 *n.* 圖畫；照片
(B) element〔'ɛləmənt〕 *n.* 要素
(C) *indicator*〔'ɪndə,ketɚ〕 *n.* 指標
(D) prediction〔prɪ'dɪkʃən〕 *n.* 預測

4. (**B**) <u>Inflation</u> forced the company to raise prices on its products.

通貨膨脹迫使這家公司提高產品價格。

(A) invest〔ɪn'vɛst〕 *v.* 投資
(B) *inflation*〔ɪn'fleʃən〕 *n.* 通貨膨脹
(C) production〔prə'dʌkʃən〕 *n.* 生產
(D) fluctuation〔,flʌktʃu'eʃən〕 *n.* 波動

 * force〔fɔrs〕 *v.* 強迫
   raise〔rez〕 *v.* 提高　　product〔'prɑdəkt〕 *n.* 產品

5. (**B**) The <u>manufacture</u> of shoes is the chief business in the town.

<u>製鞋業</u>是這個城鎮主要的行業。

(A) construction〔kən'strʌkʃən〕 *n.* 建造
(B) *manufacture*〔,mænjə'fæktʃɚ〕 *n.* 製造
(C) appearance〔ə'pɪrəns〕 *n.* 外表
(D) spread〔sprɛd〕 *n.* 擴展

 * chief〔tʃif〕 *adj.* 主要的

6. (**A**) Never daring to question authority, he always <u>abides by</u> the rules.

他從不敢質疑權威，他總是<u>遵守</u>規則。

   (A) ***abide by*** 遵守 (= *obey*)
   (B) create ﹝ krɪ'et ﹞ *v.* 創造
   (C) research ﹝ rɪ's3tʃ ﹞ *v.* 研究
   (D) arrange ﹝ ə'rendʒ ﹞ *v.* 安排

   * dare ﹝ dɛr ﹞ *v.* 敢
   question ﹝'kwɛstʃən ﹞ *v.* 質疑
   authority ﹝ ə'θɔrətɪ ﹞ *n.* 權威

7. (**C**) The secretary asked a clerk to check the report for typing <u>errors</u>.

秘書要求職員檢查那份報告，看是否有打字<u>錯誤</u>。

   (A) errand ﹝'ɛrənd ﹞ *n.* 差事
   (B) err ﹝ 3 ﹞ *v.* 犯錯
   (C) ***error*** ﹝'ɛrɚ ﹞ *n.* 錯誤
   (D) errancy ﹝'ɛrənsɪ ﹞ *n.* 出差錯

   * clerk ﹝ kl3k ﹞ *n.* 職員

8. (**D**) The garden near my house has been <u>neglected</u> for so long that weeds are growing everywhere.

我家附近的花園已經<u>荒廢</u>很久了，所以到處長滿了雜草。

   (A) spoil ﹝ spɔɪl ﹞ *v.* 破壞；寵壞
   (B) tear ﹝ tɛr ﹞ *v.* 撕裂 (三態變化為：tear-tore-torn)
   (C) lose ﹝ luz ﹞ *v.* 失去
   (D) ***neglect*** ﹝ nɪ'glɛkt ﹞ *v.* 忽略；棄置

   * weed ﹝ wid ﹞ *n.* 雜草

9. (**D**) I was very angry because he <u>disturbed</u> me when I
was trying to work.

我很生氣，因為他在我想工作時<u>打擾</u>我。

    (A) display〔dɪ'sple〕*v.* 展示
    (B) discard〔dɪs'kɑrd〕*v.* 拋棄
    (C) discount〔dɪs'kaʊnt〕*v.* 打折
    (D) ***disturb***〔dɪ'stɝb〕*v.* 打擾

10. (**B**) You should not have a ticket, but for you I shall
make an <u>exception</u>.

你不應該有票，但是對於你，我可以把你當作<u>例外</u>。

    (A) extortion〔ɪk'stɔrʃən〕*n.* 勒索
    (B) ***exception***〔ɪk'sɛpʃən〕*n.* 例外
        make an exception 把～當作例外；對～特別看待
    (C) allotment〔ə'lɑtmənt〕*n.* 分配
    (D) allergy〔'ælɚdʒɪ〕*n.* 過敏

> 【劉毅老師的話】
>
> 文法有不懂的地方，可查閱「**文法寶典**」。
> 「**學習**」台北門市有售。地址：台北市許昌
> 街 10 號 2 F（希爾頓飯店後面）。

TEST 33

Directions: *The following questions are incomplete sentences. You are to choose the one word that best completes the sentence.*

1. Please have these suits dry cleaned and _____ in time for tonight's reception.
   - (A) torn
   - (B) smudged
   - (C) pressed
   - (D) deserted ( )

2. He fears his car may need _____ since it won't start.
   - (A) overhaul
   - (B) handling
   - (C) overhauling
   - (D) remodeling ( )

3. Almost 500 people were killed in a plane _____.
   - (A) clash
   - (B) crash
   - (C) crush
   - (D) crack ( )

4. The unit's _____ design minimizes wind resistance.
   - (A) circulation
   - (B) circulate
   - (C) circulatory
   - (D) circular ( )

5. Investigators were able to _____ the crime based on the evidence at the scene.
   - (A) commit
   - (B) visit
   - (C) reconstruct
   - (D) misunderstand ( )

6. Newspapers should not be _____ by government if the public is to learn the truth.
   (A) printed
   (B) controlled
   (C) subsidized
   (D) recycled   ( )

7. For _____ of current exhibitions, consult the notice board at the Tourist Information Center.
   (A) restorations
   (B) listings
   (C) permission
   (D) portraits   ( )

8. The domestic automobile costs the same as a _____ imported model.
   (A) required
   (B) eventual
   (C) controlled
   (D) comparable   ( )

9. Environmental scientists are _____ about the water quality of rivers and lakes in Alaska.
   (A) determined
   (B) commented
   (C) assembled
   (D) concerned   ( )

10. Two years ago Paul formed a recording company and has since _____ 26 records.
    (A) discharged
    (B) radiated
    (C) freelanced
    (D) released   ( )

TEST 33 詳解

1. (**C**) Please have these suits dry cleaned and <u>pressed</u> in time for tonight's reception.
請趕在今晚的歡迎會前，將這些西裝乾洗<u>熨燙</u>。

    (A) tear〔tɛr〕*v.* 撕裂

    (B) smudge〔smʌdʒ〕*v.* 弄髒

    (C) *press*〔prɛs〕*v.* 熨平

    (D) desert〔dɪ'zɝt〕*v.* 拋棄

    ＊ suit〔sut〕*n.* 西裝　　***in time*** 及時

    reception〔rɪ'sɛpʃən〕*n.* 歡迎會；招待會

2. (**C**) He fears his car may need <u>overhauling</u> since it won't start.
他擔心他的車可能需要<u>徹底檢查</u>，因為它發不動。

    (A) overhaul〔,ovɚ'hɔl〕*v.* 徹底檢查

    (B) handle〔'hændl̩〕*v.* 處理

    (C) ***need overhauling*** 需要徹底檢查

        (= *need to be overhauled*)

    (D) remodel〔ri'madl̩〕*v.* 改裝

    ＊ start〔stɑrt〕*v.* 發動

3. (**B**) Almost 500 people were killed in a plane <u>crash</u>.
在<u>空難</u>中，有將近五百人喪生。

    (A) clash〔klæʃ〕*n.* 衝突

    (B) ***crash***〔kræʃ〕*n.* 墜毀

    (C) crush〔krʌʃ〕*n.* 壓壞

    (D) crack〔kræk〕*n.* 裂痕

    ＊ ***be killed*** （因意外而）死亡

    plane〔plen〕*n.* 飛機（ = *airplane* ）

4. (**D**) The unit's <u>circular</u> design minimizes wind resistance.
這組裝置圓形的設計，能將風的阻力減至最小。

   (A) circulation〔ˌsɝkjəˈleʃən〕*n.* 循環；發行量
   (B) circulate〔ˈsɝkjəˌlet〕*v.* 循環
   (C) circulatory〔ˈsɝkjələˌtorɪ〕*adj.* 循環的
   (D) ***circular***〔ˈsɝkjələ〕*adj.* 圓形的

    * unit〔ˈjunɪt〕*n.* 裝置；組件
    design〔dɪˈzaɪn〕*n.* 設計
    minimize〔ˈmɪnəˌmaɪz〕*v.* 使減至最低限度
    resistance〔rɪˈzɪstəns〕*n.* 阻力

5. (**C**) Investigators were able to <u>reconstruct</u> the crime based on the evidence at the scene.
調查人員能根據現場的證據，<u>重建</u>犯罪的過程。

   (A) commit〔kəˈmɪt〕*v.* 犯（罪）
   (B) visit〔ˈvɪzɪt〕*v.* 拜訪
   (C) ***reconstruct***〔ˌrikənˈstrʌkt〕*v.* 重建
   (D) misunderstand〔ˌmɪsʌndəˈstænd〕*v.* 誤解

    * investigator〔ɪnˈvɛstəˌgetə〕*n.* 調查人員
    based on 根據　　evidence〔ˈɛvədəns〕*n.* 證據
    scene〔sin〕*n.* 現場

6. (**B**) Newspapers should not be <u>controlled</u> by government if the public is to learn the truth.
如果社會大眾應該要知道真相，報紙就不該受政府的<u>控制</u>。

   (A) print〔prɪnt〕*v.* 印刷
   (B) ***control***〔kənˈtrol〕*v.* 控制
   (C) subsidize〔ˈsʌbsəˌdaɪz〕*v.* 補助；資助
   (D) recycle〔riˈsaɪkl̩〕*v.* 回收；再利用

    * learn〔lɝn〕*v.* 知道

7. (**B**) For <u>listings</u> of current exhibitions, consult the notice board at the Tourist Information Center.

目前展覽會的<u>一覽表</u>，請參考旅客服務中心的佈告欄。

- (A) restoration〔͵rɛstə'reʃən〕*n.* 恢復
- (B) ***listing***〔'lɪstɪŋ〕*n.* 一覽表
- (C) permission〔pə'mɪʃən〕*n.* 許可
- (D) portrait〔'portret〕*n.* 畫像

* current〔'kɜənt〕*adj.* 現在的
exhibition〔͵ɛksə'bɪʃən〕*n.* 展覽會
consult〔kən'sʌlt〕*v.* 參考；查閱
notice board 佈告欄
tourist〔'tʊrɪst〕*n.* 旅客

8. (**D**) The domestic automobile costs the same as a <u>comparable</u> imported model.

這部國產車和<u>同級</u>的進口車款價錢相同。

- (A) required〔rɪ'kwaɪrd〕*adj.* 必須的；必修的
- (B) eventual〔ɪ'vɛntʃuəl〕*adj.* 最後的
- (C) controlled〔kən'trold〕*adj.* 受控制的；有節制的
- (D) ***comparable***〔'kɑmpərəbḷ〕*adj.* 可相比的；同等級的

* domestic〔də'mɛstɪk〕*adj.* 國產的
automobile〔'ɔtəmə͵bil , ͵ɔtə'mobil〕*n.* 汽車
imported〔ɪm'portɪd〕*adj.* 進口的
model〔'mɑdḷ〕*n.*（汽車的）車型；款式

9. (**D**) Environmental scientists are <u>concerned</u> about the
water quality of rivers and lakes in Alaska.
環保科學家很<u>關心</u>阿拉斯加河川和湖泊的水質。

    (A) determine〔dɪˋtɝmɪn〕*v.* 決心
    (B) comment〔ˋkɑmɛnt〕*v.* 評論
    (C) assemble〔əˋsɛmbḷ〕*v.* 裝配
    (D) *concern*〔kənˋsɝn〕*v.* 使關心
        be concerned about 關心

      * environmental〔ɪn͵vaɪrənˋmɛntḷ〕*adj.* 有關環境保護的
       quality〔ˋkwɑlətɪ〕*n.* 品質
       Alaska〔əˋlæskə〕*n.* 阿拉斯加

10. (**D**) Two years ago Paul formed a recording company
and has since <u>released</u> 26 records.
兩年前，保羅成立了一家錄音公司，從那以後，<u>發行</u>了二十
六張唱片。

    (A) discharge〔dɪsˋtʃɑrdʒ〕*v.* 解僱
    (B) radiate〔ˋredɪ͵et〕*v.* 放射；散發（光、熱）
    (C) freelance〔ˋfriˋlæns〕*v.* 無契約地自由工作
    (D) *release*〔rɪˋlis〕*v.* 發行

      * form〔fɔrm〕*v.* 成立
       recording〔rɪˋkɔrdɪŋ〕*n.* 錄音
       record〔ˋrɛkɚd〕*n.* 唱片

TEST 34

Directions: *The following questions are incomplete sentences. You are to choose the one word that best completes the sentence.*

1. The clothes which were once worn by the singer are _____ articles for the fans.
   (A) worthless
   (B) valueless
   (C) priceless
   (D) sleeveless   (   )

2. The soil is so _____ in this area that three crops can grow a year.
   (A) futile
   (B) fertile
   (C) fragile
   (D) frantic   (   )

3. She has been working very hard, so she _____ a long vacation.
   (A) reserves
   (B) preserves
   (C) conserves
   (D) deserves   (   )

4. At the party, you should _____ with as many people as possible.
   (A) mingle
   (B) mangle
   (C) meddle
   (D) muddle   (   )

5. I'm sure he did it _____ rather than by accident.
   (A) deceivingly
   (B) defectively
   (C) deliberately
   (D) decidedly   (   )

6. Roy's _____ is that he becomes impatient when he drives.
   (A) feedback
   (B) kickback
   (C) setback
   (D) drawback   (   )

7. You might disagree with me, but I still believe his decision was _____.
   (A) sensual
   (B) sensory
   (C) sensible
   (D) sensitive   (   )

8. He was about to reveal her secret but she _____ him and changed the subject.
   (A) foretold
   (B) forestalled
   (C) forewent
   (D) forfeited   (   )

9. They were able to guess his country of _____ by his strong accent.
   (A) intent
   (B) speech
   (C) origin
   (D) originality   (   )

10. A period of _____ is usually necessary for animals arriving from abroad.
    (A) detention
    (B) restriction
    (C) suspension
    (D) quarantine   (   )

TEST 34 詳解

1. (**C**) The clothes which were once worn by the singer are <u>priceless</u> articles for the fans.

歌手穿過的衣服，對歌迷而言，是<u>無價</u>之寶。

(A) worthless〔'wɜθlıs〕*adj.* 無價值的
(B) valueless〔'væljulıs〕*adj.* 無價值的
(C) *priceless*〔'praıslıs〕*adj.* 無價的；珍貴的
　　(= *invaluable*)
(D) sleeveless〔'slivlıs〕*adj.* 無袖的

　＊ once〔wʌns〕*adv.* 曾經
　　article〔'ɑrtıkḷ〕*n.* 物品　　fan〔fæn〕*n.* 迷

2. (**B**) The soil is so <u>fertile</u> in this area that three crops can grow a year.

這地區的土壤非常<u>肥沃</u>，所以一年可以收成三次。

(A) futile〔'fjutḷ〕*adj.* 徒勞的
(B) *fertile*〔'fɜtḷ〕*adj.* 肥沃的
(C) fragile〔'frædʒəl〕*adj.* 易碎的
(D) frantic〔'fræntık〕*adj.* 瘋狂的

　＊ soil〔sɔıl〕*n.* 土壤
　　crop〔krɑp〕*n.* 收成；收穫量

3. (**D**) She has been working very hard, so she <u>deserves</u> a long vacation.

她一直都很努力工作，所以她放長假是應該的。

    (A) reserve〔rɪˈzɝv〕*v.* 預訂
    (B) preserve〔prɪˈzɝv〕*v.* 保存
    (C) conserve〔kənˈsɝv〕*v.* 節約
    (D) *deserve*〔dɪˈzɝv〕*v.* 應得

4. (**A**) At the party, you should <u>mingle</u> with as many people as possible.

在宴會裡，你應該儘可能跟愈多人交談愈好。

    (A) *mingle*〔ˈmɪŋgḷ〕*v.* 交往；混合
    (B) mangle〔ˈmæŋgḷ〕*v.* 切碎；胡亂砍
    (C) meddle〔ˈmɛdḷ〕*v.* 干涉
    (D) muddle〔ˈmʌdḷ〕*v.* 使混亂

    * *as ~ as possible* 儘可能 ~

5. (**C**) I'm sure he did it <u>deliberately</u> rather than by accident.

我相信他這樣做，不是意外，而是故意的。

    (A) deceivingly〔dɪˈsivɪŋlɪ〕*adv.* 欺騙地
    (B) defectively〔dɪˈfɛktɪvlɪ〕*adv.* 有缺點地
    (C) *deliberately*〔dɪˈlɪbərɪtlɪ〕*adv.* 故意地
    (D) decidedly〔dɪˈsaɪdɪdlɪ〕*adv.* 堅定地

    * *rather than* 而不是
    by accident 偶然地；意外地

6. (**D**) Roy's <u>drawback</u> is that he becomes impatient when he drives.

羅伊的<u>缺點</u>就是，開車時會變得很沒有耐心。

    (A) feedback 〔'fid,bæk 〕 *n.* 回饋

    (B) kickback 〔'kɪk,bæk 〕 *n.* 回扣

    (C) setback 〔'sɛt,bæk 〕 *n.* 挫折

    (D) ***drawback*** 〔'drɔ,bæk 〕 *n.* 缺點

    * impatient 〔 ɪm'peʃənt 〕 *adj.* 沒耐心的

7. (**C**) You might disagree with me, but I still believe his decision was <u>sensible</u>.

也許你不認同我，但我還是相信，他的決定是<u>明智的</u>。

    (A) sensual 〔'sɛnʃuəl 〕 *adj.* 肉體上的

    (B) sensory 〔'sɛnsərɪ 〕 *adj.* 感覺的；知覺的

    (C) ***sensible*** 〔'sɛnsəbl̩ 〕 *adj.* 明智的

    (D) sensitive 〔'sɛnsətɪv 〕 *adj.* 敏感的

8. (**B**) He was about to reveal her secret but she <u>forestalled</u> him and changed the subject.

他差點就要洩露她的祕密，但她<u>先發制人</u>，並轉移了話題。

    (A) foretell 〔 for'tɛl 〕 *v.* 預言

    (B) ***forestall*** 〔 for'stɔl 〕 *v.* 先發制人；搶先

    (C) forego 〔 for'go 〕 *v.* 走在～之前

    (D) forfeit 〔'fɔrfɪt 〕 *v.* 使被沒收

    * ***be about to*** 正要
      reveal 〔 rɪ'vil 〕 *v.* 洩露
      subject 〔'sʌbdʒɪkt 〕 *n.* 話題；主題

9. (**C**) They were able to guess his country of <u>origin</u> by
his strong accent.

他們能從他濃重的口音，猜測他<u>來自</u>哪個國家。

    (A) intent〔ɪn'tɛnt〕*n.* 意圖
    (B) speech〔spitʃ〕*n.* 言辭；演講
    (C) ***origin***〔'ɔrədʒɪn〕*n.* 起源；出身
    (D) originality〔ɔ,rɪdʒə'næləti〕*n.* 創意

    * accent〔'æksɛnt〕*n.* 口音；腔調

10. (**D**) A period of <u>quarantine</u> is usually necessary for
animals arriving from abroad.

從國外來的動物，通常需要一段時間<u>隔離檢疫</u>。

    (A) detention〔dɪ'tɛnʃən〕*n.* 拘留；拘押
    (B) restriction〔rɪ'strɪkʃən〕*n.* 限制
    (C) suspension〔sə'spɛnʃən〕*n.* 暫停
    (D) ***quarantine***〔'kwɔrən,tin〕*n.* 隔離；檢疫

    * period〔'pɪrɪəd〕*n.* 期間
    from abroad 從國外來

【劉毅老師的話】

「劉毅英文家教班」教學嚴格，鼓勵同
學從小養成背單字的習慣，走在別人前
面一步。

TEST 35

Directions: *The following questions are incomplete sentences. You are to choose the one word that best completes the sentence.*

1. In a society marching to ever greater technological advances, the importance of literacy cannot be _____.
   - (A) known
   - (B) underestimated
   - (C) valued
   - (D) foreshadowed   (   )

2. It doesn't look like a major gas leak, but just to be safe, we'd better _____ the building.
   - (A) evacuate
   - (B) staff
   - (C) extinguish
   - (D) refrain from   (   )

3. A membership card was _____ to enter the club.
   - (A) invited
   - (B) showing
   - (C) required
   - (D) determined   (   )

4. She _____ a little sugar on the doughnuts before serving them.
   - (A) sprinkled
   - (B) chopped
   - (C) seasoned
   - (D) arranged   (   )

5. _____ is a copy of my résumé, as you requested.
   - (A) Completed
   - (B) Issued
   - (C) Attached
   - (D) Stapled   (   )

6. This trip will give you the chance to _____ new markets for your products.
   (A) discover
   (B) display
   (C) discourage
   (D) disable ( )

7. Proposals were _____ for remodeling the building's interior.
   (A) subdued
   (B) subjected
   (C) submitted
   (D) subscribed ( )

8. If I ever become a parent, I hope to _____ a love of music in my children.
   (A) interface
   (B) sponsor
   (C) display
   (D) instill ( )

9. The doctor will analyze the symptoms and _____ treatment or medicine.
   (A) inscribe
   (B) prescribe
   (C) subscribe
   (D) proscribe ( )

10. The first results were good enough, but even better ones were produced in _____ research.
    (A) subsequent
    (B) subliminal
    (C) submissive
    (D) subconscious ( )

TEST 35 詳解

1. (**B**) In a society marching to ever greater technological advances, the importance of literacy cannot be <u>underestimated</u>.

在正要邁向更高科技的社會裡，識字的重要性是不可以被<u>低估</u>的。

    (A) know〔no〕*v.* 知道
    (B) *underestimate*〔͵ʌndɚˈɛstəͺmet〕*v.* 低估；輕視
    (C) value〔ˈvælju〕*v.* 評估
    (D) foreshadow〔forˈʃædo〕*v.* 預兆

    * march〔mɑrtʃ〕*v.* 行進
      advance〔ədˈvæns〕*n.* 進步
      literacy〔ˈlɪtərəsɪ〕*n.* 識字；讀寫能力

2. (**A**) It doesn't look like a major gas leak, but just to be safe, we'd better <u>evacuate</u> the building.

看來不是十分嚴重的瓦斯外洩，但為了安全起見，我們最好還是<u>撤離</u>這棟大樓。

    (A) *evacuate*〔ɪˈvækjuͺet〕*v.* 撤離
    (B) staff〔stæf〕*v.* 為～配備職員
    (C) extinguish〔ɪkˈstɪŋgwɪʃ〕*v.* 撲滅
    (D) refrain from 克制自己不要

    * major〔ˈmedʒɚ〕*adj.* 重大的
      leak〔lik〕*n.* 漏氣   *gas leak* 瓦斯外洩
      to be safe 為了安全起見

3. (**C**) A membership card was <u>required</u> to enter the club.

要進入這家俱樂部，<u>需要</u>有會員卡。

(A) invite〔ɪn'vaɪt〕v. 邀請
(B) show〔ʃo〕v. 表現
(C) *require*〔rɪ'kwaɪr〕v. 需要
(D) determine〔dɪ'tɜmɪn〕v. 決心

* membership〔'mɛmbɚˌʃɪp〕n. 會員資格

4. (**A**) She <u>sprinkled</u> a little sugar on the doughnuts before serving them.

在端出甜甜圈之前，她先在上面<u>灑些</u>糖。

(A) *sprinkle*〔'sprɪŋkl̩〕v. 撒
(B) chop〔tʃɑp〕v. 砍
(C) season〔'sizn̩〕v. 調味
(D) arrange〔ə'rendʒ〕v. 安排

* sugar〔'ʃʊgɚ〕n. 糖
doughnut〔'doˌnʌt〕n. 甜甜圈
serve〔sɜv〕v. 端出 (食物)

5. (**C**) <u>Attached</u> is a copy of my résumé, as you requested.

依照您所要求，<u>附上</u>一份我的履歷表。

(A) complete〔kəm'plit〕v. 完成
(B) issue〔'ɪʃu〕v. 發行
(C) *attach*〔ə'tætʃ〕v. 附上；附加
(D) staple〔'stepl̩〕v. 用釘書機釘牢

* copy〔'kɑpɪ〕n. 一份
résumé〔ˌrɛzju'me〕n. 履歷表
request〔rɪ'kwɛst〕v. 要求

6. (**A**) This trip will give you the chance to <u>discover</u> new markets for your products.

這次的旅行，會給你一個<u>發現</u>新產品市場的機會。

(A) **discover** ﹝ dɪˋskʌvə ﹞ v. 發現
(B) display ﹝ dɪˋsple ﹞ v. 展示
(C) discourage ﹝ dɪsˋkɝɪdʒ ﹞ v. 使氣餒
(D) disable ﹝ dɪsˋeb! ﹞ v. 使殘廢

  * market ﹝ˋmarkɪt ﹞ n. 市場

7. (**C**) Proposals were <u>submitted</u> for remodeling the building's interior.

已有人<u>提出</u>重整建築物內部的提議。

(A) subdue ﹝ səbˋdju ﹞ v. 壓抑
(B) subject ﹝ səbˋdʒɛkt ﹞ v. 使服從
(C) **submit** ﹝ səbˋmɪt ﹞ v. 提出
(D) subscribe ﹝ səbˋskraɪb ﹞ v. 訂閱

  * proposal ﹝ prəˋpoz! ﹞ n. 提議
  remodel ﹝ riˋmad! ﹞ v. 修改；改建
  interior ﹝ ɪnˋtɪrɪə ﹞ n. 內部

8. (**D**) If I ever become a parent, I hope to <u>instill</u> a love of music in my children.

如果我爲人父母，我希望能<u>灌輸</u>小孩對音樂的喜愛。

(A) interface ﹝ˋɪntəˌfes ﹞ n. 接觸面；界面
(B) sponsor ﹝ˋspansə ﹞ v. 贊助
(C) display ﹝ dɪˋsple ﹞ v. 展示
(D) **instill** ﹝ ɪnˋstɪl ﹞ v. 灌輸

9. (**B**) The doctor will analyze the symptoms and <u>prescribe</u>
treatment or medicine.
醫生會分析病人的症狀，並且<u>指示</u>治療方法或<u>開</u>藥方。

(A) inscribe〔 ɪn'skraɪb 〕 *v.* 銘刻
(B) ***prescribe*** 〔 prɪ'skraɪb 〕 *v.* 指示（治療方法）；開（藥方）
(C) subscribe〔 səb'skraɪb 〕 *v.* 訂閱
(D) proscribe〔 pro'skraɪb 〕 *v.* 禁止

＊ analyze〔'ænḷ,aɪz 〕 *v.* 分析
symptom〔'sɪmptəm 〕 *n.* 症狀
treatment〔'tritmənt 〕 *n.* 治療方法

10. (**A**) The first results were good enough, but even better
ones were produced in <u>subsequent</u> research.
一開始的結果就夠好了，但<u>之後的</u>研究，還有更好的成果。

(A) ***subsequent*** 〔'sʌbsɪ,kwɛnt 〕 *adj.* 後來的
(B) subliminal 〔 sʌb'lɪmənḷ 〕 *adj.* 潛意識的
(C) submissive 〔 səb'mɪsɪv 〕 *adj.* 順從的
(D) subconscious 〔 sʌb'kɑnʃəs 〕 *adj.* 潛意識的

＊ produce〔 prə'djus 〕 *v.* 創造
research〔'risɝtʃ 〕 *n.* 研究

───【劉毅老師的話】───
「劉毅英文家教班」位於「台北市重慶南路一
段 10 號 7F」，從國三到高三，天天都有班。
每年暑假有開「英語會話專修班」，或「英文
小說導讀班」，歡迎讀者參加。

TEST 36

Directions: *The following questions are incomplete sentences. You are to choose the one word that best completes the sentence.*

1. Despite hopes of a larger _____, they were well pleased with the rally.
   - (A) turnup
   - (B) turnover
   - (C) turnout
   - (D) turnabout ( )

2. The purpose of this meeting is to reach a _____ on where to cut the budget.
   - (A) agreement
   - (B) consensus
   - (C) harmony
   - (D) cooperation ( )

3. There were a _____ of reasons for not attending the conference.
   - (A) multitude
   - (B) quantity
   - (C) many
   - (D) source ( )

4. He lives in Toronto now, but he's _____ of New York.
   - (A) an inhabitant
   - (B) a native
   - (C) a migrant
   - (D) a dweller ( )

5. I don't mind the heat, but I can't stand the _____.
   - (A) humidity
   - (B) wet
   - (C) moist
   - (D) humid ( )

6. The conclusion was incorrect because the _____ were incomplete.
   (A) informations
   (B) data
   (C) material
   (D) statistical   (   )

7. The house is in need of complete _____.
   (A) renovation
   (B) fund
   (C) loan
   (D) ownership   (   )

8. I have only two more _____ to pay on my car, and then I'll finally own it.
   (A) installments
   (B) annuities
   (C) extensions
   (D) renewals   (   )

9. Were you with the club at the time of the _____?
   (A) originality
   (B) organization
   (C) recognition
   (D) verdict   (   )

10. Language makes possible the _____ of ideas between people.
    (A) exchange
    (B) information
    (C) revolution
    (D) speech   (   )

TEST 36 詳解

1. (**C**) Despite hopes of a larger <u>turnout</u>, they were well pleased with the rally.
   雖然希望會有更多人<u>出席</u>，但他們對這個集會還是感到很滿意。

       (A) turnup〔'tɜn,ʌp〕*n.* 出現

       (B) turnover〔'tɜn,ovɚ〕*n.* 翻覆；人事變動

       (C) ***turnout***〔'tɜn,aut〕*n.*（集會之）出席者

           a large turnout 很多人出席

       (D) turnabout〔'tɜnə,baut〕*n.* 轉向

       * despite〔dɪ'spaɪt〕*prep.* 儘管
         pleased〔plizd〕*adj.* 高興的
         rally〔'rælɪ〕*n.* 集會

2. (**B**) The purpose of this meeting is to reach a <u>consensus</u> on where to cut the budget.
   這個會議的目的，就是要達成<u>共識</u>，決定要在哪一方面縮減預算。

       (A) agreement〔ə'grimənt〕*n.* 同意；意見一致
           （應用 an agreement）

       (B) ***consensus***〔kən'sɛnsəs〕*n.* 共識；意見一致

       (C) harmony〔'hɑrmənɪ〕*n.* 和諧

       (D) cooperation〔ko,apə'reʃən〕*n.* 合作

       * reach〔ritʃ〕*v.* 達成
         cut〔kʌt〕*v.* 縮減
         budget〔'bʌdʒɪt〕*n.* 預算

3. (**A**) There were a <u>multitude</u> of reasons for not attending the conference.

有<u>很多</u>不參加會議的理由。

(A) ***multitude*** ('mʌltə,tjud) *n.* 很多
   a multitude of 很多
(B) quantity ('kwɑntətɪ) *n.* 數量
(C) many ('mɛnɪ) *adj.* 許多的
(D) source (sors) *n.* 來源

* attend (ə'tɛnd) *v.* 參加
  conference ('kɑnfərəns) *n.* 會議

4. (**B**) He lives in Toronto now, but he's <u>a native</u> of New York.

他現在住在多倫多，但是他是紐約<u>人</u>。

(A) inhabitant (ɪn'hæbətənt) *n.* 居民
(B) ***native*** ('netɪv) *n.* 生於某地之人
(C) migrant ('maɪgrənt) *n.* 移民
(D) dweller ('dwɛlɚ) *n.* 居民

* Toronto (tə'rɑnto) *n.* 多倫多

5. (**A**) I don't mind the heat, but I can't stand the <u>humidity</u>.

我不怕熱，但我無法忍受<u>濕氣</u>。

(A) ***humidity*** (hju'mɪdətɪ) *n.* 濕氣
(B) wet (wɛt) *adj.* 潮濕的
(C) moist (mɔɪst) *adj.* 潮濕的
(D) humid ('hjumɪd) *adj.* 潮濕的

* mind (maɪnd) *v.* 介意   heat (hit) *n.* 熱
  stand (stænd) *v.* 忍受

6. (**B**) The conclusion was incorrect because the <u>data</u> were incomplete.

結論錯誤，因爲<u>資料</u>不齊全。

(A) information〔͵ɪnfɚ'meʃən〕*n.* 資訊（爲單數名詞）

(B) ***data***〔'detə〕*n. pl.* 資料

(C) material〔mə'tɪrɪəl〕*n.* 材料

(D) statistical〔stə'tɪstɪk!〕*adj.* 統計（數字）的

* conclusion〔kən'kluʒən〕*n.* 結論
incomplete〔͵ɪnkəm'plit〕*adj.* 不完全的

7. (**A**) The house is in need of complete <u>renovation</u>.

房子需要徹底的<u>整修</u>。

(A) ***renovation***〔͵rɛnə'veʃən〕*n.* 整修

(B) fund〔fʌnd〕*n.* 基金

(C) loan〔lon〕*n.* 貸款

(D) ownership〔'onɚ͵ʃɪp〕*n.* 所有權

* ***be in need of*** 需要
complete〔kəm'plit〕*adj.* 完全的

8. (**A**) I have only two more <u>installments</u> to pay on my car, and then I'll finally own it.

只要再付兩期<u>分期付款</u>，然後我終於就可以完全擁有我的車了。

(A) ***installment***〔ɪn'stɔlmənt〕*n.* 分期付款

(B) annuity〔ə'njuətɪ〕*n.* 養老金

(C) extension〔ɪk'stɛnʃən〕*n.* 延伸；（電話）分機

(D) renewal〔rɪ'njuəl〕*n.* 更新；恢復

9. (**B**) Were you with the club at the time of the <u>organization</u>?

在俱樂部<u>成立</u>的時候，你是不是其中的會員？

    (A) originality〔ə͵rɪdʒə'nælətɪ〕*n.* 創意

    (B) *organization*〔͵ɔrgənaɪ'zeʃən〕*n.* 組織；組成

    (C) recognition〔͵rɛkəg'nɪʃən〕*n.* 認識；承認

    (D) verdict〔'vɝdɪkt〕*n.* 裁決

    * club〔klʌb〕*n.* 俱樂部

10. (**A**) Language makes possible the <u>exchange</u> of ideas between people.

語言讓人與人之間的意見<u>交換</u>成為可能。

    (A) *exchange*〔ɪks'tʃendʒ〕*n.* 交換

    (B) information〔͵ɪnfɚ'meʃən〕*n.* 資訊

    (C) revolution〔͵rɛvə'luʃən〕*n.* 革命

    (D) speech〔spitʃ〕*n.* 言辭；演講

【劉毅老師的話】

英語會話要學好，可先練習一次說三句，說愈多愈好。如見到朋友，就可連續說：
"Great to see you. So good to see you. You look wonderful."

TEST 37

Directions: *The following questions are incomplete sentences. You are to choose the one word that best completes the sentence.*

1. Deforestation has an enormous _____ on the environment in this part of the country.
   (A) damage
   (B) destruction
   (C) impact
   (D) trouble   (   )

2. The candidate's _____ about his chances of winning encouraged his supporters.
   (A) optimism
   (B) concern
   (C) interest
   (D) satisfaction   (   )

3. The _____ of the burning candle was yellow.
   (A) firing
   (B) flame
   (C) burning
   (D) lightning   (   )

4. In addition to a rash and a fever, he showed other classic _____ of the disease.
   (A) ingredients
   (B) dosages
   (C) symptoms
   (D) warnings   (   )

5. He always wears the most interesting _____.
   (A) garb
   (B) clientele
   (C) flashes
   (D) adjustments   (   )

6. He is often absent without _____, so I will fire him.
   - (A) illness
   - (B) promise
   - (C) fail
   - (D) leave   (   )

7. Their furniture will stay in the _____ until they pay the storage cost.
   - (A) warehouse
   - (B) wardrobe
   - (C) underwater
   - (D) purse   (   )

8. The staff at the company tried to cover up the truth, but it soon came to _____.
   - (A) caution
   - (B) knowledge
   - (C) light
   - (D) point   (   )

9. _____ are usually higher in the department stores than they are in the smaller shops.
   - (A) Prices
   - (B) Expenditures
   - (C) Purchases
   - (D) Expenses   (   )

10. The _____ of the meeting is to discuss the problems that occurred during the last project.
    - (A) reason
    - (B) agenda
    - (C) point
    - (D) member   (   )

TEST 37 詳解

1. (**C**) Deforestation has an enormous <u>impact</u> on the environment in this part of the country.

砍伐森林對國家這個地區的環境，有很大的<u>影響</u>。

(A) damage〔'dæmɪdʒ〕*n.* 損害

(B) destruction〔dɪ'strʌkʃən〕*n.* 毀滅

(C) ***impact***〔'ɪmpækt〕*n.* 影響（ = *influence*）

(D) trouble〔'trʌbḷ〕*n.* 麻煩

* deforestation〔dɪ,fɔrɪs'teʃən〕*n.* 砍伐森林
enormous〔ɪ'nɔrməs〕*adj.* 巨大的

2. (**A**) The candidate's <u>optimism</u> about his chances of winning encouraged his supporters.

候選人對於他當選的機會抱持<u>樂觀</u>態度，激勵了他的支持者。

(A) ***optimism***〔'ɑptə,mɪzəm〕*n.* 樂觀

(B) concern〔kən'sɜn〕*n.* 關心

(C) interest〔'ɪntrɪst〕*n.* 興趣

(D) satisfaction〔,sætɪs'fækʃən〕*n.* 滿足

* candidate〔'kændə,det〕*n.* 候選人
encourage〔ɪn'kɜɪdʒ〕*v.* 激勵
supporter〔sə'portɚ〕*n.* 支持者

3. (**B**)　The <u>flame</u> of the burning candle was yellow.

　　燃燒中的蠟燭<u>火焰</u>是黃色的。

　　　　(A) firing〔'faɪrɪŋ〕*n.* 生火；射擊
　　　　(B) ***flame***〔flem〕*n.* 火焰
　　　　(C) burning〔'bɜnɪŋ〕*n.* 燃燒　*adj.* 燃燒的
　　　　(D) lightning〔'laɪtnɪŋ〕*n.* 閃電

　　　　　* candle〔'kændl̩〕*n.* 蠟燭

4. (**C**)　In addition to a rash and a fever, he showed other classic <u>symptoms</u> of the disease.

　　除了起疹子和發燒外，他還有這種疾病其他典型的<u>症狀</u>。

　　　　(A) ingredient〔ɪn'gridɪənt〕*n.* 成分；材料
　　　　(B) dosage〔'dosɪdʒ〕*n.* 劑量
　　　　(C) ***symptom***〔'sɪmptəm〕*n.* 症狀
　　　　(D) warning〔'wɔrnɪŋ〕*n.* 警告

　　　　　* rash〔ræʃ〕*n.* 疹子　　fever〔'fivɚ〕*n.* 發燒
　　　　　classic〔'klæsɪk〕*adj.* 典型的
　　　　　disease〔dɪ'ziz〕*n.* 疾病

5. (**A**)　He always wears the most interesting <u>garb</u>.

　　他總是穿最有趣的<u>衣服</u>。

　　　　(A) ***garb***〔gɑrb〕*n.* 衣服
　　　　(B) clientele〔ˌklaɪən'tɛl〕*n.*（律師的）客戶；
　　　　　　（醫生的）患者；（商店的）常客
　　　　(C) flash〔flæʃ〕*n.* 閃光
　　　　(D) adjustment〔ə'dʒʌstmənt〕*n.* 調整

6. (**D**) He is often absent without <u>leave</u>, so I will fire him.
他常常沒有<u>請假</u>就缺席，所以我要解雇他。

    (A) illness (ˈɪlnɪs) *n.* 疾病

    (B) promise (ˈprɑmɪs) *n.* 承諾

    (C) fail (fel) *n.* 不及格　without fail 一定；肯定

    (D) *leave* (liv) *n.* 請假

    ＊ absent (ˈæbsn̩t) *adj.* 缺席的
      fire (faɪr) *v.* 解僱

7. (**A**) Their furniture will stay in the <u>warehouse</u> until they pay the storage cost.
他們的傢俱會一直放在<u>倉庫</u>裡，直到他們付清儲藏費為止。

    (A) *warehouse* (ˈwɛr͵haʊs) *n.* 倉庫

    (B) wardrobe (ˈwɔrd͵rob) *n.* 衣櫥

    (C) underwater (ˈʌndɚ͵wɔtɚ) *adj.* 水中的

    (D) purse (pɝs) *n.* 錢包

    ＊ storage (ˈstorɪdʒ) *n.* 儲藏；保管

8. (**C**) The staff at the company tried to cover up the truth, but it soon came to <u>light</u>.
公司的全體員工試著隱藏事實，但事實很快就被<u>揭露</u>出來。

    (A) caution (ˈkɔʃən) *n.* 小心；謹慎

    (B) knowledge (ˈnɑlɪdʒ) *n.* 知識

    (C) *come to light* 顯露；眾所周知

    (D) point (pɔɪnt) *n.* 點；論點

    ＊ staff (stæf) *n.* 全體員工　　*cover up* 隱藏

9. (**A**) <u>Prices</u> are usually higher in the department stores than they are in the smaller shops.

百貨公司裡的<u>價格</u>，通常比小商店的價格高。

(A) *price* 〔 praɪs 〕 *n.* 價格
(B) expenditure 〔 ɪk'spɛndɪtʃə 〕 *n.* 費用；開支
(C) purchase 〔'pɝtʃəs 〕 *n.* 購買
(D) expense 〔 ɪk'spɛns 〕 *n.* 費用

＊ *department store*　百貨公司

10. (**C**) The <u>point</u> of the meeting is to discuss the problems that occurred during the last project.

這個會議的<u>目的</u>，就是要討論上一個計劃執行期間所發生的問題。

(A) reason 〔'rizn̩ 〕 *n.* 理由
(B) agenda 〔 ə'dʒɛndə 〕 *n.* 議程
(C) *point* 〔 pɔɪnt 〕 *n.* 要點；目的
(D) member 〔'mɛmbə 〕 *n.* 成員

＊ last 〔 læst 〕 *adj.* 上一個
　project 〔'prɑdʒɛkt 〕 *n.* 計劃

=【劉毅老師的話】=

你想學好英語會話嗎？請參考「說英文高手」。這本書是「學習出版公司」會話書的代表作品。

TEST 38

Directions: *The following questions are incomplete sentences. You are to choose the one word that best completes the sentence.*

1. All contributions to our development fund are gratefully
   _____.

   (A) anticipated
   (B) demonstrated
   (C) acknowledged
   (D) participated   (   )

2. The government is considering _____ airline ticket
   prices to stimulate competition within the industry.

   (A) degrading
   (B) deregulating
   (C) delegating
   (D) devastating   (   )

3. Don't _____ me while I'm trying to read.

   (A) distract
   (B) subtract
   (C) contract
   (D) extract   (   )

4. He is highly _____ for his skill at negotiating contracts.

   (A) suspected
   (B) respected
   (C) inspected
   (D) expected   (   )

5. There have been several major _____ in video
   technology over the last few years.

   (A) digits
   (B) developments
   (C) currencies
   (D) detachments   (   )

6. Mr. Smith's nephew is the sole _____ of the insurance policy.
   (A) benefit
   (B) beneficent
   (C) beneficiary
   (D) benediction   ( )

7. _____ groups are protesting against the plan to build a road through the forest.
   (A) Conservation
   (B) Reservation
   (C) Conversation
   (D) Convention   ( )

8. You'll find that Jamie's arguments are both articulate and _____.
   (A) persuade
   (B) persuading
   (C) persuasive
   (D) persuadable   ( )

9. What began as a roadside hamburger stand _____ in one of the largest corporations in the world.
   (A) culminated
   (B) spearheaded
   (C) thrived
   (D) ensured   ( )

10. Several police cars were _____ in response to a call about a robbery on 10th Street.
    (A) dispatched
    (B) investigated
    (C) petitioned
    (D) scheduled   ( )

TEST 38 詳解

1. (**C**) All contributions to our development fund are gratefully <u>acknowledged</u>.
我們非常感謝所有捐給我們發展基金的捐款。

    (A) anticipate〔æn'tɪsə,pet〕v. 預期
    (B) demonstrate〔'dɛmən,stret〕v. 示威;示範
    (C) ***acknowledge***〔ək'nɑlɪdʒ〕v. 感謝;承認
    (D) participate〔pɚ'tɪsə,pet〕v. 參加

    * contribution〔,kɑntrə'bjuʃən〕n. 捐款
     fund〔fʌnd〕n. 基金
     gratefully〔'gretfəlɪ〕adv. 感激地

2. (**B**) The government is considering <u>deregulating</u> airline ticket prices to stimulate competition within the industry.
政府考慮要<u>解除對</u>機票價格<u>的管制</u>,以刺激航空業的競爭。

    (A) degrade〔dɪ'gred〕v. 降級
    (B) ***deregulate***〔dɪ'rɛgjə,let〕v. 解除對~的管制
    (C) delegate〔'dɛlə,get〕v. 委派 (某人) 為代表
    (D) devastate〔'dɛvəs,tet〕v. 使荒廢;破壞

    * ***airline ticket*** 機票
     stimulate〔'stɪmjə,let〕v. 刺激
     competition〔,kɑmpə'tɪʃən〕n. 競爭
     industry〔'ɪndəstrɪ〕n. 企業;工業

3. (**A**) Don't <u>distract</u> me while I'm trying to read.

在我想讀書時，不要<u>使</u>我<u>分心</u>。

    (A) ***distract*** 〔 dɪ'strækt 〕 *v.* 使分心
    (B) subtract 〔 səb'trækt 〕 *v.* 減去；扣除
    (C) contract 〔 kən'trækt 〕 *v.* 收縮
    (D) extract 〔 ɪk'strækt 〕 *v.* 拔除；摘錄

4. (**B**) He is highly <u>respected</u> for his skill at negotiating contracts.

他商訂合約的技巧，受到高度的<u>重視</u>。

    (A) suspect 〔 sə'spɛkt 〕 *v.* 懷疑
    (B) ***respect*** 〔 rɪ'spɛkt 〕 *v.* 重視；尊重
    (C) inspect 〔 ɪn'spɛkt 〕 *v.* 檢查
    (D) expect 〔 ɪk'spɛkt 〕 *v.* 期待

    * negotiate 〔 nɪ'goʃɪ,et 〕 *v.* 透過談判談成；商訂
       contract 〔'kɑntrækt 〕 *n.* 合約

5. (**B**) There have been several major <u>developments</u> in video technology over the last few years.

在過去幾年當中，錄影技術有了幾項重大的<u>發展</u>。

    (A) digit 〔'dɪdʒɪt 〕 *n.* 阿拉伯數字
    (B) ***development*** 〔 dɪ'vɛləpmənt 〕 *n.* 發展
    (C) currency 〔'kɝənsɪ 〕 *n.* 貨幣
    (D) detachment 〔 dɪ'tætʃmənt 〕 *n.* 分離；超然

    * major 〔'medʒɚ 〕 *adj.* 重要的
       video 〔'vɪdɪ,o 〕 *adj.* 錄影的；影像的
       technology 〔 tɛk'nɑlədʒɪ 〕 *n.* 技術
       last 〔 læst 〕 *adj.* 過去的

6. (**C**) Mr. Smith's nephew is the sole <u>beneficiary</u> of the insurance policy.

史密斯先生的姪兒，是這項保險的唯一<u>受益人</u>。

(A) benefit ('bɛnəfɪt) *n.* 利益；(保險的) 給付金
(B) beneficent (bə'nɛfəsṇt) *adj.* 仁慈的
(C) ***beneficiary*** (,bɛnə'fɪʃərɪ) *n.* 受益人
(D) benediction (,bɛnə'dɪkʃən) *n.* 祝福

* nephew ('nɛfju) *n.* 姪兒；外甥
sole (sol) *adj.* 唯一的　　***insurance policy*** 保險單

7. (**A**) <u>Conservation</u> groups are protesting against the plan to build a road through the forest.

<u>保育</u>團體反對穿越森林建造道路的計劃。

(A) ***conservation*** (,kɑnsɚ'veʃən) *n.* 保育
(B) reservation (,rɛzɚ'veʃən) *n.* 預訂
(C) conversation (,kɑnvɚ'seʃən) *n.* 會話
(D) convention (kən'vɛnʃən) *n.* 會議；慣例

* protest (prə'tɛst) *v.* 抗議；反對

8. (**C**) You'll find that Jamie's arguments are both articulate and <u>persuasive</u>.

你會發現，傑米的論點是明確而且<u>有說服力的</u>。

(A) persuade (pɚ'swed) *v.* 說服
(B) persuading (pɚ'swedɪŋ) *adj.* 說服的
(C) ***persuasive*** (pɚ'swesɪv) *adj.* 有說服力的
(D) persuadable (pɚ'swedəbḷ) *adj.* 可說服的

* argument ('ɑrgjəmənt) *n.* 論點
articulate (ɑr'tɪkjəlɪt) *adj.* 明確的；表達得清楚有力的

9. (**A**) What began as a roadside hamburger stand <u>culminated</u> in one of the largest corporations in the world.

由路邊攤起家的漢堡攤，<u>結果卻變成</u>世界上最大的公司之一。

(A) ***culminate*** (ˈkʌlməˌnet) *v.* 結果變成
(B) spearhead (ˈspɪrˌhɛd) *v.* 當～的先鋒；帶頭
(C) thrive (θraɪv) *v.* 興盛；繁榮
(D) ensure (ɪnˈʃur) *v.* 保證

* roadside (ˈrodˌsaɪd) *adj.* 路邊的
  stand (stænd) *n.* 攤子
  corporation (ˌkɔrpəˈreʃən) *n.* 股份有限公司

10. (**A**) Several police cars were <u>dispatched</u> in response to a call about a robbery on 10th Street.

警方接到第十街搶案的報案電話後，就<u>派</u>出好幾輛警車。

(A) ***dispatch*** (dɪˈspætʃ) *v.* 派遣
(B) investigate (ɪnˈvɛstəˌget) *v.* 調查
(C) petition (pəˈtɪʃən) *v.* 請願；陳情
(D) schedule (ˈskɛdʒul) *v.* 排定

* ***police car*** 警車
  in response to 作為～的反應
  robbery (ˈrabərɪ) *n.* 搶劫；搶案

TEST 39

Directions: *The following questions are incomplete sentences. You are to choose the one word that best completes the sentence.*

1. After Mr. Jackson was selected as prime minister, he _____ several new cabinet ministers.
   - (A) administered
   - (B) enacted
   - (C) presided
   - (D) appointed   (   )

2. Can you explain to me the _____ between the express train and the limited train?
   - (A) difference
   - (B) disagreement
   - (C) discord
   - (D) definition   (   )

3. Please return this _____ of the statement with your payment.
   - (A) portion
   - (B) partition
   - (C) promotion
   - (D) process   (   )

4. His unkind _____ offended other people.
   - (A) behavior
   - (B) accomplishment
   - (C) laugh
   - (D) junk   (   )

5. His primary source of _____ is gambling.
   - (A) income
   - (B) wages
   - (C) compensation
   - (D) fees   (   )

6. Volunteers protected children at the _____ near the school.
   - (A) crossing
   - (B) crossed
   - (C) crew
   - (D) croissant ( )

7. Embarrassed by the _____, he reddened and left the room.
   - (A) hoax
   - (B) monograph
   - (C) menopause
   - (D) pokes ( )

8. The narrow, winding road stretched out before him like a long _____.
   - (A) razor
   - (B) ribbon
   - (C) rib
   - (D) robe ( )

9. New technologies constantly increase the rate and quality of scientific _____.
   - (A) advances
   - (B) visitor
   - (C) expositions
   - (D) investigators ( )

10. There are no tables open at the moment. Do you have _____?
    - (A) an appointment
    - (B) a confirmation
    - (C) a promise
    - (D) a reservation ( )

TEST 39 詳解

1. (**D**) After Mr. Jackson was selected as prime minister, he
   <u>appointed</u> several new cabinet ministers.
   在傑克森先生被選爲首相之後，他<u>委派</u>了幾位新的內閣部長。

   (A) administer〔əd'mɪnəstə〕v. 管理
   (B) enact〔ɪn'ækt〕v. 制定（法律）
   (C) preside〔prɪ'zaɪd〕v. 主持；掌管
   (D) *appoint*〔ə'pɔɪnt〕v. 任命；委派

   * minister〔'mɪnɪstə〕n. 部長
   prime minister 首相；行政院長
   cabinet〔'kæbənɪt〕adj. 內閣的

2. (**A**) Can you explain to me the <u>difference</u> between the
   express train and the limited train?
   你能不能跟我解釋快車和特快車有何<u>不同</u>？

   (A) *difference*〔'dɪfərəns〕n. 不同
   (B) disagreement〔ˌdɪsə'grimənt〕n. 意見不同
   (C) discord〔'dɪskɔrd〕n. 不一致；意見不合
   (D) definition〔ˌdɛfə'nɪʃən〕n. 定義

   * express〔ɪk'sprɛs〕adj. 快速的
   express train 快車
   limited〔'lɪmɪtɪd〕adj. 特快的；停站少的
   limited train 特快車

3. (**A**) Please return this <u>portion</u> of the statement with
      your payment.
      請把這<u>部分</u>的報表和你付的款項一併交回。

      (A) ***portion*** ('porʃən) *n.* 部分
      (B) partition (pɑr'tɪʃən) *n.* 區分;隔間
      (C) promotion (prə'moʃən) *n.* 升遷
      (D) process ('prɑsɛs) *n.* 過程

      * statement ('stetmənt) *n.* 報表;結算單
        payment ('pemənt) *n.* 支付的款項

4. (**A**) His unkind <u>behavior</u> offended other people.
      他冷淡無情的<u>態度</u>觸怒了其他人。

      (A) ***behavior*** (bɪ'hevjɚ) *n.* 態度;行為
      (B) accomplishment (ə'kɑmplɪʃmənt) *n.* 成就
      (C) laugh (læf) *n.* 笑
      (D) junk (dʒʌŋk) *n.* 垃圾

      * unkind (ʌn'kaɪnd) *adj.* 冷淡的;無情的
        offend (ə'fɛnd) *v.* 觸怒;冒犯

5. (**A**) His primary source of <u>income</u> is gambling.
      他主要的<u>收入</u>來源就是賭博。

      (A) ***income*** ('ɪn͵kʌm) *n.* 收入
      (B) wage (wedʒ) *n.* 工資
      (C) compensation (͵kɑmpən'seʃən) *n.* 補償
      (D) fee (fi) *n.* 費用

      * primary ('praɪ͵mɛrɪ) *adj.* 主要的
        source (sors) *n.* 來源
        gambling ('gæmblɪŋ) *n.* 賭博

6. (**A**) Volunteers protected children at the <u>crossing</u> near the school. 義工在學校附近的<u>十字路口</u>保護孩童。

    (A) ***crossing***〔'krɔsɪŋ〕*n.* 十字路口

    (B) crossed〔krɔst〕*adj.* 交叉的

    (C) crew〔kru〕*n.*（船上、飛機上的）全體工作人員

    (D) croissant〔krwɑ'sɑn〕*n.* 新月形麵包

    ＊volunteer〔ˌvɑlən'tɪr〕*n.* 志願者；義工

7. (**A**) Embarrassed by the <u>hoax</u>, he reddened and left the room.
這場<u>惡作劇</u>使他很尷尬，所以他紅著臉離開了房間。

    (A) ***hoax***〔hoks〕*n.*（非惡意的）惡作劇

    (B) monograph〔'mɑnəˌgræf〕*n.* 專題論文

    (C) menopause〔'mɛnəˌpɔz〕*n.* 更年期

    (D) poke〔pok〕*n.* 刺；戳

    ＊embarrass〔ɪm'bærəs〕*v.* 使尷尬
      redden〔'rɛdn̩〕*v.* 臉紅

8. (**B**) The narrow, winding road stretched out before him like a long <u>ribbon</u>.
他面前這條狹窄蜿蜒的道路，一直往前延伸，就像一條長<u>絲帶</u>。

    (A) razor〔'rezɚ〕*n.* 剃刀

    (B) ***ribbon***〔'rɪbən〕*n.* 絲帶

    (C) rib〔rɪb〕*n.* 肋骨

    (D) robe〔rob〕*n.* 長袍

    ＊winding〔'waɪndɪŋ〕*adj.* 蜿蜒的
      stretch〔strɛtʃ〕*v.* 延伸

9. (**A**) New technologies constantly increase the rate and quality of scientific <u>advances</u>.

新的技術不斷地增進科學<u>進步</u>的速度及品質。

(A) ***advance*** 〔 əd'væns 〕 *n.* 進步
(B) visitor 〔'vɪzɪtɚ 〕 *n.* 訪客
(C) exposition 〔ˌɛkspə'zɪʃən 〕 *n.* 博覽會
(D) investigator 〔 ɪn'vɛstəˌgetɚ 〕 *n.* 調查者

* technology 〔 tɛk'nɑlədʒɪ 〕 *n.* 技術；科技
constantly 〔'kɑnstəntlɪ 〕 *adv.* 不斷地
rate 〔 ret 〕 *n.* 速度
quality 〔'kwɑlətɪ 〕 *n.* 品質

10. (**D**) There are no tables open at the moment. Do you have <u>a reservation</u>?

現在沒有空桌位了。你有<u>預訂</u>嗎？

(A) appointment 〔 ə'pɔɪntmənt 〕 *n.* 約會
(B) confirmation 〔ˌkɑnfɚ'meʃən 〕 *n.* 確認
(C) promise 〔'prɑmɪs 〕 *n.* 承諾
(D) ***reservation*** 〔ˌrɛzɚ'veʃən 〕 *n.* 預訂

* open 〔'opən 〕 *adj.* 空著的
at the moment 目前

TEST 40

Directions: *The following questions are incomplete sentences. You are to choose the one word that best completes the sentence.*

1. Employees had to work _____ to fill all the orders.
    (A) time
    (B) close
    (C) always
    (D) overtime   (   )

2. Farmers have long developed crop strains to _____ cold, pests, and disease.
    (A) view
    (B) kill
    (C) resist
    (D) encounter   (   )

3. The man's business _____ had his name and telephone number on it.
    (A) suit
    (B) card
    (C) address
    (D) partner   (   )

4. The negotiations took up the better _____ of the day.
    (A) man
    (B) part
    (C) slice
    (D) piece   (   )

5. The headphones blocked out almost all _____ noise.
    (A) in
    (B) ear
    (C) sound
    (D) outside   (   )

6. _____ a full eight days, the fire devoured the town.
   (A) Lasting
   (B) Longing
   (C) Costing
   (D) Spending   (   )

7. Prosecutors launched _____ into the scandal.
   (A) a police
   (B) a growth
   (C) an encounter
   (D) an investigation   (   )

8. Students under the age of 22 _____ for reduced airfare.
   (A) get
   (B) enjoy
   (C) qualify
   (D) decided   (   )

9. Construction will begin once the materials are _____.
   (A) arrived
   (B) delivered
   (C) beginning
   (D) prevented   (   )

10. The countries will be _____ by rail as soon as the bridge is completed.
   (A) hung
   (B) seen
   (C) linked
   (D) interviewed   (   )

TEST 40 詳解

1. (**D**) Employees had to work <u>overtime</u> to fill all the orders.
員工們必須<u>加班</u>，以交付所有的訂貨。

    (A) time〔taɪm〕*n.* 時間
    (B) close〔kloz〕*v.* 關閉
    (C) always〔'ɔlwez〕*adv.* 總是
    (D) *overtime*〔'ovɚ,taɪm〕*adv.* 超出時間地
       work overtime 加班

    * employee〔,ɛmplɔɪ'i〕*n.* 員工
      fill〔fɪl〕*v.*（按訂單）供應；交付（訂貨）
      fill orders 交付訂貨

2. (**C**) Farmers have long developed crop strains to <u>resist</u> cold, pests, and disease.
農夫長久以來，一直在培植能<u>抵抗</u>寒冷及病蟲害的農作物品種。

    (A) view〔vju〕*v.* 看
    (B) kill〔kɪl〕*v.* 殺死
    (C) *resist*〔rɪ'zɪst〕*v.* 抵抗
    (D) encounter〔ɪn'kaʊntɚ〕*v.* 遭遇

    * develop〔dɪ'vɛləp〕*v.* 培養；開發
      crop〔krɑp〕*n.* 農作物
      strain〔stren〕*n.* 品種   cold〔kold〕*n.* 寒冷
      pest〔pɛst〕*n.* 害蟲

3. (**B**) The man's business <u>card</u> had his name and telephone number on it.

那位先生的<u>名片</u>上面，有他的姓名和電話號碼。

    (A) suit〔 sut 〕*n.* 西裝

    (B) *business card* 名片

    (C) address〔 ə'drɛs 〕*n.* 住址

    (D) partner〔'partnɚ 〕*n.* 夥伴

4. (**B**) The negotiations took up the better <u>part</u> of the day.

談判花了<u>大半</u>天的時間。

    (A) man〔 mæn 〕*n.* 男人

    (B) *better part of the day* 大半天的時間

        better〔'bɛtɚ 〕*adj.* 超過一半的

    (C) slice〔 slaɪs 〕*n.* 薄片

    (D) piece〔 pis 〕*n.* 片

      * negotiation〔 nɪ,goʃɪ'eʃən 〕*n.* 談判；磋商

      take up 佔據

5. (**D**) The headphones blocked out almost all <u>outside</u> noise.

耳機幾乎阻絕了<u>外面</u>所有的噪音。

    (A) in〔 ɪn 〕*prep.* 在～之內

    (B) ear〔 ɪr 〕*n.* 耳朵

    (C) sound〔 saʊnd 〕*n.* 聲音

    (D) *outside*〔'aʊt'saɪd 〕*adj.* 外面的

      * headphones〔'hɛd,fonz 〕*n. pl.* 耳機

      block〔 blɑk 〕*v.* 阻擋

6. (**A**) <u>Lasting</u> a full eight days, the fire devoured the town.

大火<u>持續</u>燃燒了整整八天，焚毀了整個城鎮。

(A) ***last***〔 læst 〕 *v.* 持續

(B) long〔 lɔŋ 〕 *v.* 渴望

(C) cost〔 kɔst 〕 *v.* 值～（錢）

(D) spend〔 spɛnd 〕 *v.* 花費

* full〔 fʊl 〕 *adj.* 滿滿的；完全的
  devour〔 dɪ'vaʊr 〕 *v.* 吞沒；破壞

7. (**D**) Prosecutors launched <u>an investigation</u> into the scandal.

檢察官著手<u>調查</u>這件醜聞。

(A) police〔 pə'lis 〕 *n.* 警察

(B) growth〔 groθ 〕 *n.* 生長

(C) encounter〔 ɪn'kaʊntɚ 〕 *n.* 遭遇

(D) ***investigation***〔 ɪn,vɛstə'geʃən 〕 *n.* 調查

* prosecutor〔'prɑsɪ,kjutɚ 〕 *n.* 檢察官
  launch〔 lɔntʃ 〕 *v.* 著手；開始
  scandal〔'skændl̩ 〕 *n.* 醜聞

8. (**C**) Students under the age of 22 <u>qualify</u> for reduced airfare.

二十二歲以下的學生，<u>有資格</u>享有優惠的飛機票價。

(A) get〔 gɛt 〕 *v.* 得到

(B) enjoy〔 ɪn'dʒɔɪ 〕 *v.* 喜歡；享受（不加介系詞）

(C) ***qualify***〔'kwɑlə,faɪ 〕 *v.* 有～資格 *<for>*

(D) decide〔 dɪ'saɪd 〕 *v.* 決定

* reduced〔 rɪ'djust 〕 *adj.* 減少的
  airfare〔'ɛr,fɛr 〕 *n.* 飛機票價

9. (**B**) Construction will begin once the materials are
  <u>delivered</u>.

  只要建築材料一送到，就會開始動工建造。

    (A) arrive〔ə'raɪv〕v. 到達（無被動語態）
    (B) *deliver*〔dɪ'lɪvə〕v. 遞送
    (C) begin〔bɪ'gɪn〕v. 開始
    (D) prevent〔prɪ'vɛnt〕v. 預防

      * construction〔kən'strʌkʃən〕n. 建造
        material〔mə'tɪrɪəl〕n. 材料

10. (**C**) The countries will be <u>linked</u> by rail as soon as the
  bridge is completed.

  橋一旦建好，這兩個國家就可藉由鐵路連結起來。

    (A) hang〔hæŋ〕v. 懸掛
    (B) see〔si〕v. 看見
    (C) *link*〔lɪŋk〕v. 連結
    (D) interview〔'ɪntə,vju〕v. 面談

      * rail〔rel〕n. 鐵路
        complete〔kəm'plit〕v. 完成

TEST 41

Directions: *The following questions are incomplete sentences. You are to choose the one word that best completes the sentence.*

1. As _____ to customers, the bank will install more automated teller machines.
   - (A) an ease
   - (B) a service
   - (C) an amount
   - (D) an improvement ( )

2. Many of the key positions went to nationals of developed _____.
   - (A) countries
   - (B) locations
   - (C) companies
   - (D) industrials ( )

3. The building _____ the company's corporate headquarters.
   - (A) houses
   - (B) circles
   - (C) manager
   - (D) constructs ( )

4. The bells _____ at four o'clock every afternoon.
   - (A) ring
   - (B) loud
   - (C) seem
   - (D) light ( )

5. The training _____ lasts from six months to one year.
   - (A) party
   - (B) times
   - (C) clash
   - (D) period ( )

6. Only _____ materials are used in making these products.
   (A) quantity
   (B) quality
   (C) magazine
   (D) electronics   (   )

7. The automobile industry is recovering from a(n) _____ in sales.
   (A) rise
   (B) slump
   (C) trace
   (D) advantage   (   )

8. Each unit is _____ with state-of-the-art technology.
   (A) having
   (B) furnish
   (C) creative
   (D) equipped   (   )

9. Researchers say they _____ to start testing the compound soon.
   (A) try
   (B) unify
   (C) going
   (D) expect   (   )

10. In addition to his other work, Jim _____ as chairman of the local Veterans' Association.
    (A) acts
    (B) told
    (C) could
    (D) invites   (   )

TEST 41 詳解

1. (**B**) As <u>a service</u> to customers, the bank will install more automated teller machines.

銀行裝設了更多自動提款機，來<u>服務</u>客戶。

(A) ease〔iz〕*n.* 容易
(B) ***service***〔'sɜvɪs〕*n.* 服務
(C) amount〔ə'maʊnt〕*n.* 數量
(D) improvement〔ɪm'pruvmənt〕*n.* 改善

* install〔ɪn'stɔl〕*v.* 裝設
automate〔'ɔtə,met〕*v.* 使~自動化
teller〔'tɛlə〕*n.* (銀行) 櫃員
automated teller machine 自動櫃員機；自動提款機
(= *ATM*)

2. (**A**) Many of the key positions went to nationals of developed <u>countries</u>.

許多重要職位，都是由已開發<u>國家</u>的國民來擔任。

(A) ***country***〔'kʌntrɪ〕*n.* 國家
(B) location〔lo'keʃən〕*n.* 地點；位置
(C) company〔'kʌmpənɪ〕*n.* 公司
(D) industrial〔ɪn'dʌstrɪəl〕*adj.* 工業的

* key〔ki〕*adj.* 重要的
position〔pə'zɪʃən〕*n.* 職位
go to (職位等) 被給予
developed〔dɪ'vɛləpt〕*adj.* 已開發的
national〔'næʃn̩〕*n.* 國民

3. (**A**)　The building <u>houses</u> the company's corporate
headquarters.

這棟大樓就是這家公司總部的<u>所在地</u>。

　(A) ***house*** 〔 haʊz 〕 *v.* 供給～房屋
　(B) circle 〔ˈsɜkḷ 〕 *v.* 繞行；圈選
　(C) manager 〔ˈmænɪdʒ⩗ 〕 *n.* 經理
　(D) construct 〔 kənˈstrʌkt 〕 *v.* 建造

　　* corporate 〔ˈkɔrpərɪt 〕 *adj.* 公司的
　　headquarters 〔ˈhɛdˈkwɔrtⱷz 〕 *n. pl.* 總部

4. (**A**)　The bells <u>ring</u> at four o'clock every afternoon.

鈴聲每天下午四點會<u>響</u>。

　(A) ***ring*** 〔 rɪŋ 〕 *v.* 響
　(B) loud 〔 laʊd 〕 *adj.* 大聲的
　(C) seem 〔 sim 〕 *v.* 似乎
　(D) light 〔 laɪt 〕 *v.* 點燃

　　* bell 〔 bɛl 〕 *n.* 鈴；鐘

5. (**D**)　The training <u>period</u> lasts from six months to
one year.

訓練<u>期</u>持續六個月到一年。

　(A) party 〔ˈpɑrtɪ 〕 *n.* 政黨；宴會
　(B) times 〔 taɪmz 〕 *n.* 時代
　(C) clash 〔 klæʃ 〕 *n.* 衝突
　(D) ***period*** 〔ˈpɪrɪəd 〕 *n.* 一段時間

　　* last 〔 læst 〕 *v.* 持續

6. (**B**)　Only <u>quality</u> materials are used in making these products.

製造這些產品只用<u>上等品質的</u>材料。

(A) quantity〔'kwɑntətɪ〕*n.* 數量
(B) *quality*〔'kwɑlətɪ〕*adj.* 上等品質的
(C) magazine〔ˌmægə'zin〕*n.* 雜誌
(D) electronics〔ɪˌlɛk'trɑnɪks〕*n.* 電子學

* material〔mə'tɪrɪəl〕*n.* 材料
product〔'prɑdəkt〕*n.* 產品

7. (**B**)　The automobile industry is recovering from a <u>slump</u> in sales.

汽車工業正從銷售的<u>谷底</u>恢復。

(A) rise〔raɪz〕*n.* 上升；上漲
(B) *slump*〔slʌmp〕*n.* 衰落；暴跌
(C) trace〔tres〕*n.* 痕跡
(D) advantage〔əd'væntɪdʒ〕*n.* 優點

* industry〔'ɪndəstrɪ〕*n.* 工業
recover〔rɪ'kʌvɚ〕*v.* 恢復

8. (**D**)　Each unit is <u>equipped</u> with state-of-the-art technology.

每一個部隊都<u>配備</u>有最新的科技。

(A) have〔hæv〕*v.* 有
(B) furnish〔'fɝnɪʃ〕*v.* 供應；為～配備傢俱
(C) creative〔krɪ'etɪv〕*adj.* 有創造力的
(D) *equip*〔ɪ'kwɪp〕*v.* 裝備
　　 be equipped with 配備有

* unit〔'junɪt〕*n.*【軍】部隊
state-of-the-art 發展水平；最新水平的

9. (**D**) Researchers say they <u>expect</u> to start testing the
compound soon.

研究人員表示，他們<u>期待</u>馬上開始測試這種混合物。

(A) try〔traɪ〕 *v.* 試著
(B) unify〔'junəˌfaɪ〕 *v.* 統一
(C) go〔go〕 *v.* 走
(D) *expect*〔ɪk'spɛkt〕 *v.* 期待

* researcher〔rɪ'sɝtʃɚ〕 *n.* 研究人員
compound〔'kɑmpaʊnd〕 *n.* 混合物

10. (**A**) In addition to his other work, Jim <u>acts</u> as chairman
of the local Veterans' Association.

吉姆除了其他的工作外，還<u>擔任</u>當地的退伍軍人協會主席。

(A) *act as* 充當；擔任
(B) tell〔tɛl〕 *v.* 告訴
(C) could〔kʊd〕 *aux.* 能夠
(D) invite〔ɪn'vaɪt〕 *v.* 邀請

* chairman〔'tʃɛrmən〕 *n.* 主席
local〔'lokḷ〕 *adj.* 當地的
veteran〔'vɛtərən〕 *n.* 退伍軍人
association〔əˌsoʃɪ'eʃən〕 *n.* 協會
Veterans' Association 退伍軍人協會

TEST 42

Directions: *The following questions are incomplete sentences. You are to choose the one word that best completes the sentence.*

1. A concert was held to _____ the opening of the civic center.
   (A) design
   (B) overcome
   (C) reschedule
   (D) commemorate   (   )

2. The plant grows to _____ of up to five meters.
   (A) sticks
   (B) branch
   (C) heights
   (D) approach   (   )

3. _____ at the meeting was given a copy of the report.
   (A) If
   (B) Many
   (C) Persons
   (D) Everyone   (   )

4. Telephone _____ were down, so no calls could get through.
   (A) sound
   (B) lines
   (C) calls
   (D) operator   (   )

5. You must pay a _____ to join the fan club.
   (A) way
   (B) fee
   (C) fine
   (D) ticket   (   )

6. A low calorie _____ will help reduce body fat.
   (A) diet
   (B) fiber
   (C) doctor
   (D) injections   ( )

7. He was certain that he had _____ the supervisor's
   true wishes from the tone of her memo.
   (A) inferred
   (B) implied
   (C) indicated
   (D) applied   ( )

8. The two sides had expected to reach an agreement
   quickly, but after long negotiations they found that their
   views were still _____ different.
   (A) vastly
   (B) closely
   (C) abundant
   (D) vaguely   ( )

9. In many countries, military service is _____.
   (A) not
   (B) ignore
   (C) attached
   (D) compulsory   ( )

10. The designs for this year's _____ will be revealed
    at a trade exhibition.
    (A) totals
    (B) thought
    (C) products
    (D) failures   ( )

TEST 42 詳解

1. (**D**) A concert was held to <u>commemorate</u> the opening
of the civic center.
音樂會的舉行，是為了<u>慶祝</u>市民活動中心的開幕。

    (A) design〔 dɪ'zaɪn 〕 *v.* 設計
    (B) overcome〔͵ovɚ'kʌm 〕 *v.* 克服
    (C) reschedule〔 ri'skɛdʒul 〕 *v.* 重新排定
    (D) ***commemorate***〔 kə'mɛmə͵ret 〕 *v.* 慶祝

      ＊ opening〔'opənɪŋ 〕 *n.* 開幕
        civic center 市民活動中心；市府大廈

2. (**C**) The plant grows to <u>heights</u> of up to five meters.
這種植物可以長到五公尺<u>高</u>。

    (A) stick〔 stɪk 〕 *n.* 棍；棒
    (B) branch〔 bræntʃ 〕 *n.* 樹枝；分店
    (C) ***height***〔 haɪt 〕 *n.* 高度
    (D) approach〔 ə'protʃ 〕 *n.* 方法

      ＊ meter〔'mitɚ 〕 *n.* 公尺   ***up to*** 高達

3. (**D**) <u>Everyone</u> at the meeting was given a copy of the report.
會議中的<u>每個人</u>都拿到了一份報告。

    (A) if〔 ɪf 〕 *conj.* 如果
    (B) many〔'mɛnɪ 〕 *adj.* 許多的
    (C) person〔'pɝsn̩ 〕 *n.* 人
    (D) ***everyone***〔'ɛvrɪ͵wʌn 〕 *pron.* 每個人

      ＊ copy〔'kɑpɪ 〕 *n.* 一本；一份

4. (**B**) Telephone <u>lines</u> were down, so no calls could get through.

電話<u>線</u>壞掉了，所以沒有電話打得進來。

    (A) sound〔saʊnd〕*n.* 聲音
    (B) *line*〔laɪn〕*n.* 線
    (C) call〔kɔl〕*n.* 電話
    (D) operator〔ˈɑpəˌretɚ〕*n.* 接線生

    ＊down〔daʊn〕*adj.* 停工的；故障的
      get through 電話接通

5. (**B**) You must pay a <u>fee</u> to join the fan club.

你要繳<u>費</u>才能參加歌迷俱樂部。

    (A) way〔we〕*n.* 方法
    (B) *fee*〔fi〕*n.* 費用
    (C) fine〔faɪn〕*n.* 罰金
    (D) ticket〔ˈtɪkɪt〕*n.* 票；入場券

    ＊fan〔fæn〕*n.* 迷

6. (**A**) A low calorie <u>diet</u> will help reduce body fat.

低卡路里的<u>飲食</u>有助於減少體內的脂肪。

    (A) *diet*〔ˈdaɪət〕*n.* 飲食
    (B) fiber〔ˈfaɪbɚ〕*n.* 纖維
    (C) doctor〔ˈdɑktɚ〕*n.* 醫生
    (D) injection〔ɪnˈdʒɛkʃən〕*n.* 注射

    ＊calorie〔ˈkælərɪ〕*n.* 卡路里
      fat〔fæt〕*n.* 脂肪

7. (**A**) He was certain that he had <u>inferred</u> the supervisor's true wishes from the tone of her memo.

他確定自己已經從主管的備忘便條的口氣，<u>推斷出</u>她真正的要求。

(A) ***infer*** 〔 ɪn'fɝ 〕 *v.* 推斷出；推論
(B) imply 〔 ɪm'plaɪ 〕 *v.* 暗示
(C) indicate 〔'ɪndəˌket 〕 *v.* 指出
(D) apply 〔 ə'plaɪ 〕 *v.* 申請；應徵

　* supervisor 〔ˌsjupɚ'vaɪzɚ 〕 *n.* 主管
　wish 〔 wɪʃ 〕 *n.* 要求　　tone 〔 ton 〕 *n.* 語氣
　memo 〔'mɛmo 〕 *n.* 備忘便條 (= *memorandum*)

8. (**A**) The two sides had expected to reach an agreement quickly, but after long negotiations they found that their views were still <u>vastly</u> different.

雙方本來預期能迅速達成協議，但經過長時間的協商後，卻發現他們的觀點仍然<u>非常地</u>不相同。

(A) ***vastly*** 〔'væstlɪ 〕 *adv.* 非常地
(B) closely 〔'kloslɪ 〕 *adv.* 嚴密地
(C) abundant 〔 ə'bʌndənt 〕 *adj.* 豐富的
(D) vaguely 〔'veglɪ 〕 *adv.* 模糊地

　* agreement 〔 ə'grimənt 〕 *n.* 協議
　negotiation 〔 nɪˌgoʃɪ'eʃən 〕 *n.* 談判；協商
　view 〔 vju 〕 *n.* 觀點

9. (**D**) In many countries, military service is <u>compulsory</u>.
在許多國家，服兵役是<u>義務性的</u>。

    (A) not〔nɑt〕*adv.* 不
    (B) ignore〔ɪgˋnor〕*v.* 忽視
    (C) attached〔əˋtætʃd〕*adj.* 附上的
    (D) *compulsory*〔kəmˋpʌlsərɪ〕*adj.* 強制性的；義務性的

    * military〔ˋmɪləˌtɛrɪ〕*adj.* 軍事的
    military service 服兵役

10. (**C**) The designs for this year's <u>products</u> will be revealed at a trade exhibition.
今年度<u>產品</u>的設計，將會在貿易展覽會中展出。

    (A) total〔ˋtotḷ〕*n.* 總數
    (B) thought〔θɔt〕*n.* 思想
    (C) *product*〔ˋprɑdəkt〕*n.* 產品
    (D) failure〔ˋfeljɚ〕*n.* 失敗

    * design〔dɪˋzaɪn〕*n.* 設計
    reveal〔rɪˋvil〕*v.* 展現
    trade〔tred〕*n.* 貿易
    exhibition〔ˌɛksəˋbɪʃən〕*n.* 展覽會

【劉毅老師的話】

讀完這本書的時候，除了做題目以外，也
可以朗讀這些試題，語感自然產生。就算
有單字不認識，也會選對答案。

TEST 43

Directions: *The following questions are incomplete sentences. You are to choose the one word that best completes the sentence.*

1. This is a city founded by and solely dependent on the automobile _____.
   - (A) industrious
   - (B) industrial
   - (C) industry
   - (D) industries   (   )

2. That mining firm is just a _____ of the world leader in strip mining, Angkor Research and Development.
   - (A) subsidizes
   - (B) subsidization
   - (C) subsidy
   - (D) subsidiary   (   )

3. Dry cleaning is _____ and fast.
   - (A) old
   - (B) slow
   - (C) inexpensive
   - (D) elaborate   (   )

4. Martin asked his business _____ to give him a ride to the airport so that he wouldn't have to pay for parking.
   - (A) partner
   - (B) venture
   - (C) chairman
   - (D) capital   (   )

5. Most companies, when they look for people to promote to positions of authority, are looking for _____.
   - (A) leaders
   - (B) led
   - (C) leading
   - (D) lead   (   )

6. The accountant is _____ for everyone's pay.
   (A) found
   (B) excused
   (C) responsible
   (D) uncomfortable   (   )

7. The new President was intent on fighting what he saw as _____ corruption.
   (A) instituting
   (B) institution
   (C) institutionalized
   (D) institutive   (   )

8. I find that beginner's luck in the stock market is the _____, never the rule.
   (A) entrance
   (B) exception
   (C) expectation
   (D) expectorant   (   )

9. Mr. Smith's lawyer started the trial by saying that the Rand Corporation was _____ responsible for the damages to Mr. Smith's house.
   (A) legally
   (B) proudly
   (C) previously
   (D) legitimately   (   )

10. The banana farmer in the coastal regions was searching for some _____ to transport his product to the highland plateau.
    (A) endeavor
    (B) way
    (C) linkage
    (D) view   (   )

TEST 43 詳解

1. (**C**) This is a city founded by and solely dependent on the automobile <u>industry</u>.

這是一個靠汽車<u>工業</u>所建造的城市，而且只依賴汽車工業。

    (A) industrious〔ɪnˈdʌstrɪəs〕*adj.* 勤勉的
    (B) industrial〔ɪnˈdʌstrɪəl〕*adj.* 工業的
    (C) ***industry***〔ˈɪndəstrɪ〕*n.* 工業；勤勉
    (D) industries〔ˈɪndəstrɪz〕*n. pl.* 工業
       （依句意為單數，故不合。）

    * found〔faʊnd〕*v.* 建立
      solely〔ˈsollɪ〕*adv.* 僅僅；唯一地
      be dependent on 依賴
      automobile〔ˌɔtəməˈbil〕*n.* 汽車

2. (**D**) That mining firm is just a <u>subsidiary</u> of the world leader in strip mining, Angkor Research and Development.

那家採礦公司只是一家<u>子公司</u>，附屬於在露天採礦業具有世界領導地位的安可研究與發展公司。

    (A) subsidize〔ˈsʌbsəˌdaɪz〕*v.* 資助；津貼
    (B) subsidization〔ˌsʌbsədəˈzeʃən〕*n.* 資助；津貼
    (C) subsidy〔ˈsʌbsədɪ〕*n.* 補助金
    (D) ***subsidiary***〔səbˈsɪdɪˌɛrɪ〕*n.* 子公司

    * mining〔ˈmaɪnɪŋ〕*n.* 採礦
      firm〔fɝm〕*n.* 公司
      leader〔ˈlidɚ〕*n.* 居首位的事物
      strip mining 露天採礦

3. (**C**) Dry cleaning is <u>inexpensive</u> and fast.
乾洗既<u>便宜</u>又快速。

    (A) old〔old〕*adj.* 老的；舊的
    (B) slow〔slo〕*adj.* 慢的
    (C) ***inexpensive***〔ˌɪnɪkˈspɛnsɪv〕*adj.* 便宜的
    (D) elaborate〔ɪˈlæbərɪt〕*adj.* 精巧的

4. (**A**) Martin asked his business <u>partner</u> to give him a ride to the airport so that he wouldn't have to pay for parking.
馬汀要他事業上的<u>合夥人</u>，開車載他到機場，這樣他就不必花錢停車。

    (A) ***partner***〔ˈpɑrtnɚ〕*n.* 合夥人
    (B) venture〔ˈvɛntʃɚ〕*n.* 冒險事業
    (C) chairman〔ˈtʃɛrmən〕*n.* 主席；董事長
    (D) capital〔ˈkæpətl̩〕*n.* 首都；資金

    * ***give*** *sb.* ***a ride*** 開車載某人；讓某人搭便車

5. (**A**) Most companies, when they look for people to promote to positions of authority, are looking for <u>leaders</u>.
大部份的公司要找人升遷到具有權力的職位時，就是在尋找<u>領導者</u>。

    (A) ***leader***〔ˈlidɚ〕*n.* 領導者
    (B) lead〔lid〕*v.* 領導（三態變化為：lead-led-led）
    (C) leading〔ˈlidɪŋ〕*adj.* 最重要的
    (D) lead〔lid〕*n.* 領先地位

    * promote〔prəˈmot〕*v.* 升遷
    position〔pəˈzɪʃən〕*n.* 職位
    authority〔əˈθɔrətɪ〕*n.* 權力

6. (**C**) The accountant is <u>responsible</u> for everyone's pay.
會計<u>負責</u>每一個人的薪水。

    (A) find〔faɪnd〕*v.* 找到
    (B) excuse〔ɪk'skjuz〕*v.* 原諒
    (C) ***responsible***〔rɪ'spɑnsəbḷ〕*adj.* 負有責任的
    (D) uncomfortable〔ʌn'kʌmfɚtəbḷ〕*adj.* 不舒適的

    * accountant〔ə'kaʊntənt〕*n.* 會計員
      pay〔pe〕*n.* 薪水

7. (**C**) The new President was intent on fighting what he saw as <u>institutionalized</u> corruption.
新任總統一心要對抗他認為十分<u>制度化的</u>貪污。

    (A) institute〔'ɪnstə,tjut〕*v.* 設立；制定
    (B) institution〔,ɪnstə'tjuʃən〕*n.* 制定；機構
    (C) ***institutionalized***〔,ɪnstə'tjuʃənḷ,aɪzd〕*adj.* 制度化的；被接受的
    (D) institutive〔'ɪnstə,tjutɪv〕*adj.* 創始的

    * intent〔ɪn'tɛnt〕*adj.* 專心的；堅決的＜on＞
      corruption〔kə'rʌpʃən〕*n.* 貪污；腐敗

8. (**B**) I find that beginner's luck in the stock market is the <u>exception</u>, never the rule.
我發現新手在股票市場的好運是<u>例外</u>，絕不是慣例。

    (A) entrance〔'ɛntrəns〕*n.* 入口；入學
    (B) ***exception***〔ɪk'sɛpʃən〕*n.* 例外
    (C) expectation〔,ɛkspɛk'teʃən〕*n.* 期望
    (D) expectorant〔ɪk'spɛktərənt〕*n.* 袪痰劑

    * ***stock market*** 股票市場
      rule〔rul〕*n.* 慣例；經常發生的事

9. (**A**) Mr. Smith's lawyer started the trial by saying that the Rand Corporation was <u>legally</u> responsible for the damages to Mr. Smith's house.

史密斯先生的律師，在審判一開始，就表示倫得公司，<u>在法律上</u>要負責史密斯先生房子的損害賠償金。

    (A) *legally* ('ligḷɪ) *adv.* 在法律上
    (B) proudly ('praʊdlɪ) *adv.* 驕傲地
    (C) previously ('privɪəslɪ) *adv.* 先前
    (D) legitimately (lɪ'dʒɪtəmɪtlɪ) *adv.* 合法地

    * trial ('traɪəl) *n.* 審判
       corporation (ˌkɔrpə'reʃən) *n.* 公司
       be responsible for 須對～負責
       damages ('dæmɪdʒɪz) *n. pl.* 損害賠償金

10. (**B**) The banana farmer in the coastal regions was searching for some <u>way</u> to transport his product to the highland plateau.

沿岸地區上的蕉農，正在尋找<u>方法</u>，來運送他的農產品到高原上。

    (A) endeavor (ɪn'dɛvɚ) *n.* 努力
    (B) *way* (we) *n.* 方法
    (C) linkage ('lɪŋkɪdʒ) *n.* 連結
    (D) view (vju) *n.* 觀點

    * coastal ('kostḷ) *adj.* 沿岸的　　some (sʌm) *adj.* 某種
       transport (træns'port) *v.* 運送
       highland ('haɪlənd) *adj.* 高地的
       plateau (plæ'to) *n.* 高原

TEST 44

Directions: *The following questions are incomplete sentences. You are to choose the one word that best completes the sentence.*

1. He usually takes a hard line with clients while _____ a comfortable and productive working relationship.
   - (A) insisting
   - (B) engaging
   - (C) reserving
   - (D) maintaining   (   )

2. Cine World consistently claims their distribution rights are not unrestricted or shared but _____.
   - (A) exclusive
   - (B) inclusive
   - (C) conclusive
   - (D) preclusive   (   )

3. Most of the conference sites have already been _____ by the conference committee.
   - (A) delineated
   - (B) depleted
   - (C) designated
   - (D) deduced   (   )

4. The trade _____ visited six countries.
   - (A) mission
   - (B) mortgage
   - (C) patron
   - (D) pavilion   (   )

5. The Advisory Committee has _____ Mary Holmes to the position of Chairperson for a period of three years.
   - (A) attested
   - (B) appointed
   - (C) denounced
   - (D) indicated   (   )

6. This contract is for a duration of one year but is _____ upon the agreement of both parties.
   (A) adaptable
   (B) renewable
   (C) recyclable
   (D) achievable   (   )

7. Franklin was praised in _____ of his excellent service to the firm.
   (A) stead
   (B) recognition
   (C) worthy
   (D) honorable   (   )

8. Science fiction movies have _____ in Hollywood for two decades, being more widely produced than any other kind of film.
   (A) escalated
   (B) prevailed
   (C) doubled
   (D) accumulated   (   )

9. Our company has over 30,000 workers and we employ various _____ at our seven locations around the world.
   (A) natives
   (B) nativities
   (C) nationalities
   (D) nationals   (   )

10. Given the limitations of our budget for this year, there is no way we can _____ all employees with company housing by the end of the year.
   (A) provide
   (B) allow
   (C) give
   (D) guarantee   (   )

TEST 44 詳解

1. (**D**) He usually takes a hard line with clients while <u>maintaining</u> a comfortable and productive working relationship.

他通常對客戶採取強硬政策，但卻也<u>維持</u>和諧又有生產力的工作關係。

    (A) insist〔ɪn'sɪst〕*v.* 堅持
    (B) engage〔ɪn'gedʒ〕*v.* 從事
    (C) reserve〔rɪ'zɝv〕*v.* 預訂
    (D) ***maintain***〔men'ten〕*v.* 維持

    * ***take a hard line*** 採取強硬政策
    client〔'klaɪənt〕*n.* 客戶
    productive〔prə'dʌktɪv〕*adj.* 有生產力的；有成果的

2. (**A**) Cine World consistently claims their distribution rights are not unrestricted or shared but <u>exclusive</u>.

「電影世界」不斷地聲稱，他們的發行權不是無限制的，也不是共有的，而是<u>獨家的</u>。

    (A) ***exclusive***〔ɪk'sklusɪv〕*adj.* 獨家的；獨有的
    (B) inclusive〔ɪn'klusɪv〕*adj.* 包含的
    (C) conclusive〔kən'klusɪv〕*adj.* 決定性的
    (D) preclusive〔prɪ'klusɪv〕*adj.* 排除的；防止的

    * cine〔'sɪnə〕*adj.* 電影的
    consistently〔kən'sɪstəntlɪ〕*adv.* 一直
    claim〔klem〕*v.* 聲稱
    distribution〔ˌdɪstrə'bjuʃən〕*n.* 分配；分布
    distribution right 發行權
    unrestricted〔ˌʌnrɪ'strɪktɪd〕*adj.* 無限制的
    shared〔ʃɛrd〕*adj.* 共有的

3. (**C**) Most of the conference sites have already been
designated by the conference committee.
大部分的會議地點，都已經由會議委員會<u>指定</u>。

    (A) delineate〔 dɪ'lɪnɪˌet 〕 *v.* 描寫
    (B) deplete〔 dɪ'plit 〕 *v.* 用盡；使枯竭
    (C) ***designate*** 〔'dɛzɪgˌnet 〕 *v.* 指定
    (D) deduce〔 dɪ'djus 〕 *v.* 推論

    ＊ conference〔'kɑnfərəns 〕 *n.* 會議
       site〔 saɪt 〕 *n.* 地點
       committee〔 kə'mɪtɪ 〕 *n.* 委員會

4. (**A**) The trade <u>mission</u> visited six countries.
這個貿易<u>代表團</u>訪問了六個國家。

    (A) ***mission*** 〔'mɪʃən 〕 *n.* 代表團
    (B) mortgage〔'mɔrgɪdʒ 〕 *n.* 抵押
    (C) patron〔'petrən 〕 *n.* 資助人
    (D) pavilion〔 pə'vɪljən 〕 *n.* (園遊會的) 大帳篷

5. (**B**) The Advisory Committee has <u>appointed</u> Mary Holmes
to the position of Chairperson for a period of three
years. 諮詢委員會已經<u>任命</u>瑪麗·霍姆茲擔任三年的會長。

    (A) attest〔 ə'tɛst 〕 *v.* 證實
    (B) ***appoint*** 〔 ə'pɔɪnt 〕 *v.* 任命；指派
    (C) denounce〔 dɪ'naʊns 〕 *v.* 譴責
    (D) indicate〔'ɪndəˌket 〕 *v.* 指出

    ＊ advisory〔 əd'vaɪzərɪ 〕 *adj.* 諮詢的
       committee〔 kə'mɪtɪ 〕 *n.* 委員會
       chairperson〔'tʃɛrˌpɝsn̩ 〕 *n.* 會長

6. (**B**) This contract is for a duration of one year but is <u>renewable</u> upon the agreement of both parties.

這份合約爲期一年，但若經由雙方同意，是<u>可續約的</u>。

(A) adaptable〔ə'dæptəbḷ〕*adj.* 能適合的；能改編的
(B) ***renewable***〔rɪ'njuəbḷ〕*adj.* 可繼續的
(C) recyclable〔ri'saɪkḷəbḷ〕*adj.* 可回收的
(D) achievable〔ə'tʃivəbḷ〕*adj.* 可完成的

* contract〔'kɑntrækt〕*n.* 合約
duration〔dju'reʃən〕*n.* 持續的時間
party〔'pɑrtɪ〕*n.* 一方

7. (**B**) Franklin was praised in <u>recognition</u> of his excellent service to the firm.

富蘭克林對公司出色的服務，受到<u>認可</u>而被稱讚。

(A) stead〔stɛd〕*n.* 替代；接替
(B) ***recognition***〔͵rɛkəg'nɪʃən〕*n.* 認可；承認
(C) worthy〔'wɝðɪ〕*adj.* 有價值的
(D) honorable〔'ɑnərəbḷ〕*adj.* 光榮的

8. (**B**) Science fiction movies have <u>prevailed</u> in Hollywood for two decades, being more widely produced than any other kind of film.

科幻電影已經在好萊塢<u>流行</u>了二十年，而且拍攝的情況比其他類型的電影更普遍。

(A) escalate〔'ɛskə͵let〕*v.* 逐步升高；逐漸擴大
(B) ***prevail***〔prɪ'vel〕*v.* 流行；普及
(C) double〔'dʌbḷ〕*v.* 加倍
(D) accumulate〔ə'kjumjə͵let〕*v.* 累積

* ***science fiction*** 科幻　　decade〔'dɛked〕*n.* 十年
produce〔prə'djus〕*v.* 拍攝　　film〔fɪlm〕*n.* 電影

9. (**D**) Our company has over 30,000 workers and we employ various <u>nationals</u> at our seven locations around the world.

我們公司有超過三萬名員工，而且我們在全球七個地點，雇用各種不同<u>國籍的人</u>。

(A) native〔'netɪv〕*n.* 本地人
(B) nativity〔nə'tɪvətɪ〕*n.* 誕生
(C) nationality〔ˌnæʃən'ælətɪ〕*n.* 國籍
(D) ***national*** 〔'næʃənḷ〕*n.* (某國的) 國民

＊employ〔ɪm'plɔɪ〕*v.* 雇用
various〔'vɛrɪəs〕*adj.* 各種的；不同的

10. (**A**) Given the limitations of our budget for this year, there is no way we can <u>provide</u> all employees with company housing by the end of the year.

由於今年我們的預算有限，年底我們將無法提供宿舍給所有員工。

(A) ***provide*** 〔prə'vaɪd〕*v.* 提供
provide *sb.* ***with*** *sth.* 提供某人某物
(B) allow〔ə'lau〕*v.* 允許
(C) give〔gɪv〕*v.* 給予
(D) guarantee〔ˌgærən'ti〕*v.* 保證

＊given〔'gɪvən〕*prep.* 考慮到
limitation〔ˌlɪmə'teʃən〕*n.* 限制
budget〔'bʌdʒɪt〕*n.* 預算
employee〔ˌɛmplɔɪ'i〕*n.* 員工
housing〔'hauzɪŋ〕*n.* 住宅

TEST 45

Directions: *The following questions are incomplete sentences. You are to choose the one word that best completes the sentence.*

1. _____ from small businesses has forced us to reconsider our long-term objectives for the domestic market.
   (A) Competent
   (B) Competence
   (C) Competition
   (D) Competitive   (   )

2. The _____ for this model covers everything from the cover to the intricate gears in its machinery.
   (A) warrant
   (B) warranty
   (C) insured
   (D) blanket   (   )

3. Owing to the bad weather, the garden party was _____.
   (A) called on
   (B) called up
   (C) called off
   (D) called in   (   )

4. In the winter, bears enter a physical state called _____.
   (A) hibernation
   (B) vigor
   (C) meditation
   (D) dreaming   (   )

5. We hope the contracts with our company will be _____.
   (A) yielded
   (B) registered
   (C) renewed
   (D) reinvested   (   )

6. Ask the flight attendant if we can put our things in that _____.
   - (A) circuit
   - (B) resource
   - (C) concourse
   - (D) compartment　　　　　　　　(　)

7. The man who _____ that crime was out of his mind.
   - (A) submitted
   - (B) omitted
   - (C) permitted
   - (D) committed　　　　　　　　(　)

8. Japan has higher _____ on many imports than the United States does.
   - (A) cash
   - (B) importance
   - (C) purchases
   - (D) tariffs　　　　　　　　(　)

9. If you should ever receive defective goods, please _____ us at once.
   - (A) complain
   - (B) inform
   - (C) report
   - (D) claim　　　　　　　　(　)

10. The area _____ in natural beauty — a variety of plants, animals, and other types of wildlife.
    - (A) booms
    - (B) promulgates
    - (C) abounds
    - (D) remains　　　　　　　　(　)

TEST 45 詳解

1. (**C**) <u>Competition</u> from small businesses has forced us to reconsider our long-term objectives for the domestic market.

來自小企業的競爭，迫使我們重新考慮國內市場的長期目標。

(A) competent〔'kampətənt〕*adj.* 能幹的
(B) competence〔'kampətəns〕*n.* 能力
(C) ***competition***〔ˌkampə'tɪʃən〕*n.* 競爭
(D) competitive〔kəm'pɛtətɪv〕*adj.* 競爭的

* force〔fɔrs〕*v.* 強迫
long-term〔'lɔŋˌtɜm〕*adj.* 長期的
objective〔əb'dʒɛktɪv〕*n.* 目標
domestic〔də'mɛstɪk〕*adj.* 國內的

2. (**B**) The <u>warranty</u> for this model covers everything from the cover to the intricate gears in its machinery.

這一型的<u>保證</u>涵括每樣東西，從蓋子到機器內部複雜的裝置都包括在內。

(A) warrant〔'wɔrənt〕*n.*【法律】令狀；證明書
(B) ***warranty***〔'wɔrəntɪ〕*n.*（對品質的）保證；保證書
(C) insure〔ɪn'ʃur〕*v.* 保險
(D) blanket〔'blæŋkɪt〕*n.* 毯子

* model〔'madḷ〕*n.* 款式；型式
cover〔'kʌvə〕*v.* 涵蓋　*n.* 蓋子
intricate〔'ɪntrəkɪt〕*adj.* 複雜的
gear〔gɪr〕*n.*（機械）裝置
machinery〔mə'ʃinərɪ〕*n.* 機器

3. (**C**) Owing to the bad weather, the garden party was
<u>called off</u>.

由於天氣不好，所以園遊會<u>取消</u>了。

    (A) call on 拜訪（某人）
    (B) call up 打電話
    (C) *call off* 取消（= *cancel*）
    (D) call in 請來（專家等）；打電話來

    * *owing to* 由於
    garden party 園遊會

4. (**A**) In the winter, bears enter a physical state called
<u>hibernation</u>.

在冬天，熊會進入所謂<u>冬眠</u>的身體狀態。

    (A) *hibernation* 〔͵haɪbəˈneʃən 〕 *n.* 冬眠
    (B) vigor 〔ˈvɪgɚ 〕 *n.* 精力
    (C) meditation 〔͵mɛdəˈteʃən 〕 *n.* 沉思；冥想
    (D) dreaming 〔ˈdrimɪŋ 〕 *adj.* 做夢的

    * bear 〔 bɛr 〕 *n.* 熊   physical 〔ˈfɪzɪkḷ 〕 *adj.* 身體的

5. (**C**) We hope the contracts with our company will be
<u>renewed</u>.

我們希望和公司的合約能<u>重新訂定</u>。

    (A) yield 〔 jild 〕 *v.* 生產
    (B) register 〔ˈrɛdʒɪstɚ 〕 *v.* 登記
    (C) *renew* 〔 rɪˈnju 〕 *v.* 重新訂（合約）
    (D) reinvest 〔͵riɪnˈvɛst 〕 *v.* 再投資

    * contract 〔ˈkɑntrækt 〕 *n.* 合約

6. (**D**) Ask the flight attendant if we can put our things in that <u>compartment</u>.

問問看空服人員，我們可不可以把東西放在那個<u>置物箱</u>裡。

    (A) circuit (ˈsɝkɪt) *n.* 電路
    (B) resource (rɪˈsors) *n.* 資源
    (C) concourse (ˈkɑnkors) *n.* 匯合；廣場
    (D) *compartment* (kəmˈpartmənt) *n.* 隔間；置物箱

     * attendant (əˈtɛndənt) *n.* 服務員
      flight attendant 空服員

7. (**D**) The man who <u>committed</u> that crime was out of his mind.

<u>犯</u>下那種罪的人真是瘋了。

    (A) submit (səbˈmɪt) *v.* 屈服；呈交
    (B) omit (oˈmɪt) *v.* 省略
    (C) permit (pɚˈmɪt) *v.* 允許
    (D) *commit* (kəˈmɪt) *v.* 犯 (罪)

     * *out of one's mind* 發瘋

8. (**D**) Japan has higher <u>tariffs</u> on many imports than the United States does.

日本對許多進口貨物徵收的<u>關稅</u>，比美國高。

    (A) cash (kæʃ) *n.* 現金
    (B) importance (ɪmˈpɔrtṇs) *n.* 重要性
    (C) purchase (ˈpɝtʃəs) *n.* 購買
    (D) *tariff* (ˈtærɪf) *n.* 關稅

     * imports (ˈɪmports) *n. pl.* 進口貨

9. (**B**) If you should ever receive defective goods, please <u>inform</u> us at once.

如果萬一你收到有瑕疵的商品，請立刻<u>通知</u>我們。

(A) complain〔kəm'plen〕*v.* 抱怨
(B) ***inform***〔ɪn'fɔrm〕*v.* 通知
(C) report〔rɪ'port〕*v.* 報告
(D) claim〔klem〕*v.* 要求

＊ defective〔dɪ'fɛktɪv〕*adj.* 有瑕疵的
goods〔gʊdz〕*n. pl.* 商品　　***at once*** 立刻

10. (**C**) The area <u>abounds</u> in natural beauty — a variety of plants, animals, and other types of wildlife.

這個地區<u>充滿</u>了自然美——有各種植物、動物，和其他種類的野生動植物。

(A) boom〔bum〕*v.* 突然興隆；日趨繁榮
(B) promulgate〔prə'mʌlget〕*v.* 頒布（法令）
(C) ***abound***〔ə'baʊnd〕*v.* 富於；充滿
abound in ~ （地區）有許多的~
(D) remain〔rɪ'men〕*v.* 保持

＊ variety〔və'raɪətɪ〕*n.* 種類；多樣性
a variety of 各式各樣的
wildlife〔'waɪld͵laɪf〕*n.* 野生動植物

TEST 46

Directions: *The following questions are incomplete sentences. You are to choose the one word that best completes the sentence.*

1. He showed his _____ by nodding his head.
   - (A) agreement
   - (B) indifference
   - (C) hesitation
   - (D) refusal   (   )

2. After the student broke the rules for a third time, the school finally decided to _____ him.
   - (A) discontinue
   - (B) relieve
   - (C) retire
   - (D) expel   (   )

3. The Audit Department had no _____ on the situation.
   - (A) auditors
   - (B) comment
   - (C) interest
   - (D) decided   (   )

4. New files had to be created for the company's contract, because no one could find the _____ documents.
   - (A) need
   - (B) misplaced
   - (C) necessity
   - (D) discovered   (   )

5. Passengers are not allowed to bring aboard any fresh produce. Citrus fruits in particular are strictly _____.
   - (A) exhibited
   - (B) illegitimate
   - (C) prohibited
   - (D) voided   (   )

6. Admitting what you say is correct, the fact _____ that there were important economic discrepancies between the United States and Russia.

   (A) opposes
   (B) maintains
   (C) advocates
   (D) remains   ( )

7. A _____ was imposed to stop looting.

   (A) curfew
   (B) meeting
   (C) closing
   (D) decision   ( )

8. Young people often leave a comfortable home to seek _____.

   (A) away
   (B) wealthy
   (C) opportunity
   (D) adventuresome   ( )

9. I would have arrived on time, had I not been _____ at the last moment by an unexpected call.

   (A) retained
   (B) detained
   (C) contained
   (D) sustained   ( )

10. The treasure was found in a _____ at the back of the cave.

    (A) release
    (B) recess
    (C) recipe
    (D) ground   ( )

TEST 46 詳解

1. (**A**) He showed his <u>agreement</u> by nodding his head.
   他點頭表示<u>同意</u>。

   - (A) *agreement* ﹝ əˈgrimənt ﹞ *n.* 同意
   - (B) indifference ﹝ ɪnˈdɪfərəns ﹞ *n.* 漠不關心
   - (C) hesitation ﹝ˌhɛzəˈteʃən ﹞ *n.* 猶豫
   - (D) refusal ﹝ rɪˈfjuzl̩ ﹞ *n.* 拒絕

   * nod ﹝ nɑd ﹞ *v.* 點（頭）

2. (**D**) After the student broke the rules for a third time, the school finally decided to <u>expel</u> him.
   在那學生第三次犯規後，學校終於決定<u>開除</u>他。

   - (A) discontinue ﹝ˌdɪskənˈtɪnju ﹞ *v.* 停止；中斷
   - (B) relieve ﹝ rɪˈliv ﹞ *v.* 減輕
   - (C) retire ﹝ rɪˈtaɪr ﹞ *v.* 退休
   - (D) *expel* ﹝ ɪkˈspɛl ﹞ *v.* 開除

   * *break the rule* 犯規

3. (**B**) The Audit Department had no <u>comment</u> on the situation.
   審計部對這種情況不予<u>置評</u>。

   - (A) auditor ﹝ˈɔdɪtɚ ﹞ *n.* 查帳員；稽核員；審計員
   - (B) *comment* ﹝ˈkɑmɛnt ﹞ *n.* 評論 < *on* >
   - (C) interest ﹝ˈɪntrɪst ﹞ *n.* 興趣 < *in* >
   - (D) decide ﹝ dɪˈsaɪd ﹞ *v.* 決定

   * audit ﹝ˈɔdɪt ﹞ *n.* 會計檢查；審計
   the Audit Department 審計部

4. (**B**) New files had to be created for the company's
contract, because no one could find the <u>misplaced</u>
documents.

那家公司的合約，必須重新建檔，因爲沒有人找得到
<u>遺失的</u>文件。

    (A) need〔 nid 〕*n.* 需要
    (B) *misplaced*〔 mɪs'plest 〕*adj.* 誤放的；遺失的
    (C) necessity〔 nə'sɛsətɪ 〕*n.* 必要
    (D) discovered〔 dɪ'skʌvəd 〕*adj.* 發現的

    * file〔 faɪl 〕*n.* 檔案
      document〔'dɑkjəmənt 〕*n.* 文件

5. (**C**) Passengers are not allowed to bring aboard any
fresh produce. Citrus fruits in particular are
strictly <u>prohibited</u>.

旅客不許攜帶任何新鮮的農產品登機。尤其是柑橘類水
果，更是嚴格<u>禁止</u>。

    (A) exhibit〔 ɪg'zɪbɪt 〕*v.* 展覽
    (B) illegitimate〔,ɪlɪ'dʒɪtəmɪt 〕*adj.* 私生的
    (C) *prohibit*〔 pro'hɪbɪt 〕*v.* 禁止
    (D) void〔 vɔɪd 〕*v.* 使無效

    * fresh〔 frɛʃ 〕*adj.* 新鮮的
      produce〔'prɑdjus 〕*n.* 農產品
      aboard〔 ə'bɔrd 〕*adv.* 登機；上船
      citrus〔'sɪtrəs 〕*adj.* 柑橘屬植物的
      in particular 特別是；尤其
      strictly〔'strɪktlɪ 〕*adv.* 嚴格地

6. (**D**) Admitting what you say is correct, the fact <u>remains</u> that there were important economic discrepancies between the United States and Russia.

雖然我承認你所說的是正確的，但美國和俄國在經濟方面有很大的差異，這<u>仍然</u>是事實。

    (A) oppose〔ə'poz〕*v.* 反對

    (B) maintain〔men'ten〕*v.* 保持

    (C) advocate〔'ædvə,ket〕*v.* 提倡

    (D) *remain*〔rɪ'men〕*v.* 仍然

      * admit〔əd'mɪt〕*v.* 承認

       economic〔,ikə'nɑmɪk〕*adj.* 經濟的

       discrepancy〔dɪ'skrɛpənsɪ〕*n.* 差異

7. (**A**) A <u>curfew</u> was imposed to stop looting.

強制實施<u>宵禁</u>，是為了防止搶劫。

    (A) *curfew*〔'kɜfju〕*n.* 宵禁

    (B) meeting〔'mitɪŋ〕*n.* 會議

    (C) closing〔'klozɪŋ〕*n.* 結尾；決算

    (D) decision〔dɪ'sɪʒən〕*n.* 決定

      * impose〔ɪm'poz〕*v.* 強迫；強制

       loot〔lut〕*v.* 掠奪；搶劫

8. (**C**) Young people often leave a comfortable home to seek <u>opportunity</u>.

年輕人常常離開舒適的家，去尋找<u>機會</u>。

    (A) away〔ə'we〕*adv.* 離開

    (B) wealthy〔'wɛlθɪ〕*adj.* 有錢的

    (C) *opportunity*〔,ɑpɚ'tjunətɪ〕*n.* 機會

    (D) adventuresome〔əd'vɛntʃəsəm〕*adj.* 喜歡冒險的

9. (**B**) I would have arrived on time, had I not been <u>detained</u> at the last moment by an unexpected call.

如果我沒有在最後一刻，被一通意外的電話<u>耽擱</u>，我就會準時到了。

    (A) retain〔rɪ'ten〕*v.* 保留
    (B) *detain*〔dɪ'ten〕*v.* 使延遲；耽擱
    (C) contain〔kən'ten〕*v.* 包含
    (D) sustain〔sə'sten〕*v.* 支撐

    ＊ unexpected〔͵ʌnɪk'spɛktɪd〕*adj.* 意想不到的；意外的

10. (**B**) The treasure was found in a <u>recess</u> at the back of the cave.

寶藏在山洞深處<u>牆壁的凹處</u>被找到。

    (A) release〔rɪ'lis〕*n.* 釋放
    (B) *recess*〔rɪ'sɛs〕*n.* 牆壁的凹處
    (C) recipe〔'rɛsəpɪ〕*n.* 食譜
    (D) ground〔graʊnd〕*n.* 地面（不可數）

    ＊ treasure〔'trɛʒɚ〕*n.* 寶藏
      back〔bæk〕*n.* 後部　　cave〔kev〕*n.* 山洞

【劉毅老師的話】

本書附有單字索引，讀者可利用索引來複習，把不會的單字做記號，再重覆練習。

TEST 47

Directions: *The following questions are incomplete sentences. You are to choose the one word that best completes the sentence.*

1. The decision to expand has been postponed indefinitely _____ high interest rates.
   - (A) although
   - (B) due to
   - (C) since
   - (D) because ( )

2. I can't believe it's time to go home _____.
   - (A) yet
   - (B) once
   - (C) already
   - (D) still ( )

3. There is a bank where you can change foreign currency just _____ the street from this building.
   - (A) aboard
   - (B) about
   - (C) above
   - (D) across ( )

4. Mr. Johnson's boss _____ him to go to Europe on business.
   - (A) ordered
   - (B) demanded
   - (C) inquired
   - (D) informed ( )

5. This company does a great deal of _____ with foreign firms, especially in the Far East.
   - (A) economy
   - (B) finance
   - (C) business
   - (D) affairs ( )

6. Some members of the group decided to eat pizza,
   _____ of chicken.
   (A) also
   (B) besides
   (C) expect
   (D) instead   (   )

7. Flight 409 _____ for Miami will begin boarding
   immediately at Gate 12.
   (A) departing
   (B) arriving
   (C) exporting
   (D) importing   (   )

8. Architects sometimes _____ the obvious, designing
   buildings without plumbing, stairways, or electrical
   outlets.
   (A) work
   (B) design
   (C) overlook
   (D) forgotten   (   )

9. Do you know whether Mr. Malone is married or
   _____?
   (A) solitary
   (B) alone
   (C) single
   (D) one   (   )

10. Restructuring maximizes financial growth for those
    companies that have achieved _____ independence.
    (A) economic
    (B) economized
    (C) economically
    (D) economy   (   )

TEST 47 詳解

1. (**B**) The decision to expand has been postponed indefinitely <u>due to</u> high interest rates.
   因為利率太高，擴大規模的決定將無限期地擱置。

    (A) although〔ɔl'ðo〕*conj.* 雖然
    (B) ***due to*** 由於（ = *because of* ）
    (C) since〔sɪns〕*conj.* 自從
    (D) because〔bɪ'kɔz〕*conj.* 因為

    * expand〔ɪk'spænd〕*v.* 擴大
     postpone〔post'pon〕*v.* 延期
     indefinitely〔ɪn'dɛfənɪtlɪ〕*adv.* 無限期地
     interest rate 利率

2. (**C**) I can't believe it's time to go home <u>already</u>.
   我不敢相信，回家的時間<u>已經</u>到了。

    (A) yet〔jɛt〕*adv.* 尚；還
    (B) once〔wʌns〕*adv.* 一次
    (C) ***already***〔ɔl'rɛdɪ〕*adv.* 已經
    (D) still〔stɪl〕*adv.* 仍然

3. (**D**) There is a bank where you can change foreign currency just <u>across</u> the street from this building.
   在這棟大樓的<u>對</u>街，有一間銀行，可兌換外幣。

    (A) aboard〔ə'bord〕*adv.* 在船上；在飛機上
    (B) about〔ə'baut〕*prep.* 大約
    (C) above〔ə'bʌv〕*prep.* 在～上面
    (D) ***across***〔ə'krɔs〕*prep.* 在～對面

    * foreign〔'fɔrɪn〕*adj.* 外國的
     currency〔'kɝənsɪ〕*n.* 貨幣

4. (**A**)   Mr. Johnson's boss <u>ordered</u> him to go to Europe
on business. 強森先生的老板<u>命令</u>他去歐洲出差。

    (A) ***order*** 〔 ˈɔrdɚ 〕 *v.* 命令
    order *sb.* ***to*** *V.* 命令某人做某事
    (B) demand 〔 dɪˈmænd 〕 *v.* 要求
    （應用 demanded that he go to⋯)
    (C) inquire 〔 ɪnˈkwaɪr 〕 *v.* 詢問
    (D) inform 〔 ɪnˈfɔrm 〕 *v.* 通知
    inform *sb.* of *sth.* 通知某人某事

    * ***on business*** 因公

5. (**C**)   This company does a great deal of <u>business</u> with
foreign firms, especially in the Far East.
這家公司和外國公司做了很多生意，尤其是在遠東地區的公司。

    (A) economy 〔 ɪˈkɑnəmɪ 〕 *n.* 經濟
    (B) finance 〔 fəˈnæns 〕 *n.* 財務；金融
    (C) ***business*** 〔 ˈbɪznɪs 〕 *n.* 生意
    do business 做生意
    (D) affair 〔 əˈfɛr 〕 *n.* 事情

    * ***a great deal of*** 很多   firm 〔 fɝm 〕 *n.* 公司
    Far East 遠東地區（包括中、日、韓、泰、緬等
    國的東亞地區）

6. (**D**)   Some members of the group decided to eat pizza,
<u>instead</u> of chicken.
那個團體中，有些人決定吃披薩，<u>而不</u>吃雞肉。

    (A) also 〔 ˈɔlso 〕 *adv.* 也
    (B) besides 〔 bɪˈsaɪdz 〕 *adv.* 此外
    (C) expect 〔 ɪkˈspɛkt 〕 *v.* 期待
    (D) ***instead of*** 而不是

7.（**A**）Flight 409 <u>departing</u> for Miami will begin boarding immediately at Gate 12.

飛往邁阿密的 409 班機，即將於 12 號登機門登機。

    (A) ***depart*** ﹝dɪˈpɑrt﹞*v.* 離開　　***depart for***　前往

    (B) arrive ﹝əˈraɪv﹞*v.* 到達

    (C) export ﹝ɪksˈport﹞*v.* 出口

    (D) import ﹝ɪmˈport﹞*v.* 進口

    ＊ flight ﹝flaɪt﹞*n.* 班機　　board ﹝bord﹞*v.* 登機

       gate ﹝get﹞*n.* 登機門

8.（**C**）Architects sometimes <u>overlook</u> the obvious, designing buildings without plumbing, stairways, or electrical outlets.

建築師在設計建築物時，有時會忽略水管設備、樓梯，或插座等很明顯的東西。

    (A) work ﹝wɝk﹞*v.* 工作

    (B) design ﹝dɪˈzaɪn﹞*v.* 設計

    (C) ***overlook*** ﹝͵ovɚˈlʊk﹞*v.* 忽略

    (D) forgotten ﹝fɚˈgɑtn̩﹞（forget「忘記」的過去分詞）

    ＊ architect ﹝ˈɑrkə͵tɛkt﹞*n.* 建築師

       obvious ﹝ˈɑbvɪəs﹞*adj.* 明顯的

       the obvious 明顯的東西（= *obvious things*）

       plumbing ﹝ˈplʌmɪŋ﹞*n.* 水管設備

       stairway ﹝ˈstɛr͵we﹞*n.* 樓梯

       electrical ﹝ɪˈlɛktrɪkl̩﹞*adj.* 電的

       outlet ﹝ˈaʊt͵lɛt﹞*n.* 插座

9. (**C**) Do you know whether Mr. Malone is married or <u>single</u>?

你知道馬龍先生是已婚還是<u>單身</u>？

(A) solitary（'sɑləˌtɛrɪ）*adj.* 孤獨的
(B) alone（ə'lon）*adj.* 單獨的
(C) ***single***（'sɪŋgḷ）*adj.* 單身的；未婚的
(D) one（wʌn）*adj.* 一個的

* married（'mærɪd）*adj.* 已婚的

10. (**A**) Restructuring maximizes financial growth for those companies that have achieved <u>economic</u> independence.

公司的改組，能使那些已達到<u>經濟</u>獨立的公司，在財務方面有最大幅的成長。

(A) ***economic***（ˌikə'nɑmɪk）*adj.* 經濟的
(B) economize（ɪ'kɑnəˌmaɪz）*v.* 節約
(C) economically（ˌikə'nɑmɪkḷɪ）*adv.* 經濟地
(D) economy（ɪ'kɑnəmɪ）*n.* 經濟

* restructure（ri'strʌktʃɚ）*v.* 改組
  maximize（'mæksəˌmaɪz）*v.* 使增加至最大限度
  financial（faɪ'nænʃəl）*adj.* 財務的
  achieve（ə'tʃiv）*v.* 達到
  independence（ˌɪndɪ'pɛndəns）*n.* 獨立

TEST 48

Directions: *The following questions are incomplete sentences. You are to choose the one word that best completes the sentence.*

1. Can you help me _____ these ski boots?
   (A) install
   (B) connect
   (C) link
   (D) fasten   (   )

2. Little Joey thinks his dad is great and tries to _____ him in every way.
   (A) emulate
   (B) orphan
   (C) oppose
   (D) surmount   (   )

3. Sometimes Ken needs a little pushing, so I really _____ him to ask Jane to the party.
   (A) contacted
   (B) begged
   (C) faced
   (D) urged   (   )

4. The director hates anyone _____ his authority.
   (A) challenging
   (B) inducing
   (C) deducing
   (D) reducing   (   )

5. The craftsman _____ a dog out of the block of wood.
   (A) eroded
   (B) carved
   (C) crashed
   (D) curved   (   )

6. I can remember the sweet smell of apple pie that
   _____ through the house on autumn afternoons.
   (A) wafted
   (B) transcended
   (C) scanned
   (D) projected   (   )

7. Due to the drought, the farmers could only _____
   about 70 percent of their rice crop this year.
   (A) harvest
   (B) ripen
   (C) plant
   (D) roast   (   )

8. Long-lasting plastic tubing _____ the old steel pipes.
   (A) took
   (B) ordered
   (C) replaced
   (D) included   (   )

9. Customers' money will be _____ if they are not
   satisfied with our product.
   (A) backed
   (B) reimbursed
   (C) saved
   (D) cancelled

10. Please help us _____ electricity by turning off
    the lights.
    (A) compare
    (B) compile
    (C) condense
    (D) conserve   (   )

TEST 48 詳解

1. (**D**) Can you help me <u>fasten</u> these ski boots?
   你可以幫我繫好滑雪鞋嗎？

   (A) install〔ɪn'stɔl〕*v.* 安裝
   (B) connect〔kə'nɛkt〕*v.* 連接
   (C) link〔lɪŋk〕*v.* 連結
   (D) *fasten*〔'fæsn̩〕*v.* 繫牢；扣住

   * *ski boots* 滑雪鞋

2. (**A**) Little Joey thinks his dad is great and tries to <u>emulate</u> him in every way.
   小喬依認為他的父親很棒，所以試著在各方面都<u>效法</u>他。

   (A) *emulate*〔'ɛmjə,let〕*v.* 努力效法
   (B) orphan〔'ɔrfən〕*n.* 孤兒
   (C) oppose〔ə'poz〕*v.* 反對
   (D) surmount〔sə'maunt〕*v.* 克服；越過

   * way〔we〕*n.* 方面

3. (**D**) Sometimes Ken needs a little pushing, so I really <u>urged</u> him to ask Jane to the party.
   肯有的時候需要別人催他一下，所以我<u>鼓勵</u>他去邀請珍來參加這個舞會。

   (A) contact〔'kɑntækt〕*v.* 接觸
   (B) beg〔bɛg〕*v.* 乞求
   (C) face〔fes〕*v.* 面對
   (D) *urge*〔ɝdʒ〕*v.* 鼓勵；催促

   * push〔puʃ〕*v.* 推；催促

4. (**A**) The director hates anyone <u>challenging</u> his authority.
導演討厭有人<u>公然反抗</u>他的權威。

    (A) ***challenge*** (ˈtʃælɪndʒ) *v.* 挑戰；公然反抗
    (B) induce (ɪnˈdjus) *v.* 歸納；引誘
    (C) deduce (dɪˈdjus) *v.* 演繹
    (D) reduce (rɪˈdjus) *v.* 減少

     * director (dəˈrɛktɚ) *n.* 導演
       authority (əˈθɔrətɪ) *n.* 權威

5. (**B**) The craftsman <u>carved</u> a dog out of the block of wood.
工匠用那塊木頭<u>雕刻</u>出一隻狗。

    (A) erode (ɪˈrod) *v.* 腐蝕
    (B) ***carve*** (kɑrv) *v.* 雕刻
    (C) crash (kræʃ) *v.* 使墜毀
    (D) curve (kɝv) *v.* 使彎曲

     * craftsman (ˈkræftsmən) *n.* 工匠
       block (blɑk) *n.* 一塊

6. (**A**) I can remember the sweet smell of apple pie that
<u>wafted</u> through the house on autumn afternoons.
我還記得秋天的午後，<u>飄</u>過房子的蘋果派香味。

    (A) ***waft*** (wæft) *v.* 飄浮
    (B) transcend (trænˈsɛnd) *v.* 超越
    (C) scan (skæn) *v.* 掃瞄
    (D) project (prəˈdʒɛkt) *v.* 投射

     * smell (smɛl) *n.* 氣味
       autumn (ˈɔtəm) *n.* 秋天

7. (**A**) Due to the drought, the farmers could only <u>harvest</u> about 70 percent of their rice crop this year.

因為這場乾旱，農夫今年的稻米<u>收穫</u>只有百分之七十。

 (A) ***harvest*** (ˈhɑrvɪst) *v.* 收割；收穫

 (B) ripen (ˈraɪpən) *v.* 成熟

 (C) plant (plænt) *v.* 種植

 (D) roast (rost) *v.* 烤

 * drought (draʊt) *n.* 乾旱
 rice (raɪs) *n.* 稻米
 crop (krɑp) *n.* 收穫量；收成

8. (**C**) Long-lasting plastic tubing <u>replaced</u> the old steel pipes.

耐用的塑膠管<u>取代</u>了老舊的鋼管。

 (A) take (tek) *v.* 拿

 (B) order (ˈɔrdə) *v.* 命令

 (C) ***replace*** (rɪˈples) *v.* 取代

 (D) include (ɪnˈklud) *v.* 包括

 * long-lasting (ˈlɔŋˈlæstɪŋ) *adj.* 持久的；耐用的
 plastic (ˈplæstɪk) *adj.* 塑膠的
 tubing (ˈtjubɪŋ) *n.* 管子 (= *tubes*)
 steel (stil) *adj.* 鋼製的
 pipe (paɪp) *n.* 管

9. (**B**) Customers' money will be <u>reimbursed</u> if they are not satisfied with our product.

如果顧客不滿意我們的產品，可以<u>退款</u>。

    (A) back〔bæk〕*v.* 後退
    (B) ***reimburse***〔ˌriɪm'bɝs〕*v.* 償還；退款
    (C) save〔sev〕*v.* 節省
    (D) cancel〔'kænsl̩〕*v.* 取消

    ＊ customer〔'kʌstəmɚ〕*n.* 顧客
      satisfied〔'sætɪsˌfaɪd〕*adj.* 滿意的＜*with*＞
      product〔'prɑdəkt〕*n.* 產品

10. (**D**) Please help us <u>conserve</u> electricity by turning off the lights.

請把電燈關掉，幫我們<u>省</u>電。

    (A) compare〔kəm'pɛr〕*v.* 比較
    (B) compile〔kəm'paɪl〕*v.* 編輯
    (C) condense〔kən'dɛns〕*v.* 濃縮
    (D) ***conserve***〔kən'sɝv〕*v.* 節省

    ＊ electricity〔ɪˌlɛk'trɪsətɪ〕*n.* 電   ***turn off*** 關掉
      light〔laɪt〕*n.* 燈

【劉毅老師的話】

背單字時，遇到意義相同的字，可自行歸納，
加深印象，也可查閱本公司出版的「**英文同
義字典**」。

TEST 49

Directions: *The following questions are incomplete sentences. You are to choose the one word that best completes the sentence.*

1. The potatoes she cooked tasted so delicious that I had a second _____.
   - (A) go
   - (B) hand
   - (C) serve
   - (D) helping   (   )

2. Foreign travelers are often surprised at the _____ prices of things in Japan.
   - (A) big
   - (B) high
   - (C) much
   - (D) expensive   (   )

3. The students abolished school uniforms by an almost _____ vote.
   - (A) universal
   - (B) unanimous
   - (C) unilingual
   - (D) unavailable   (   )

4. We should have her application here on file, but it seems to have been _____.
   - (A) replaced
   - (B) displaced
   - (C) misplaced
   - (D) placed   (   )

5. _____ is a common problem encountered by public speakers.
   - (A) Respiration
   - (B) Restitution
   - (C) Perspiration
   - (D) Persuasion   (   )

6. Please _____ the "No Smoking" rule in all shared
   work spaces within the building.
   (A) stare
   (B) observe
   (C) look
   (D) glance   (   )

7. He is good at reading, but his listening ability is
   _____ average.
   (A) below
   (B) beyond
   (C) behind
   (D) within   (   )

8. We are postponing assembly of the new model because
   our subcontractor is unable to provide us with the
   necessary _____.
   (A) filing
   (B) completion
   (C) parts
   (D) advancement   (   )

9. The island of Bali has been _____ tourists since the
   early part of this century.
   (A) attacking
   (B) opening
   (C) attracting
   (D) entering   (   )

10. I sent the package via airmail _____ the postage
    was rather high.
    (A) instead
    (B) however
    (C) although
    (D) despite   (   )

TEST 49 詳解

1. (**D**) The potatoes she cooked tasted so delicious that I had a second <u>helping</u>.
   她煮的馬鈴薯實在太好吃了,所以我吃了第二份。

   (A) go〔go〕*n.* 嘗試;機會
   (B) hand〔hænd〕*n.* 手
   (C) serve〔sɜv〕*n.* 發球
   (D) ***helping***〔'hɛlpɪŋ〕*n.* (食物的) 一份;一客

2. (**B**) Foreign travelers are often surprised at the <u>high</u> prices of things in Japan.
   外國旅客常常對日本物價之高感到驚訝。

   (A) big〔bɪg〕*adj.* 大的
   (B) ***high***〔haɪ〕*adj.* 高的
   (C) much〔mʌtʃ〕*adj.* 很多的
   (D) expensive〔ɪk'spɛsɪv〕*adj.* 昂貴的

3. (**B**) The students abolished school uniforms by an almost <u>unanimous</u> vote.
   學生們幾乎全體一致投票通過,要廢除學校制服。

   (A) universal〔ˌjunə'vɜsl̩〕*adj.* 全世界的;普遍的
   (B) ***unanimous***〔jʊ'nænəməs〕*adj.* 全體一致的
   (C) unilingual〔ˌjunə'lɪŋgwəl〕*adj.* 統一使用一種語言的
   (D) unavailable〔ˌʌnə'veləbl̩〕*adj.* 不能獲得的

   * abolish〔ə'balɪʃ〕*v.* 廢除
     uniform〔'junəˌfɔrm〕*n.* 制服
     vote〔vot〕*n.* 投票

4. (**C**) We should have her application here on file, but it
seems to have been <u>misplaced</u>.

她的申請書我們原本應該有存檔，但檔案似乎已經<u>不見</u>了。

(A) replace〔rɪ'ples〕*v.* 取代
(B) displace〔dɪs'ples〕*v.* 移走；取代
(C) *misplace*〔mɪs'ples〕*v.* 誤放；遺失
(D) place〔ples〕*v.* 放置

* application〔͵æplə'keʃən〕*n.* 申請書
on file 存檔的

5. (**C**) <u>Perspiration</u> is a common problem encountered by
public speakers.

<u>流汗</u>是公開演說者常遇到的問題。

(A) respiration〔͵rɛspə'reʃən〕*n.* 呼吸
(B) restitution〔͵rɛstə'tjuʃən〕*n.* 歸還
(C) *perspiration*〔͵pɝspə'reʃən〕*n.* 流汗
(D) persuasion〔pɚ'sweʒən〕*n.* 說服

* encounter〔ɪn'kaʊntɚ〕*v.* 遭遇

6. (**B**) Please <u>observe</u> the "No Smoking" rule in all shared
work spaces within the building.

在本大樓公用的工作場所裡，請<u>遵守</u>「禁止吸煙」的規定。

(A) stare〔stɛr〕*v.* 瞪著；凝視
(B) *observe*〔əb'zɝv〕*v.* 遵守
(C) look〔lʊk〕*v.* 看
(D) glance〔glæns〕*v.* 匆匆看一眼

* shared〔ʃɛrd〕*adj.* 共有的
space〔spes〕*n.* 場所

7. (**A**) He is good at reading, but his listening ability is
<u>below</u> average.

他擅長閱讀，但他的聽力<u>低於</u>平均水準。

(A) ***below*** 〔 bə'lo 〕 *prep.* 在～以下
(B) beyond 〔 bɪ'jɑnd 〕 *prep.* 超過
(C) behind 〔 bɪ'haɪnd 〕 *prep.* 在～之後
(D) within 〔 wɪð'ɪn 〕 *prep.* 在～之內

* ***be good at*** 精通；擅長
average 〔 'ævərɪdʒ 〕 *n.* 平均

8. (**C**) We are postponing assembly of the new model because
our subcontractor is unable to provide us with the
necessary <u>parts</u>.

我們延後組裝這個新的機型，因為轉包商無法提供我們必
要的<u>零件</u>。

(A) filing 〔 'faɪlɪŋ 〕 *n.* (文件等) 整理彙集
(B) completion 〔 kəm'pliʃən 〕 *n.* 完成
(C) ***part*** 〔 pɑrt 〕 *n.* 零件
(D) advancement 〔 əd'vænsmənt 〕 *n.* 進步

* postpone 〔 post'pon 〕 *v.* 延期
assembly 〔 ə'sɛmblɪ 〕 *n.* 裝配
model 〔 'mɑdḷ 〕 *n.* 型；款式
subcontractor 〔 ˌsʌbkən'træktɚ 〕 *n.* 轉包商

9. (**C**) The island of Bali has been <u>attracting</u> tourists since the early part of this century.

巴里島自本世紀初就開始<u>吸引</u>許多觀光客。

(A) attack〔əˋtæk〕*v.* 攻擊

(B) open〔ˋopən〕*v.* 打開

(C) *attract*〔əˋtrækt〕*v.* 吸引

(D) enter〔ˋɛntɚ〕*v.* 進入

* century〔ˋsɛntʃərɪ〕*n.* 世紀

10. (**C**) I sent the package via airmail <u>although</u> the postage was rather high.

<u>雖然</u>郵資相當貴，但我還是以航空郵件寄包裹。

(A) instead〔ɪnˋstɛd〕*adv.* 相反地

(B) however〔hauˋɛvɚ〕*adv.* 然而

(C) *although*〔ɔlˋðo〕*conj.* 雖然

(D) despite〔dɪˋspaɪt〕*prep.* 儘管（後須接名詞，不可接子句）

* via〔ˋvaɪə〕*prep.* 經由
  airmail〔ˋɛrˌmel〕*n.* 航空郵件
  postage〔ˋpostɪdʒ〕*n.* 郵資

【劉毅老師的話】

「學習出版公司」書雖然出得慢，但我們製作嚴謹，改進再改進，天天進步。讀者只要看了一本「學習」的書，就終身成為我們的支持者。

TEST 50

Directions*: The following questions are incomplete sentences. You are to choose the one word that best completes the sentence.*

1. The New York City government passed _____ to prohibit the speculations in real estate.
   - (A) legislation
   - (B) registration
   - (C) regulation
   - (D) redemption ( )

2. She _____ the book as hers by the signature on the cover.
   - (A) ignored
   - (B) identified
   - (C) idealized
   - (D) illustrated ( )

3. This novel is _____ in more than 10 newspapers.
   - (A) subscribed
   - (B) transfused
   - (C) patronized
   - (D) syndicated ( )

4. During the riot in Los Angeles, _____ of stores and shops took place.
   - (A) mugging
   - (B) stealing
   - (C) looting
   - (D) conveying ( )

5. Mary rejoiced at the _____ of the trip to the States.
   - (A) progress
   - (B) prospect
   - (C) procedure
   - (D) procession ( )

6. You should dry-clean the wool sweater, or it might
_____.

   (A) swap
   (B) sweep
   (C) smack
   (D) shrink   (   )

7. While renting a house, you are responsible for _____
any damage.
   (A) restricting
   (B) reclaiming
   (C) recharging
   (D) rectifying   (   )

8. On hearing Jane's husband died in a car accident, I sent
her a letter of _____.
   (A) wish
   (B) apology
   (C) condolence
   (D) recommendation   (   )

9. She claimed that her desk had been _____ with while
she was out.
   (A) hampered
   (B) pampered
   (C) tampered
   (D) tempered   (   )

10. People in this town continued to fight in the face of
_____.

   (A) adversary
   (B) advertise
   (C) adversity
   (D) adventure   (   )

TEST 50 詳解

1. (**A**) The New York City government passed <u>legislation</u> to prohibit the speculations in real estate.

紐約市政府通過一項<u>法案</u>，要禁止房地產的投機行爲。

(A) *legislation* 〔,lɛdʒɪs'leʃən 〕 *n.* 立法；法律
(B) registration 〔,rɛdʒɪs'treʃən 〕 *n.* 登記；註冊
(C) regulation 〔,rɛgjə'leʃən 〕 *n.* 規定
(D) redemption 〔 rɪ'dɛmpʃən 〕 *n.* 贖回

* prohibit 〔 pro'hɪbɪt 〕 *v.* 禁止
speculation 〔,spɛkjə'leʃən 〕 *n.* 投機
estate 〔 ə'stet 〕 *n.* 財產；地產
real estate 房地產；不動產

2. (**B**) She <u>identified</u> the book as hers by the signature on the cover.

藉由封面上的簽名，她<u>確認</u>這本書是她的。

(A) ignore 〔 ɪg'nor 〕 *v.* 忽視
(B) *identify* 〔 aɪ'dɛntə,faɪ 〕 *v.* 確認
identify A *as* B 確認 A 是 B
(C) idealize 〔 aɪ'diəl,aɪz 〕 *v.* 將～理想化
(D) illustrate 〔'ɪləstret 〕 *v.* 說明

* signature 〔'sɪgnətʃɚ 〕 *n.* 簽名
cover 〔'kʌvɚ 〕 *n.* 封面

3. (**D**) This novel is <u>syndicated</u> in more than 10 newspapers.

這篇小說在十家以上的報紙<u>同時發表</u>。

    (A) subscribe〔səb'skraɪb〕v. 訂閱

    (B) transfuse〔træns'fjuz〕v. 輸（血）

    (C) patronize〔'petrən,aɪz〕v. 贊助

    (D) ***syndicate***〔'sɪndɪ,ket〕v.（經報刊雜誌連盟）在多家 報刊上同時發表

4. (**C**) During the riot in Los Angeles, <u>looting</u> of stores and shops took place.

在洛杉磯的暴動中，發生了<u>搶劫</u>商店的事件。

    (A) mug〔mʌg〕v. 從背後襲擊並搶劫

    (B) steal〔stil〕v. 偷

    (C) ***loot***〔lut〕v. 搶奪

    (D) convey〔kən've〕v. 傳達

      * riot〔'raɪət〕n. 暴動　　***take place*** 發生

5. (**B**) Mary rejoiced at the <u>prospect</u> of the trip to the States.

瑪麗因為有<u>可能</u>去美國旅行而高興不已。

    (A) progress〔'prɑgrɛs〕n. 進步

    (B) ***prospect***〔'prɑspɛkt〕n. 可能性

    (C) procedure〔prə'sidʒɚ〕n. 手續；程序

    (D) procession〔prə'sɛʃən〕n. 行列

      * rejoice〔rɪ'dʒɔɪs〕v. 高興

      rejoice at 因為～而高興

6. (**D**) You should dry-clean the wool sweater, or it might
shrink.

你羊毛衣應該要乾洗，否則會<u>縮水</u>。

    (A) swap〔swɑp〕v. 交換
    (B) sweep〔swip〕v. 掃
    (C) smack〔smæk〕v.（用手掌）拍擊
    (D) *shrink*〔ʃrɪŋk〕v. 縮水

    ＊wool〔wʊl〕n. 羊毛

7. (**D**) While renting a house, you are responsible for
<u>rectifying</u> any damage.

當你租房子時，你要負責<u>修復</u>任何損壞的東西。

    (A) restrict〔rɪ'strɪkt〕v. 限制
    (B) reclaim〔rɪ'klem〕v. 要求歸還；取回
    (C) recharge〔ri'tʃɑrdʒ〕v. 再充電
    (D) *rectify*〔'rɛktə,faɪ〕v. 改正；修復

    ＊rent〔rɛnt〕v. 租   *be responsible for* 應為～負責

8. (**C**) On hearing Jane's husband died in a car accident,
I sent her a letter of <u>condolence</u>.

一聽到珍的丈夫因車禍而喪生，我就寄了一封<u>弔唁</u>信給她。

    (A) wish〔wɪʃ〕n. 祝福
    (B) apology〔ə'pɑlədʒɪ〕n. 道歉
    (C) *condolence*〔kən'doləns〕n. 弔唁；哀悼
        a letter of condolence 弔唁信
    (D) recommendation〔,rɛkəmɛn'deʃən〕n. 推薦

    ＊*on + V-ing* 一～就…

9. (**C**) She claimed that her desk had been <u>tampered</u> with while she was out.

她聲稱在她出去時，書桌被亂動了。

(A) hamper〔'hæmpɚ〕*v.* 阻礙
(B) pamper〔'pæmpɚ〕*v.* 縱容
(C) ***tamper***〔'tæmpɚ〕*v.* 亂弄；擅自更動＜*with*＞
(D) temper〔'tɛmpɚ〕*n.* 脾氣

  ＊ claim〔klem〕*v.* 聲稱

10. (**C**) People in this town continued to fight in the face of <u>adversity</u>.

這城鎮的居民，雖然面臨逆境，仍繼續奮鬥。

(A) adversary〔'ædvɚ͵sɛrɪ〕*n.* 敵人；競爭對手
(B) advertise〔'ædvɚ͵taɪz〕*v.* 廣告
(C) ***adversity***〔əd'vɝsətɪ〕*n.* 逆境；不幸
(D) adventure〔əd'vɛntʃɚ〕*n.* 冒險

  ＊ fight〔faɪt〕*v.* 奮鬥
  in the face of 面臨

┌─【劉毅老師的話】────────
│ 做題目的時候，把不會的題目做個記號，
│ 再次溫習的時候，就可省掉很多時間。
└──────────────────

INDEX

本書製作過程

　　本書全部取材自 TOEIC 測驗試題，英文部份由美籍老師 Laura E. Stewart 和美籍華人石支齊老師負責校訂。Test 1～Test 25 由蔡琇瑩老師負責，Test 26～Test 50 由謝靜芳老師負責。封面由張國光先生設計，黃淑貞小姐和曾怡禎小姐負責打字，也要感謝林銀姿、張秀萍、陳彥如、郭冠汝小姐等，協助資料編輯及翻譯。

TOEIC 字彙 500 題

主　　　編 / 劉　毅

發　行　所 / 學習出版有限公司　　　☎ (02) 2704-5525

郵 撥 帳 號 / 0512727-2 學習出版社帳戶

登　記　證 / 局版台業 2179 號

印　刷　所 / 裕強彩色印刷有限公司

台 北 門 市 / 台北市許昌街 10 號 2 F　　☎ (02) 2331-4060

台灣總經銷 / 紅螞蟻圖書有限公司　　　☎ (02) 2795-3656

美國總經銷 / Evergreen Book Store　　☎ (818) 2813622

本公司網址 www.learnbook.com.tw

電 子 郵 件　learnbook@learnbook.com.tw

售價：新台幣二百八十元正

2012 年 6 月 1 日新修訂

ISBN 957-519-565-5